稲垣眞美

旧制一高の文学

上田敏・谷崎潤一郎・川端康成・池谷信三郎・堀辰雄・中島敦・立原道造らの系譜

国書刊行会

はじめに

むかし、私たちの子どものころ、白線の入った帽子を被り、マントを羽織って、たいていは下駄ばきで、友だち同士語らいながら、東京では本郷や駒場の銀杏並木や橄欖の茂る径を行く一高生、京都では吉田山や哲学の道など歩いて行く三高生、その他各地の旧制高等学校の生徒たちこそは、青春というものの象徴であり、実際それぞれに何かの理想に向かって昇りつめて行こうとしているように見えたものである。

それら旧制高校の中でも、明治七（一八七四）年創立の東京英語学校そして大学予備門に始まる第一高等学校（一高）は、もっとも古い歴史と、すぐれた人材を育成したことと、独特の自治を謳った全寮制によって全国の代表校となった。それは日本流のエコール・ノルマールだったといってもよく、実際にのちの官界や学界や政界、企業などのエリートを明治・大正・昭和にわたって無数に輩出した。けれど、実はそれ以上に文学・科学・哲学・詩歌・論壇の世界に比類ない大才を生み出した。

たとえば、文芸に限っても、『当世書生気質』の小説やシェイクスピアの翻訳で日本の近代文学や演劇に新しい時代を開いた坪内逍遥（雄蔵）は、一高の前身・東京大学予備門の第一回（明治十一年）の文科出身である。その後、尾崎紅葉、山田美妙らも在学したし、第一高等中学校と校名が変ってからの明治二十三年には、夏目漱石（金之助）と正岡子規（常規）が同じ文科のクラスを卒業して

第一高等学校

大学に進んでいる。

　これだけでも、なるほど一高というところはそのような人たちを草創期の先輩として持ったのか、とうなずかれるであろう。そしてそれ以後も一高は、明治期に文学・哲学・史学・外国文学・詩歌等の世界に、大町桂月、上田敏、尾上柴舟、川田順、小山内薫、斎藤茂吉、阿部次郎、安倍能成、木下杢太郎（太田正雄）、谷崎潤一郎、和辻哲郎、九鬼周造、辰野隆、山本有三らの人々を送り出し、大正期に入ってからは芥川龍之介、菊池寛、久米正雄、倉田百三、谷川徹三、三木清、林達夫、鈴木信太郎、芹沢光治良、川端康成、池谷信三郎、羽仁五郎、村山知義、渡辺一夫、手塚富雄、神西清、堀辰雄、深田久弥、小林秀雄らを次々に生んだ。

　そして、昭和の激動の時代にも、高見順（高間芳雄）、中島敦、中村光夫（木庭一郎）、森敦、杉浦明平、立原道造、林健太郎らが本郷向ケ岡時代に、駒場移転後はのちの「マチネ・ポエティク」の福永武彦、中村真一郎、加藤周一のほか、小島信夫、橋川文三、清岡卓行らが戦前に育ち、戦後も原口統三、中村稔、日野啓三、大岡信らがつづいた。

たまたま私は、平成十一年から十五年にかけて、旧一高の同窓会誌『向陵』に同誌編集委員会の依頼で「一高文芸部とその周辺」の連載をした。そのため、明治二十三年十一月（その年七月に漱石や子規が文科を卒業直後）に創刊され、まえの戦争末期の昭和十九（一九四四）年まで五十五年間に三百七十八号を発行した『一高校友会雑誌』や、そのあとも昭和二十五年三月に一高そのものが新しい学制によって終焉する前年まで刊行された校内紙『向陵時報』の全ページを渉猟して、右に挙げた人々やその他の文芸部委員の手になるそれぞれの時代の主だった論考、創作・戯曲・翻訳・詩歌などをできるだけ多くコピーし、収集して、明治・大正・昭和時代前半までにわたる十六、七歳から二十歳ぐらいまでの青春文学像というべきものをまとめ上げたのであった。

ちなみに、一高の文芸部は校友会の一つのサークルにはちがいなかったが、通常の学校のだれでも希望すれば入れる文化部や運動部とはちょっとちがっていた。『一高校友会雑誌』が創刊された当時、文芸部委員として選ばれて編集・執筆に当った大町桂月（芳衛）や幸田成友（露伴の弟、のち歴史学者）、その下級にいて委員となった上田敏にしても、すでにそれまでにあった校内の文芸誌で頭角をあらわしていた在校生が教授によって選任されたのであり、その後は、これらの先任の委員が後継にふさわしいとして選んだ人々がバトンタッチされて、代々の文芸部委員をつとめた。

すなわち一高文芸部は、こうして生徒間で自主的に委員として毎年四、五人選ばれた人たちだけで構成された組織であり、部（班）であった。そして、これらの文芸部委員は、初期には毎年十号、のちには、四、五号発行された『校友会雑誌』の編集・刊行に当り、投稿された作品の選をし、また自ら論説・創作・詩歌等を執筆することになった。

『一高校友会雑誌』は、本来は一高の校友会各部、文化関係では弁論部、楽友会（音楽部）その他、運動部では柔道・撃剣（剣道）・端艇（ボート）・野球・陸上（運動）、水泳をはじめとする各部の部活動や試合の報告も載せるはずのものであった。そのほかに学校の春秋の行事なども記録されたけれども、明治の三十年代半ばごろから、弁論部の弁論大会報告を除いては、ほとんど他は載らなくなり、とくに大正末年校内紙の『向陵時報』が発行されてからは、部活動・学校行事などの記録はほとんどそちらに譲られてしまった。そして『校友会雑誌』は、事実上、文芸部委員を中心とし主な執筆者とする、一高生の思潮を代表する論説や、新しい才能を発揮した創作・詩歌などの舞台となった。

しかも、その中には、まだ十代で書かれたにもかかわらず、のちに単行本となって長く旧制高校生たちの愛読書となった倉田百三の「愛と認識への出発」の告白的論考や、林達夫の評論家としての第一歩を踏み出させたともいえる「歌舞伎劇に関するある考察」、創作ではノーベル文学賞で日本最初の受賞者となった川端康成の処女作「ちよ」のような傑出した評論・秀作が数々登場して、学内だけでなく世の識者たちにも注目され、高い評価を受けるに到ったのである。

創刊二、三年後の明治二十五年ごろには、上田敏が西欧の文学について、あるいはキリスト教の聖書の世界について、まさに啓蒙的な評論を発表した。当時、上田敏はまだ十六、七歳で、第一高等中学校予科から本科にかけてであったが、テーヌの文学史も読み、英語はもとより、フランス語・ドイツ語・ギリシャ語・ラテン語・ヘブライ語まで駆使して原典を読み深め、二十一世紀の現代の日本においても十分に啓発するものがあろうと思われるほどに進んだ論稿を寄せたのだった。

創作では、川端康成は一高時代の右の作品から数年後には「招魂祭一景」「伊豆の踊子」などで世に新感覚派と呼ばれた新しい文学運動の先頭に立った。それより先輩で明治四十年代の文芸部委員をつとめた谷崎潤一郎は、一高の『校友会雑誌』では最初の本格的な創作領域を開き、大学へ進んで二年後には『新思潮』に発表した「刺青」が永井荷風に激賞されて、耽美主義・唯美主義の作家として、たちまち文壇に頭角を現わす。

谷崎につづいて、芥川龍之介、久米正雄、菊池寛らが後輩として次々と文壇に登場した。芥川・久米等は、一高で教えた大先輩夏目漱石の門下であった。川端康成につづき大正期後半から昭和初期にかけては、芹沢光治良、池谷信三郎、村山知義、深田久弥らが、いずれも『校友会雑誌』での活躍を土台として、文壇や演劇界に登場し、光彩を放った。さらに高見順、中島敦、立原道造、福永武彦らが、文芸部委員時代のすぐれた習作をそれぞれに発展させて、作家として活躍することになる——

本稿は現代の二十一世紀のいろいろな年齢層の方々の目にふれることになると思うので、かつて存在した一高という学園や、同時代の文学・文化だけでなく、日本の国内や社会や世界の情勢までの背景も考えながら、その中で一高に在学していた一個の若者の典型としての文芸部委員たちが、どのように青春の喜びや苦しみを味わい、それを論説や創作や詩などに表現して行ったかを、できるだけ書くことにしよう。

また、明治の三十年代の半ば以後からは、学校内や寄宿寮の各室でも、それまで籠城主義と呼ばれた「栄華の巷を低く見て」（一高の代表的な寮歌の一節）式の独善的な、一種選民的なありかたに対して批判的な個人主義的思潮が新たに起こり、自我の確立と同時に、内面を深く掘り下げての悩みや、罪の意識や、青春にありがちな友情や愛の苦悩・煩悶も、『校友会雑誌』の主題としてスポットを浴びることになる。

そして、いっそう自由が尊重されることになった大正期に入ると、のちに評論家となった谷川徹三がそうであったように、教室には出ずに辺境の地まで放浪の旅をして留年するといった気ままも許された。関東大震災前後からは社会問題にめざめて、学生運動のさきがけとなる評論や詩を書く委員も現われた。

昭和の戦争前夜には、個人的な煩悶に加えて、非合法の思想運動との関わりで行きづまって夭折する痛ましい例も出た。国の体制や軍国主義の風潮に抵抗して実際運動に入り、官憲の弾圧によって学校も除名・放校となる委員までいて、文芸部そのものが危機に陥ったこともあった。学校も本郷から駒場に移って、いよいよ戦争になり、学園にも動員や学徒出陣の嵐が吹き荒れたとき、そのような国家の暴虐や過ちに対して、『校友会雑誌』や『向陵時報』のページで文芸部の委員たちはどのようにそれを批判し、乗りこえて闘い、美や真理への希求によって超克しようとしたか――

そこには、絢爛の才能だけでなく、現代の若い人々にも考え直してほしい問題も残されているであろう。

かつての一高（東大教養学部の前身）のありようもふくめて、『校友会雑誌』のページをくりながら、ともに考えつつ読み進めて行きたい。

目　次

II　大正期（一九一二〜一九二六）……71

Ⅰ

明治期（一八九〇～一九一二）

1　一高『校友会雑誌』創刊のころ
——大町桂月、上田敏、武島羽衣、尾上柴舟——

旧制第一高等学校（一高、東大教養学部の前身）の、それぞれの時代の生徒たちの思想や研究、芸文の才華を収録した『一高校友会雑誌』の創刊は、明治二十三（一八九〇）年十一月二十六日である。当時は校名を第一高等中学校といったが、予科二年本科三年の卒業期は毎年七月で、新入生を迎えての新学期は九月からであった。『校友会雑誌』は明治二十三年の新年度に発行が始まった。

実は、その前にルーツともいえる雑誌があった。大学予備門が第一高等中学と名を変えた明治十九年の翌年ごろ、英語予科のクラスで文章の練磨や思想の交換をはかるため、『文のその』という雑誌が創られ、明治二十一年四月には内務省の認可を受けて公刊し、第二号から『文園』と改めた。十二号まで出した翌年十二月以後『筆華』と改題されて明治二十三年前半までに五号を出したが、一高内に新年度から校友会という校内各部をまとめる組織ができることになり、木下廣次校長の賛助も得て『校友会雑誌』に生まれかわったのである。ちなみにその後全国の高校や中学に出来た「校友会」や各校の「校友会雑誌」は、この一高の校友会や『校友会雑誌』にならったものである。

これ以前にも、明治十八年に大学予備門に在学した尾崎紅葉（徳太郎）、山田美妙（武太郎）、石橋思案（助三郎）らは硯友社を起こし、翌年紅葉と同じクラス（明治二十一年第一高等中学政治科卒）

尾崎紅葉（明治27年）

の川上眉山（亮）も加わって、学内どころか学外で公然と文学の第一線の活動を開始した。みんなまだ十六、七歳であった。ちょうど大学予備門第一回（明治十一年）出身の坪内逍遥（雄蔵）が、評論『小説神髄』と小説『当世書生気質』を発表して、近代文学を本格的に提唱しはじめたときであった。

　また、『校友会雑誌』創刊の直前に文科を卒業した夏目漱石（金之助）と正岡子規（常規）は、在学中に漢詩とその批評を交換するなど親交を深め、ともに文学を志向していたから、前述の『文園』や『筆華』を知っていたにちがいない。いずれにしても『校友会誌』より前に、一高にはこのような系譜があったのである。

　創刊第一号の『校友会雑誌』の冒頭には、初代の一高文芸部部長となった小中村（池辺）義象教授（国文学者、歌人）の養父である東大の文科の教授小中村清矩《きよのり》が「祝詞」をかかげた。文中で、

　学生のよく学び得たるしるしは、常の事わざといひ出る言の葉に、おのづから顕はるるものにしあれど、たくはへたるおもひをやりて、人の心を動さんは、文にしくものなかるべし。高等中学校の学生は、はやくに蛍に雪に、あまたのとし月をかさね、おほよその学びわざをなし終へて、

坪内逍遥

坪内逍遥『当世書生気質』

> やうやう高ねの雲をわけ、わたつみの底を探るべき境に至れるものなれば、殊《こと》にすぐれたるいさをを立つべき人たちなりかし。

大学の小中村教授はこのように述べて、もともとすぐれた後進の一高生たちが、万象の真理の深みを探究して収穫したものは必ず世のため人のためにも資するところがあるだろう、そのような成果をこの雑誌に発表してほしい、と要望したのである。

創刊の明治二十三年の文芸部委員は、『文園』や『筆華』の執筆者の常連であった高橋作衛（本科三年、のち東大法学部教授、貴族院議員）、大森金五郎（本科三年、のち一高講師）らで、この人々が次年度の文芸部委員に大町桂月（芳衛）、幸田成友（露伴の弟）、島文次郎（のち三高教授）らの人々を選任したのだった。

夏目漱石（左）と正岡子規（右）（帝大時代）

　創刊第二号の『校友会雑誌』（明治二十三年十二月）には、『文園』時代からの執筆寄稿家だった政治科三年の田島錦治（のち立命館大学長）が「歴史上ノ暗黒世界」の題で、アフリカの暗黒大陸を探険したリビングストンやスタンリーを紹介して、東洋の日本にも冒険家出よと叫んだ。そして同じ号に文科一年の大町桂月も登場して「剣舞ヲ論ズ」の一文を書き、予科二級の上田敏も早くも登場して「文学ニ就テ」の評論を発表した。

　大町の「剣舞ヲ論ズ」は、明治の維新の終った二十年代は太平無事と利欲を重んじ、腕力を賤む風潮が兆しているのを憂えた一文である。たしかに教育も進んだ、しかし、気節の足らざるを憂うる。学生の志気を奮起させるにはどうすればよいか。そこで大町は剣舞を慣習の中に生かせ、と提唱した。剣舞は決して乱世の運動ではない、剣舞は壮快を尊び、質樸を重んじる、これこそかえって太平文化の時代に用いるべきである。倫理講堂（一高内の大講堂）に人生の道を開き、運動場で練兵を習

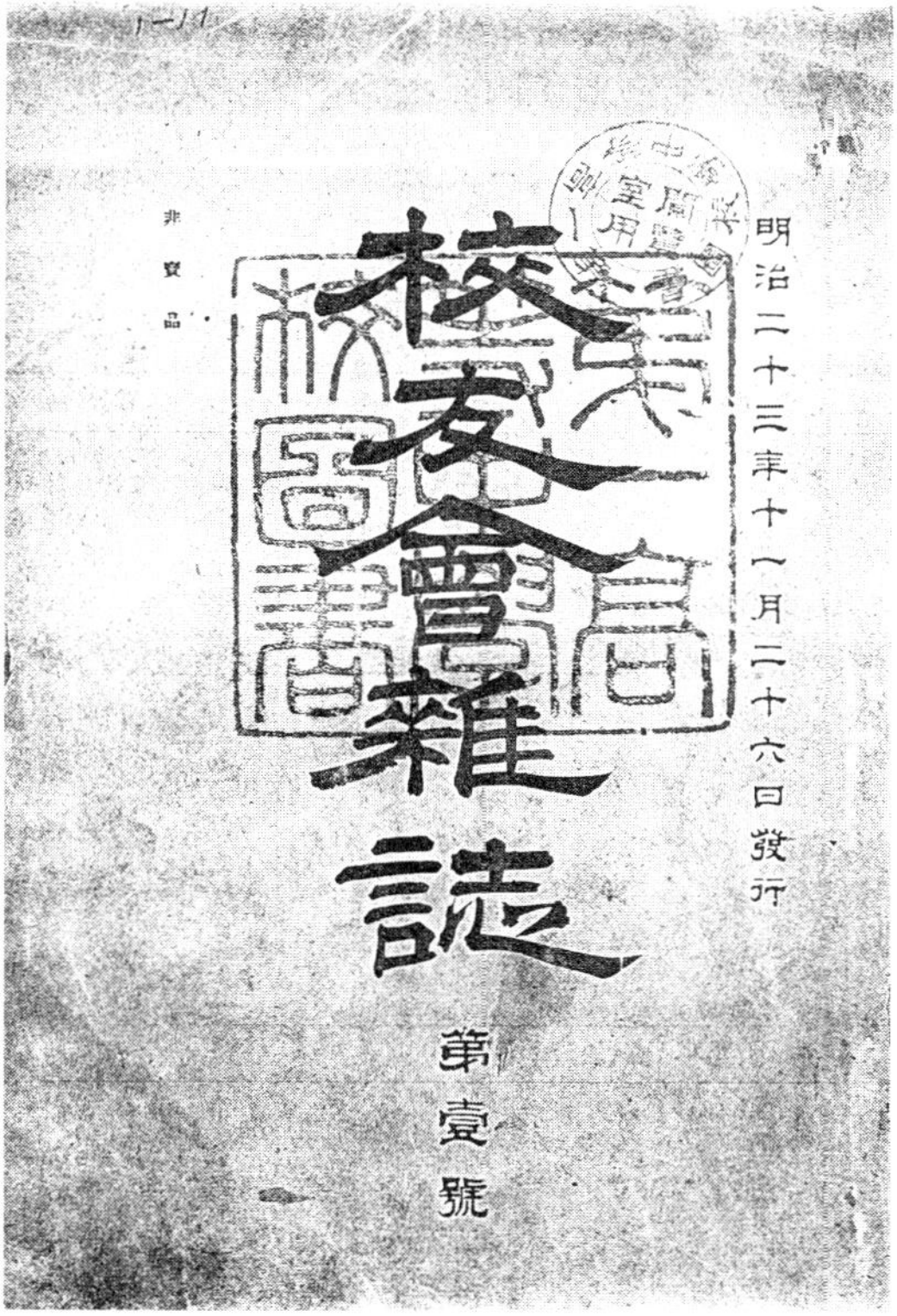

『校友会雑誌』創刊第一号表紙（第一高等中学校図書印あり）

い、弓を引き、剣道を学び、春風駘蕩の一日隅田川に競漕をするのもよいであろう。だが、酒席で諸君は何を以て興を添えるか、カッポレは卑しい、都々逸は書（学）生に適さない。そこで「有為の諸君よ、閑あれば会し、詩を吟じ、剣を揮はれんことを」と大町は結んだ。

　さらに大町は、『校友会雑誌』第二六号（明治二十六年四月）と第二八号（明治二十六年六月）に「冒険事業」（上・下）の論考を載せた。その中で、大町は、冒険・探険の事業への理解を求めるとともに、文学においても冒険の気風を喚起するような作品を、と待望したのである。徳川時代は自家の安泰だけを図る政策によって、非常・非凡のたとえば高山彦九郎のような変革を志す人物を圧殺した。そのため人民の進取の気性も失せ、鎖国と相まって富源を他に求める気力も失せた。それでも当時は武士道というものが残っていたが、いまやそれもなく、徳義は地に堕ち、義烈の人物は容易に求められない。人々は一身の眼前の利を図るほかに目的なく、国家の元気も消滅しようとしている。才子あり余って奇傑の士は絶えてない。また、アフリカに出かけて猿の言葉を研究しようとする探険学者がいても、世の人は無用のこととして嘲る。郡司成忠《しげただ》（幸田露伴・成友兄弟の長兄、旧幕臣の子、海軍大尉）の北洋探検にも同じく官民とも無理解ではないか。海国には海国の方針があるべきであるのに——大町はこのように述べて、海外の文学にも目を転じる。

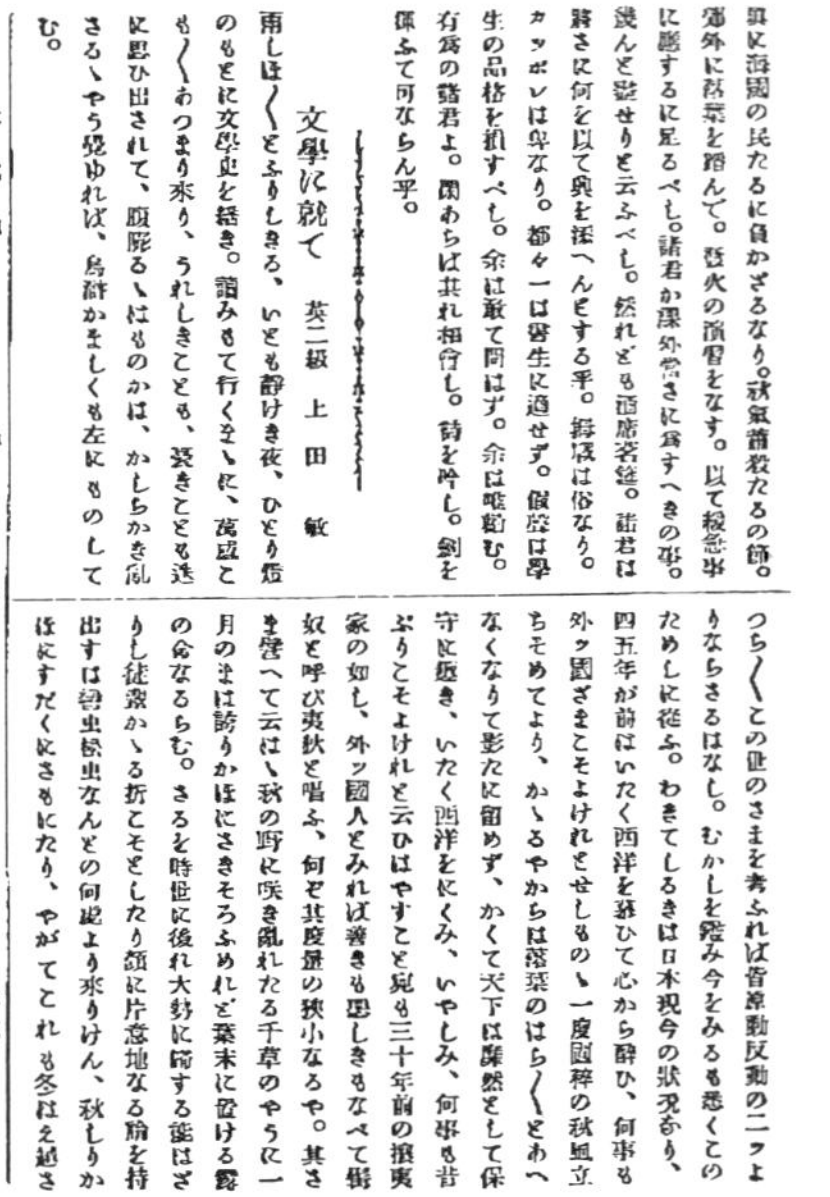
眞に海國の民たるに負かざるなり。秋氣蕭殺たるの節。海外に落葉を踏んで。螢火の演習をなす。以て穀念に勝するに足るべし。諸君か課外常さに爲すへきの事。幾んど盡せりと云ふべし。然れども酒席若盤。諸君は籍さに何を以て興を添へんとする乎。鑽拳は俗なり。カッポレは卑なり。都々一は書生に適せず。假聲は學生の品格を損すべし。余は敢て問はず。余は唯勧む。有爲の諸君よ。閑あらば共れ相會し。詩を吟し。劍を舞ふて可ならん乎。

文學に就て　英二級　上田　敏

雨しほ／＼とふりしきる、いとも静けき夜、ひとり燈のもとに文學史を繙き。讀みもて行くまゝに、隆盛こもく＼わつまり來り、うれしきことも、哀きことも迭に思ひ出されて、朦朧るゝはものかは、かしらかき亂さるゝやう覺ゆれば、烏滸がましくも左にものしてむ。

つら／＼この世のさまを考ふれば皆原動反動の二ッよりならざるはなし。むかしを鑑み今をみるも悉くこのためしに從ふ。わきてしるきは日本現今の狀況なり、四五年が前はいたく西洋を慕ひて心から醉ひ、何事も外ッ國ざまこそよけれとせしものゝ一度國粹の秋風立ちそめてより、かゝるやからは落葉のはら／＼とあへなくなりて影だに留めず、かくて天下は靡然として保守に傾き、いたく西洋をにくみ、いやしみ、何事も昔ぶりこそよけれと云ひはやすこと宛も三十年前の攘夷家の如し、外ッ國人とみれば善きも惡しきもなべて醜奴と呼び夷狄と唱ふ、何ぞ其度量の狹小なるや。其さま譬へて云はゞ秋の野に咲き亂れたる千草のやうに一月のまは誇りかほにさきそろふめれど葉末に置ける露の命なるらむ。さるを時世に後れ大勢に背する能はざりし徒輩かゝる折こそとしたり顔に片意地なる角を持出すは蟷螂蝗虫なんどの何處より來りけん、秋しりかほにすだくにさもにたり、やがてこれも冬はえ越さ

第貳號　論說　（二一）

『校友会雑誌』第２号の上田敏「文学に就て」

四海に雄飛したし、『ロビンソン・クルーソー』を愛読したイギリス人は、好奇冒険の心を生じてついに海上を征覇するに到った。残念なことに日本には、そういう意味で諸君にすすめたい傑作はまだない。中古の武士の気風を伝えた文学者としてただ滝沢馬琴があるのみである。余は諸君とともに冒険の気風を喚起し、士気を鼓舞し、眼孔を大きく外界へ見開かせるような一大文学の現われんことを希う、と大町はしめくくった。もともと土佐の士族の血を引く大町であるが、このようにして西欧文学の源泉に近づいたのである。

のちに『海潮音』の訳詩で広く世に知られることになった上田敏は、一高（第一高等中学校）では大町の一年下級で、明治二十六年度の文芸部委員をつとめた。しかも、明治七年生まれの上田は大町より五歳八カ月も若く、まだ十六歳の予科二年の身で、『校友会雑誌』第二号に「文学に就て」の一文を発表して、この校内誌における最初の本格的文芸評論の先鞭をつけた。

いまどきならまだ少年と呼ばれる年代の上田は、一八九〇年代の日本の思潮がそれまでの西洋崇拝から一転して保守反動・国粋ともいうべき風潮に流れているのを、まるで三十年前の攘夷の時代にでも戻ったようだと批判し、文学の世界もその影響を受けて乱れに乱れ、舌足らずの擬古文なども登場していたずらに保守に傾いているのを危惧して、

世に光源氏の物語ほどいみじきはあらじなんどと言ひて、なまめきて生気なき柔弱なる平安朝の貴公子を小説の人物《キャラクター》と考へ、又は槿花を白子文集によりて果敢なきものとのみ知りて、他のこころを詠ずるを嫌ふなんど、実に井蛙の見と云ふ可し。

と記し、なぜ光源氏など小説の人物たるに値いしないかを、自ら語学力を駆使して英・独・仏語、さ

らにはギリシャ・ラテン語の古典の文学作品まで解読して（当時は翻訳はまだほとんど出ていなかった）、「英文学の高、独逸文学の深、仏文学の美、希（ギリシャ）、羅（ラテン）の古文辞は云ふもさらなり、露に伊に皆各々特殊の文学存在して互に美を争ひ、研を競ふ」有様を、実際に作品を要約しながら紹介したのである。

そこで示された作家と作品は、英文学ではシェイクスピアの諸作品、ミルトンの『失楽園』、ドライデンの諷刺詩『アブサロムとアキトフェル』、スウィフトの『ガリバー旅行記』のほか、ポープ、ゴールドスミス、ディケンズ、サッカレー、カーライルの諸作品、独文学ではレッシングの戯曲『エミールとガロッティ』『賢者ナータン』、ヘルデルの『言語の起原』、ウィーランドの教養小説、クロプシュトックの叙事詩、ゲーテの『ファウスト』、シラーの戯曲『群盗』『ドン・カルロス』、仏文学ではモリエール、ラシーヌ、コルネーユの喜劇と悲劇、アレキサンドル・デューマの『三銃士』『モンテ・クリスト伯』、ユーゴーの『レ・ミゼラブル』、ゾラの『ナナ』等々。

十六歳の上田敏は、しかも、これらの作家と代表作をただ羅列するにとどまらず、すべて読破した上で、レッシングやヘルデルの批評にならってそれぞれの本質と特徴をとらえて紹介し、最後は日本の文学を如何にあらしめるか、に思いをこらした。日本の現代の文学の規範に『源氏物語』を持ってくるのは、いまでは大人に子どもの服を着せようとするに等しい。しかし、和漢の助辞、漢字や仮名文字の字格や用法も知らずに文章を書くな、翻訳もするなと戒め、当時の文壇にはそれすらわきまえない中途半端な文人の多いのを歎いた。そして、日本にシェイクスピア出よとは望まぬが、ドイツでラテン語を駆使して雄壮なドイツ文学の基礎を定めたルーテルのような存在こそ待たれる、国文の素

内村鑑三

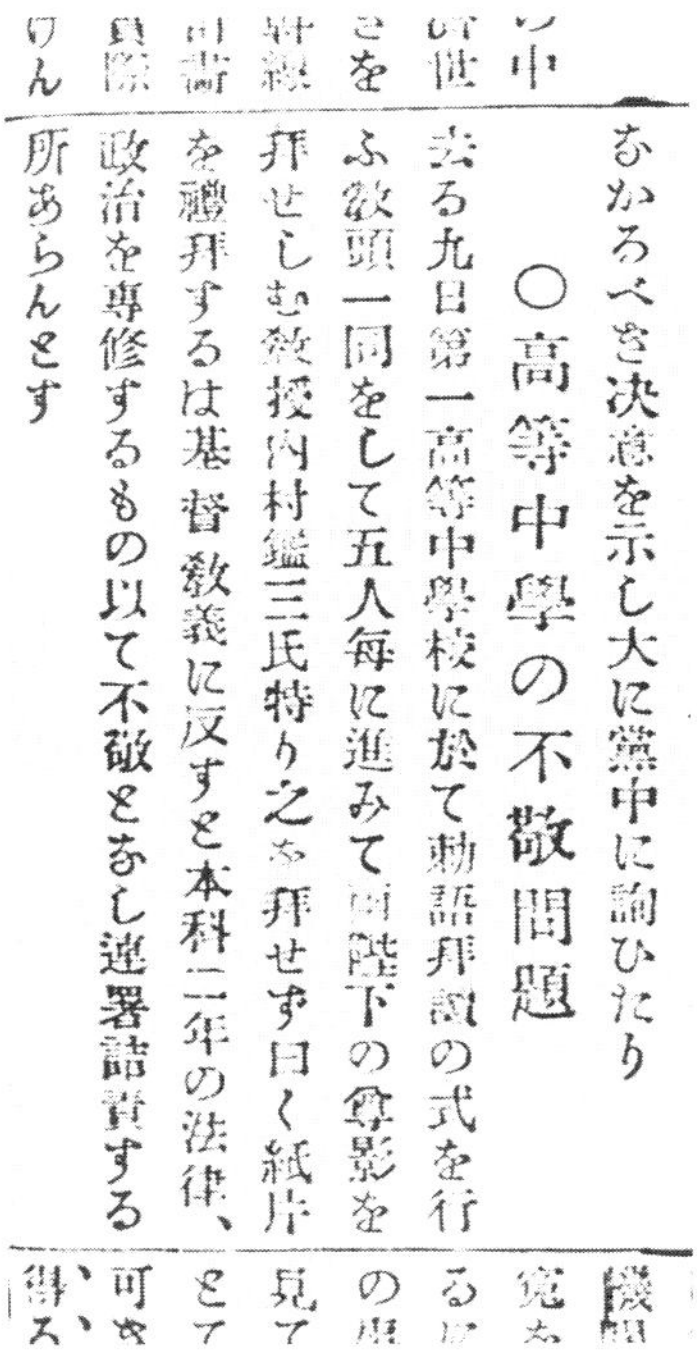

るかるべき決意を示し大に黨中に諭ひたり
○高等中學の不敬問題
去る九日第一高等中學校に於て勅語拜讀の式を行ふ教頭一同をして五人毎に進みて陛下の尊影を拜せしむ教授内村鑑三氏特り之を拜せず曰く紙片を禮拜するは基督教義に反すと本科二年の法律、政治を専修するもの以て不敬となし逆罵詰責する所あらんとす

「不敬事件」を報ずる新聞

地に雄渾な漢文の気韻を加え、西欧文学の深遠な哲理で鍛えて一体となった文学が生まれるとき、十九世紀日本の思潮や美意識も自在に叙べられよう、と提言した。

　このような上田の文学論は、近ごろ十代の文学賞受賞者が騒がれる二十一世紀の現在にも、なお傾聴すべきであると思われる。上田は、その後『校友会雑誌』一八号（明治二十五年七月）に「美術論」を書き、二六・二七・二八号には「春の夕に基督を憶ふ」を連載した。「美術論」で上田は西洋の美学のあらましを述べ、裸体画の美を擁護した。十七歳にして日本人の既製の古臭い美感の革新にも挑戦したのである。「春の夕に基督を憶ふ」の論は、実は二年前の明治二十四（一八九一）年一月内村鑑三の「不敬事件」が起こったことへの間接の批判にもつながったのではないだろうか。

内村鑑三は札幌農学校を出てアメリカに留学し、アセスト大学でキリスト教信仰に入り、帰国して明治二十三年一高の嘱託教師となったが、翌年一月倫理講堂で行われた教育勅語の奉読式の際、天皇親筆の署名に最敬礼を行わなかったことが新聞にとり上げられて不敬とされ、辞職に至った。世にいう不敬事件であるが、この内村の偶像否定の信仰に心ひかれた生徒たちもいたであろう。上田はそういう立場をキリストの事蹟を叙べることで擁護したともいえる。

上田は、ヘブライズムをも紹介したのち、キリストの出エジプトの昔をしのび、橄欖山にのぼってエルサレムの都の灯を遠くに見ながら弟子たちと最後の晩餐をとり、ゲッセマネの園で奇しき誘いと悶えの中で一夜を過ごすキリストを心深く描いた。キリストの苦悶の汗は血のごとく滴り、丘の砂を染めるほどであった。祈ること三度、キリストは弟子たちにいう。「いざゆかむ、われを売る者近づけり」。ユダに案内された役人の一隊が現われ、キリストは捕縛されて、ついにゴルゴタの丘で十字架にかかる。そのあたりの若き上田敏の叙述はとくにすぐれている。

暗闇は此時地の上に遍く落ちて空のたたずまひ物凄くなりぬ。苦悶漸く頂上に達して惨憺たる心胎のなやみ地獄の魔火に煽られるやうなり。三時の比《ころ》イエス大声を出してダビデの歌を吟ず。エリ、エリ、ラマ、サバクタニ、吾神吾神何ぞ我を遺て給ふやと。昔は曙の鹿の調にあはせて伶長うたひ、今は野中の十字架に絶叫の悲歌となる。

旧約聖書の往時の訳文も名文であるが、上田の文体はそれをしのぐとさえ思われる。やがて大地震《なり》が来て石室崩れ、聖徒の墓が開かれてもろもろの奇蹟の起こるまでを、旧幕藩の儒者の裔である上田は使徒の心によってではなく、神人の間がすでに遠く隔った末世に生まれた一人として、芸術・

文芸の領域に身を置き、夢幻想像の詩境にヘブライの救世主を描いたのであった。

のちの『海潮音』につながる詩の翻訳も、上田はそのころ始めている。『校友会雑誌』二五号（明治二十六年三月）に「ウクライン五月の夜」（ニコラール・ゴゴール作）の題で発表した匿名のゴーゴリのウクライナの詩は、上田敏の訳による一編であった。

森も池も原もおしなべて生きたり
ウクラインの野辺に鶯なきぬ
玉を転がす音の雷となりてひびけば
月はみそらの胸によりて
この美しきこゝをすひつゝ

初期の『校友会雑誌』の詩歌では、塩井雨江（正男、明治二十五年文科卒）、武島羽衣（又次郎、明治二十七年文科卒、上田敏と同級）がいた。塩井雨江は『文園』の時代から活躍したが、「しらぬまに春はきぬらしわかやとの雪のかきねの梅さきにけり」の和歌など、擬古的な手法を出なかった。その後東大国文科に進んで、一高の文芸部部長もつとめた落合直文の浅香社に加わってから、短歌革新を志すようになる。また塩井は大学の『帝国文学』の創刊に関わって編集委員をつとめ、創刊号に七五調の創作詩「深山の美人」を発表して、一高で二年下の武島羽衣とともに新進の詩人として活躍した（のち日本女子大、奈良女高師教授）。

武島羽衣は、明治二十四年『校友会雑誌』が一高八景という課題の漢詩・詩歌の懸賞募集をしたとき、課題どおりに倫理講堂・時計台・寄宿舎などを詠みこんだ校内八景の短歌が入賞して、第七号

（明治二十四年五月）に発表された。当時第一高等中学予科英語クラス二年の武島の歌は、

　教の道を聞く時は。あをく清けき中空に。秋の月みる心地して。迷の雲そ晴れわたる。（倫理講堂秋月〈今様〉）

　蛍の光窓の内の。雪かとばかり見る迄に。ひもとく文の燿きて。眺めうれしき夕まぐれ。（図書館暮雪）

　八重の塩路の浪枕。片しく衣帆に掛けて。夢をのせ行く沖の船。寝ざめの床にかへるらむ。（寝室帰帆）

などで、自ら〈今様〉と注をしているとおり、今様の形をとっている。これは高等中学校の師である落合直文が、明治二十一年発表して世に普及した新体詩「孝女白菊の歌」が「阿蘇の山里秋ふけて眺さびしきゆふまぐれ　いづこの寺の鐘ならむ　諸行無常と告げわたる」という今様形式であったので、その調べにならったのであろう。

　武島はその後「はごろも（羽衣）」の雅号を使って『校友会雑誌』の文苑欄に歌を寄せ、また歌論や俳諧論も展開した。とくに「俳諧につきて」（『校友会雑誌』一六号、明治二十五年四月）では、俳諧が花も実もあるものとなったのは芭蕉のおかげで、以来俳諧（句）は、花につけ紅葉につけて折ふしの物のあわれだけでなく、よく虚実の間にあそび、わずか十七文字の中に天地の大理を在らしめているのは、実に驚くべきことである、と述べた。

　たとえば、短歌なら、

　　我が名は花盗人と立たば立て　只一枝は折りてかへらむ

と詠むところを、俳諧は、

一枝は折らぬもわろし山ざくら

として意を尽すのである。短歌と俳句は兄たりがたく弟たりがたし、新体詩などにうつつをぬかすよりも、埋もれ木の花ともいうべき俳諧こそ探究すべきだ、と武島は説いた。初期（明治二十六年六月発行の二八号まで）の『校友会雑誌』には、漢詩（教授塩谷青山等の）・短歌・新体詩は多く投稿されても、俳諧（句）はほとんど皆無であった。その時点で芭蕉から説き起こした武島の俳諧論は卓見で、やがて一高にも正岡子規の親友だった夏目漱石が講師となるに及んで、句会も盛んとなり、荻原井泉水《せいせんすい》（藤吉、明治三十八年一高文科卒）のような新俳句の先駆者も出現したのである。

武島は、このように早くに俳諧に注目したが、自身は短歌のほうの常連で、端艇（ボート）の盛んだった一高で「隅田川に舟競ひを見る記」（『校友会雑誌』一八号、明治二十五年六月）などのボートレース観戦記も隅田川畔の情趣ゆたかに書いた。大学に進んだのち、『帝国文学』に「小夜砧」の韻文を発表して編集委員だった高山樗牛に激賞され、やがて滝廉太郎の作曲で今も歌われる「春のうらの隅田川」の「花」や「美しき天然」（武島羽衣作詞、田中穂積作曲）の「空に囀る鳥の声」に始まる名歌詞も生んだ。日本女子大国文科の教授を長くつとめたが、昭和初年にこの学園からも思想問題や非合法運動との関わりで検挙者が出たとき、武島は学校から放逐されようとする女子学生たちに同情し、擁護する立場をとったそうである。後には御歌所寄人（一九二一～四六）もつとめたが、終始先進的な気持ちを失わなかったのであろう。

校名が第一高等学校となった翌年の明治二十八年度から文芸部部長となった国語・国文学教授落合

直文（一八六一〜一九〇三）は、仙台藩の筆頭家老の家に生まれ、東大古典講習科に池辺（小中村）義象と同年に入った。ほかに関根正直など俊秀のそろったクラスであったが、師の一人佐佐木弘綱（信綱の父）は学力も歌作でも落合が最優秀と認めていたという。一高で教えることになり、本郷浅嘉町に明治二十六年に住んだのを期に、落合は新しい短歌運動のために地名にちなんだ「浅香社」を起こした。この運動に、一高での門下の大町桂月、塩井雨江、学外から与謝野鉄幹、金子薫園なども加わった。さらに明治三十年には詩の革新も目ざして新詩会を起こし、これには正岡子規、大町桂月、与謝野鉄幹、佐佐木信綱、武島羽衣等が加わるのである。この新詩会から出た与謝野鉄幹が、明治三十三年には『明星』（東京新詩社）を発刊することになる。また、金子薫園は落合の若き日の代表叙事詩「孝女白菊の歌」にゆかりして「白菊会」という短歌会を始めた。落合は健康すぐれず、明治三十六年死去したが、こうして学外でも明治のその後の新しい詩歌の運動の口火を切る大きな役割を果たした。

一高の中では、落合直文を選者とする短歌会の一派歌学会が明治二十六年秋から始まり、短歌革新の意気込みへの共鳴と、落合教授への声望もあいまって、一時は寄宿寮の寮生が八十名あまりも参加するまでになった。このような短歌隆盛期に、尾上柴舟（八郎）、川田順らが育った。尾上柴舟は明治二十八年一高文科に入り、早々に右の落合直文を選者とする歌学会の「今様」の歌会に参加し、「秋風」の題詠に、

桜の木の葉ちる見ても　袖に涙はこぼれけり　としふるさとのたらちねをしのふか岡の秋の風

の歌を『校友会雑誌』五〇号（明治二十八年十月）に発表した。そして、つづく十一月発行の第五一

号の文苑欄の冒頭にも新作短歌十五首を載せた。

虫のねをきくともなしに杉立てる野中の森にわれはきにけり

故郷のかげこそみゆれつくづくと向が岡のあきのよの月

など、当時としては新しい傾向の歌であった。

尾上柴舟（一八七六～一九五七）は、岡山県の津山の藩士の北郷家に生れ、幼いころから和歌の指導を受けて、十歳ぐらいのとき古今集をそっくり書き写したこともあった。上京して東京府尋常中学（府立一中）に入ってのちも、御歌所につとめる歌人大口鯛二を紹介されてその指導を受けた。大口はのち御歌所寄人にもなったが、歌に対する考え方は自由で、尾上にも革新的な作風を奨励したそうである。

尾上の一高での一年上級に八杉貞利（明治三十年文科卒、のちロシア語学者）、同級に小日向定次郎（明治三十一年文科、のち英文学者、ミルトンを研究）、沼波武夫（明治三十一年文科、のち一高教授、国文学者、号瓊音《けいおん》）、一年下級の仏法科に牧野英一（のち東大教授、刑法学者）、文科に吉沢義則（明治三十二年文科卒、のち京大教授、国語・国文学者）らの人々がいて、みな歌学会に属して尾上ともども落合直文の選や指導を受けた。小日向や沼波は、尾上とともに向ケ岡の一高から言問通を歩いて隅田川を渡ったとき、川舟を見て興趣を覚え、それぞれ「そほ（赭）舟」「千舟」「しば（柴）舟」の号を名乗り、これがのちのち三人の歌号になったといういわれもある。みな歌を多作して『校友会雑誌』に毎号載せたが、尾上柴舟が質量ともにすぐれ、入学直後から卒業時の七五号（明治三十一年三月）までに短歌だけで百七十首あまりを載せた。これはのちのち一高の短歌会に所属した人々を通じて、もっとも多い歌の数である。

尾上は、落合直文の浅香社に入り、落合が病歿したときには枕許で臨終を看取った。東大国文科に進んでからは、先輩の歌友だった久保猪之吉（一高医科明治二十九年卒）と「いかづち会」の歌会を学内で始め、大学卒業直後にハイネの訳詩集を新声社（いまの新潮社）から刊行し、金子薫園と共編の『叙景詩』も出して、『明星』とは別の清新な歌の流れをつくった。その新しさにひかれてか、若山牧水、前田夕暮が尾上のもとに集まり、詩人の正富汪洋、三木露風も加わって、明治三十八（一九〇五）年に車前草《おおばこ》社が結成されたことは、近代詩の世界ではよく知られている。やがて大正三（一九一四）年、歌誌『水甕』を岩谷莫衣、若き日の哲学者出隆らと創刊し、いまもこの短歌の結社と機関誌はつづいている。

同じく歌人となった川田順（一八八二〜一九六六）は、一高文科に明治三十二（一八九九）年九月に入学した。前年、落合直文が病気のため教授を辞任したあとのことで歌学会はすでになく、入学後「しののめ会」に誘われて入った。しののめ会は、一年上級の文科にいた石倉小三郎（のち七高教授、高知高校、大阪高校長、ドイツ文学者、訳詩もした）や山岸光宣（のちドイツ語学者）、一高寮歌の中で有名な「嗚呼玉杯に花うけて」の作詞をした矢野勘治（明治三十五年英法卒）らの所属していた歌会で、浅香社系、竹柏会系（佐佐木弘綱・信綱の）、根岸短歌会系（正岡子規ゆかりの）等の人々と無党派の寮生も加って形づくられていた。

川田は、入学直後このしののめ会の歌会に寄せた次のような歌を『校友会雑誌』九〇号（明治三十二年十月）と九一号（同年十一月）に載せた。

世をすてした（誰）が庵ならんなく虫の声よりおくに火影ほの見ゆ
少女子の思ひ流しし川のへに秋の霜おきて菊の花ちる

川田は、宮中顧問官だった漢学者川田剛（甕江）の庶子であった。一高の文科のクラスでは、のちに劇作家となり谷崎潤一郎らと第一次『新思潮』を出すことになった小山内薫や、文芸部委員もつとめた椎尾弁匡（のち増上寺法主）と一緒で、卒業は首席だった。大学は法科を出て住友総本店に入社し、実業界で活躍しつつ歌集『鷲』で学士院賞を受け、西行研究で朝日文化賞（昭和十九年）も受賞した。戦後六十歳をはるか過ぎてから、京都大学教授夫人であった人と恋に陥り、老いらくの恋と騒がれて一時死を思いつめるほど悩んだが、結婚して晩年をともにすごした。

なお、落合直文を指導者とした歌学会、その流れを汲むしののめ会の短歌の伝統は、明治三十年代後半一高短歌会となって、正式の校友会のサークルとして認められ、その幹事は文芸部委員に就任するのが慣習となった。この短歌会は一高終焉後も同窓会内でつづけられており、私もその末端にいる一人である。

2 個人主義の台頭
──石原謙、藤村操、魚住影雄、阿部次郎、安倍能成──

明治三十一（一八九八）年に三十四歳で一高校長となった狩野亨吉《こうきち》は、以後九年間全校の師表となった。のちに安藤昌益を発掘して論じ、唯物論の先駆ともなった狩野は、明治十七年に大学予備門理科を卒業し、大学では数学科を了えて哲学をも専攻した先輩であった。

狩野は校長就任後間もない明治三十一年三月と九月発行の『校友会雑誌』八五号・八九号で「徳育」について論じて、その教育のイデーを展開している。「徳育」といってもありきたりの道徳教育論などではなかった。狩野は、現実社会のありようをまず批判し、政治に兵事に商業に権謀術策が行われて正義の顧みられない世の中は不完全な状態だとして、そういう状態を破棄して完全な国家社会をつくり出すために教育は最良の方法だと説いた。彼は、徳性を養うのに善行の奨勧と悪行を懲戒するのが良法だとは考えないが、その双方の作用は必ずしも相反しないから、やがてはもっと完全な方法に近づく止むを得ぬ形式だとした。「漫然主義精神を誇称して止まざれば吾人は漸次目的を遠ざかり終《つい》に思はざるの地に至るべし」と狩野は述べ、「然りと雖も人の理を見て之れに就かんとするを妨害する説をなす者あらば誰か之れを悪《にく》まざらんや」、そして「理論と実際との契合すべきは当然のことなり」として、教育もまたあくまで合理の精神によらねばならぬ、との信条を披瀝した。

本郷向ケ岡時代の第一高等学校寄宿寮

のちに京大の初代文科大学学長ともなった狩野校長のこのような考え方は、『校友会雑誌』の論調を大いに活気づかせた。それまでの一高では、寄宿寮生を中心に歌われた代表的な寮歌（一高では終焉時までに三百余の寮歌が毎年紀念祭の折に発表された）の歌詞、「治安の夢に耽りたる　栄華の巷低く見て　向ケ岡にそそりたつ五寮の健児意気高し」（明治三十五年第十二回紀念祭東寮寮歌「嗚呼玉杯に花うけて」）や「混濁の浪逆巻きて　正義の声の涸れし時　袖にけがれを宿さじと　向ケ岡の岡の上に　操を立てて十余年」（第十二回紀念祭西寮寮歌）などに見られるように、寮の外界を汚濁の所と低く見て、寄宿寮に籠る一高生を志高く清きものとする、いわゆる籠城主義に象徴される気風が文句なしに主流であった。狩野校長の合理主義のアドヴァイスがあってからも、塩谷温（明治三十二年文科卒、のち中国（漢）文学者）は、「校風の衰頽を論じて其振興策に及ぶ」（『校友会雑誌』八八号）で、なお寄宿寮を中心とする校風を振興しようという論にとどまった。が、同じころ、すでに大学に入っていた吉田熊次（明治三十年文科、のち東大文学部教授、教育学）は、「自治寮に対する余が見解の過去及び現在」の題で、カントの先験的自律的理性による、合理的活動の現われとしてのあるべき校風を説き、具体的に、それ以前にも以後にも寄宿寮で行われたストーム（夜陰などに酒気を帯びて他室を集団で襲い、説経などする）の蛮風についても、吉田自身の在寮中、ストームの来襲を寮の入口で身を以て防いだ杉本貞二郎（明治二十七年独法科卒）という寄宿寮委員がいたことを記し、治は人にありと述べて、各個人の自覚的意志による自治を説いた。（ここで「自治」というのは、一高は全寮制が原則で、寮生が寄宿寮委員を選んで、他の介入を許さない自治による寮生活を営んだことをいう。一高の寮は自治寮と総称されていた。）

個人の自覚的意志による自治とは、すでに個人主義の意識のめざめを伝えた言葉だ。一高内の思潮も、二十世紀に入った明治三十三年ごろから、個人主義的傾向へ明らかに推移していた。そのことをはっきりと『校友会雑誌』の論壇で最初に示したのは、石原謙（明治三十七年文科卒、のち神学者、東北大教授、東京女子大学長、文化勲章も受けた）であった。本郷の教会の牧師の子で、物理学者・歌人となった石原純の弟でもある石原謙は、「現代の思潮を論じて精神的校風に及ぶ」（『校友会雑誌』一三一号、一三二号。明治三十六年十一月・十二月）で、籠城主義を堅守して勤倹・尚武・弊衣破帽を以て世評に立つふうの校風神聖論は、すでに懐疑の過渡期を経て、個人主義的思想に圧迫され、とってかわられている、と断じた。もともと校風論そのものが保守的な歴史過重に陥りがちであったのに加え、懐疑派の自覚主義が人生の意義についての自覚を主張するに及んで、校風否定論に近づいた。しかも、社会の思潮にも、文芸上のロマンティシズムやトルストイの人道主義、ニイチェの本能主義等が登場して、皮相的・偽善的な領域を超え、各自各個の真情によって個人の価値や人格の中身に目覚めよとの声が、福音のごとく響いて、個人主義思想を勢いづかせている、と石原は見たのである。

この場合、石原は、なお「健全なる個人主義」に期待をかけ、各個人に校風の意義を徹底させることによって、個人主義と校風論の実質的統一を考えようとしていた。その点で石原の見解は真摯であり、穏健であったが、のちの明治三十七年四月発行の『校友会雑誌』一三六号の巻頭に載せた「大和民族の〈つみ〉の観念に就きて」では、論議をさらに別の次元へと徹底させることになった。

すなわち石原は、『古事記』で見る限り、大和民族には〈つみ〉なる言葉はあっても、それは悪の意味合をもつ「罪」と同義ではない。〈つみ〉とは〈都々美〉のつづまった言葉であって〈つつむ〉に通じる。倫理的にきびしく悪とされることをした〈罪〉ではなくて、審美的につつみはばかること、といった事柄の〈つみ〉なのである。そういう〈つみ〉の事例を、石原は『古事記』の仲哀天皇紀の生剥・屎戸・上通下通婚・馬婚・牛婚・鶏婚・犬婚などのおぞましいとも思える言葉や、須佐之男命や雄略天皇のいうをはばかる暴戾《ぼうれい》の故事・伝説の中に求めた。

石原によれば、それらの妖しい行為を〈つみ〉とするにも一定の規則や法律はない。ただの〈穢れ〉とされるだけで、罰されもせず、ただ「みそぎ」によって洗ったりすすいだりすればすんでしまう。〈罪〉であるならば当然にあるはずの悔悟すらも要求されずじまいである。このような〈つみ〉のありようから、日本民族の思想は消極的、保守的、退嬰的、非活動的とする批評は至当と思わざるを得ない、と石原はいった。どうやって犯した罪から解脱するか、ではなくて、どうやって〈つみ〉

華厳の滝と藤村操、「巌頭之感」

を清めるべきかだけが問題だったのだ、と石原はキリスト者の立場もふまえて、日本の民族思想そのものに対する重大な疑問を突きつけたのであった。

――石原の論考は、すでに単なる個人主義の立場の主張を超えたものであったが、当時の一高生をいっそう強く懐疑させたのは、それに先立つ藤村操の死であった。

明治三十六年五月二十二日の払暁、一高文科一年に在学していた藤村操が、日光の華厳の滝の百メートルあまりの高さの岩の上から身を投げて自殺した。彼はまだ十七歳になっていなかった。

藤村はこの死に際して、滝の絶頂近くの岩頭に迫る一本の楢の大木の幹を白く削って、のちのち「巌頭之感」として知られることになった絶筆を墨書していた。「已《すで》に岩頭に立つに及びて胸中また何等の不安あるなし、始めて知る大なる悲観は、大なる楽観に一致するを」に終る百四十三字で、その前文には「万有の真相は唯一言にして悉す、曰く〈不可解〉、我この恨を懐て煩悶遂に死を決するに至る」と明記していた。『万朝報《よろず》』などの新聞にそれが死因として報じられた。

藤村は、安倍能成（のち哲学者、一高校長、文相、学習院院長）、藤原正（のち哲学者、旧制東京高校校長）らの同級生に親しく好意をもたれていた。ほかに同級生には、漱石門下となった小宮豊隆（のち東北大教授）、野上豊一郎（のち法政大総長、野上弥生子の夫）のほか、中勘助（『銀の匙』の詩人）、茅野儀太郎（蕭々、明星派の歌人、三高教授）などがいた。また、上級には石原とともに文芸部委員もした阿部次郎（のち東北大教授、哲学。『三太郎の日記』の著者）もいた。藤村の死の翌月の『校友会雑誌』一二八号（明治三十六年六月）は、文苑欄に「藤村操君を想ふ」の特集を組んで、生前の藤村を知る親しかった友人たちの追悼文を載せた。

それぞれの言葉によって藤村の生い立ちや風貌をしのぶと、彼は、東洋史学者で一高でも教えた那珂通世《みちよ》の甥に当り、北海道の銀行頭取だった父が早世して、弟妹とともに母に育てられた。中学は最初札幌中学に入り、のち東京の開成、京北中学に転じて、明治三十五年九月一高文科に入学した。長身で温雅な風貌をし、頭脳の明敏は感じさせたが、感情に激するような性格ではなかったという。上級の阿部次郎によると、頬のあたりに常に微笑を湛えて、静かな午後の校庭の、クローバーの上に身を横たえて級友と談笑する姿が印象的だったという。

のちに音楽学者・評論家となった同学年の理科にいた田辺尚雄によると、藤村は弟妹を可愛がり、正月は家でともにカルタに興じ、ヴァイオリンも習っていた。とくにストラディヴァリウスの名器に出会いたい、といっていたそうである。上野の美術館にもよく出かけた。好きだったのは、横山大観をはじめとする岡倉天心門下の美術院系の人たちの日本画だった。藤村は一高ではボートの選手もした。組選と呼ばれたクラスの代表選手であるが、死の五日前にも級友と隅田川に艇を出した。その日は風強く波高く、転覆の不安に襲われる友人たちを、舵手だった藤村は「好舵手がここにいる、心配するな」と烈風の中で叫んだそうである。

そんな藤村がなぜ死を急いだのだろうか。将来は哲学か文学かの道に進むだろう、と彼を知る友人たちは思っていた。前途洋々と想像していた。しかるに自殺――やはり〝不可解〟だったのであろうか、ただ、札幌の中学に入ったころ、彼は師となる一人を訪ねて帰宅後「自分のほうがえらいと思った」と話していたとのことである。以来、何によらず権威なるものを認めることができず、先人の説にも帰依するに足るものを見出せなかった、その上偽善を嫌った。いざというとき頼りとするよるべがなかった挙句の死、との見方も浮かんでくる。

藤村の遺骸が荼毘に付されるのに立会った親友安倍能成は、「君と交を結ぶ僅かに八ケ月、長きにあらざれども、意気相投じ、肝胆相照し、旧知の如く、互に腹臆を訴へて、一も蔵する所なし、友に乏しき予は無二の良友を得たるを喜び、心を傾け、情を尽して、談笑時の移るを知らず、手を振りて快哉を呼びしこと幾度ぞや、思ひきや、此月此日、君に別れ、血に泣きて、ホレーショの悲劇を演じ、憾《うらみ》を飛瀑の遺響に託せむとは」と歎いた。なお、安倍はその後藤村の妹と結婚することになった。

文芸部委員だった一年上級の阿部次郎は、「死は人生唯一の安慰なりや否やは姑《しばら》く措いて之を問はざらむ。然れども光を求めて現世に得ず、煩悶輾転《てんてん》の後、僅に之を死の彼岸に認め得たる時、自ら殺して以て塵世の葛藤を超越せむとするはこれ至当の結論にあらずや」とその死を一応肯定した。が、「君の煩悶と君の悔悟となくして、徒《いたずら》に一時の感動のために死するはこれ極めて愚、極めて狂のみ、又君の死を誇称するが如きは独り其志にそむくのみならず、また人の子を害ふの憂なきにあらず」と記して、この死が一種の風潮となることに批判と警戒感を示した。

しかし、この藤村の死から一年経って、やはり同級の旧友で文芸部委員もつとめた魚住影雄（明治三十九年文科卒。大学在学中病歿）が、『校友会雑誌』一三七号（明治三十七年五月）に「自殺論」を書いたために、論議が再燃することになる。それは個人主義の主張にもつながるものとなったのである。魚住の「自殺論」は、一口にいえば、藤村操の死に触発されて、個人主義の立場に拠って、自殺そのものを肯定しようとする論であった。

魚住は述べた。人は生を享《う》けることの諾否を自ら決めることはできないが、一度《ひとたび》生まれ出たからには、自分個人の要求の充実や理想の実現に向かって生きるべきものである。また、もし求めるものが与えられないなら、世を否定し、自己を否定することもできるはずだと考える。自殺とは何か？　それは、煩悶が生じたとき生きて解決できるのを第一の解脱《げだつ》だとすれば、第二の解脱の在り家ではないか。自殺は、誠あるものの離れ家であるともいえよう。真率な人間が、現実に安んじ得ず、理想の実現を強く希求して生きるとき、その理想すらも空しき妄想と化することがある。この世のすべてが虚偽と目に映るとき、人はなお忍耐して生きるべきだろうか。否、その場合もはや忍耐は降服であり、卑劣なことなのである。自殺こそがその場合悟りの極致に到る道である。そこに自殺の意義もあり、解脱の実現につながるのである。

このような論理で魚住は自殺を個人主義の一つの実現として位置づけた。ただし、魚住自身は、理想の実現を求めて得られず煩悶するとき、「狂」するか「自殺」するか「信仰」するかの三つしかないが、その第三の「信仰」を選ぶ、と付記した。実際、彼はその前後から聖書に親しみ、黙示録やマタイ伝・ヨハネ伝等の啓示する境界に沈潜して行った。

先の阿部次郎は、魚住の所論に対して、個人主義への傾きを肯《うべな》いつつも、「理想冥想の態度」(『校友会雑誌』一三八号、明治三十七年六月)を卒業直前に書き、ゲーテのウェルテルの煩悶や、シャトオブリアン(一七六八～一八四八、フランスの作家、啓蒙主義からロマン主義を開いた)の倦困とをわれらが自ら体験せざるを得ないのは、必然の過程として致し方ないことであって、逡巡することもない。ただ、しかし、その場合、われらは超歴史的・超社会的・超教権的ならざるべからずとして、次のように説いた。

人類の思想の歴史は千態万様の資料と教訓をわれわれに与えはするが、われらが一貫した理想に向かって進む努力を禁ずるものではない。自己を捨てても歴史に従って繁栄をはかるのも、歴史に抗しても自己の要求を主張して悲壮な最期を遂げるのも、所詮はわれらが欲するままにすればよいのだ。よってわれらは超歴史的ならざるべからず。

次に、われらは国家社会の一員として保護を受けている以上は、それに対して尽す義務があるのは当然だが、国会社会に権威があるかないかは、われら自身によって是認あるいは否認されるべきものである。われらの心はあくまで自由であって、どんな権威もその心まで禁圧することはできない。たとえ肉体は殺し得ても、信条はどうすることもできない。よってわれらは超社会的ならざるべからず。
いま一つ、われわれは孤独に耐え難く、協同して物事をするのを好むが、自己の内心の決定を棄ててまでも多数決の中に安定を求めることはしない。それは卑怯・陋劣の振舞である。地上の教権なるものも、結局は多数の流れであるにすぎない。たとえ、天啓と多数決の帰結との間に矛盾がない場合でも、それを内心の要求によって非認することはできる。われわれは、寂寥と煩雑とを忍んでも、個人主義的思索をイプセンやトルストイのように深めざるべからず。よってわれらは超教権の立場をとる。

阿部はこのように述べて、われに理想信仰を与えるものはわれわれ自身以外になし、われらの内奥の要求は全心の要求である。一を立てて他を棄てんとするとき、われらの心に叛逆を伴うのは当然のことである。安立の境地をすべて超理性の彼岸に置け、と結んだ。

この後も、個人主義についての論議は『校友会雑誌』の論説欄を賑わした。第一四〇号（明治三十七年十月）には、藤原正が「個人主義に対する卑見を陳《の》ぶ」の題で、我は我自身であって、決して他の何物でもない、我は独立自主、外界への無意義な服従を拒み、一切の束縛を脱して、自主の天地に自在の飛躍を渇望し、自家の本来の面目を発揮しようと、「個人主義による宣戦布告」を行なった。そして、藤原は、個人を離れて理想はなく、個人を離れて主義もない、すべての主義は個人主義である、とまで言いきった。

これに対して、明治三十七年度文芸部委員を安倍能成や魚住とつとめ、校内弁論大会でも活躍した青木得三（明治三十八年英法、のち大蔵省主税局長、中央大教授）が次の号（一四一号、明治三十七年十一月）で、すべての主義が個人主義なら、帝国主義も個人主義ということになって痛快だが、特殊な個人主義と全般的な個人主義の間に区別を設けなければ判然としない、と批判した。そこで藤原正は、さらに次の号（一四二号、明治三十七年十二月）で、青木は予め狭義の個人主義を念頭に置いて論を進めている、自分はあくまですべての主義は個人主義との見地から出発しているので、議論が噛み合わない、と反論した。

この藤原の反論と同じ一四二号に、前に「自殺論」を書いた魚住影雄も改めて「個人主義に就いて」の論考を寄せた。魚住は、自らの個人主義は個性主義ともいうべく、個性の発展こそ人生の第一義で他はすべて第二義だとした。また、個性の発展は人間存在の意義を発展させるもので、自我を鮮明にすることである、その意味で自分は個人主義者である、と魚住は宣言した。彼は、同時に、個人主義の道徳を人道と呼んだ。彼にとっては、人道とは個人を尊重することでもあったのである。

以上、これらの論議を総括する形で、藤村操のかつての親友であり、魚住や青木、茅野蕭々と文芸部委員をつとめていた安倍能成が、『校友会雑誌』一四五号（明治三十八年三月）の巻頭に「個人主義を論ず」をまとめた。

安倍は、改めて個人主義とは何ぞやの設問をし、それは個人中心主義、個人基本主義のことだとした。個人主義の起点は、自分というものの存在の自覚にあるからである。そのような個人主義は、人生価値の問題や、国家・社会・教権・歴史、すべての未知の世界に真向かい、立ち向かう。人生の問題に直面すれば、破滅を恐れず、肯定否定のいずれも予定せず、内心の深みにある要求を貫き、自我の権威をあくまで主張して、自由な自我の発展を期することになる。それは、ときには痛快な、ある

安倍能成（一高校長時代）

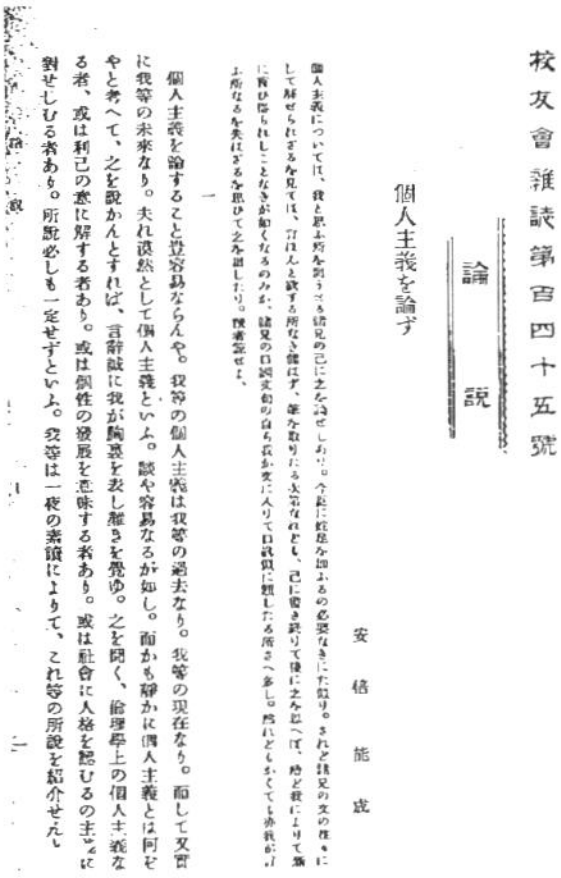

校友會雜誌第百四十五號

論説

個人主義を論ず

安倍能成

一

個人主義を論すること豈容易ならんや。我等の個人主義は我等の過去なり。我等の現在なり。而して又實に我等の未來なり。夫れ漠然として個人主義といふ。誠や容易なるが如し。而かも靜かに個人主義とは何ぞやと考へて、之を說かんとすれば、言辭誠に我が胸裏を表し難きを覺ゆ。之を聞く、倫理學上の個人主義なる者、或は利己の意に解する者あり。或は個性の發展を意味する者あり。或は社會に人格を認むるの主義に對せしむる者あり。所說必しも一定せずといふ。我等は一夜の素讀によりて、これ等の所說を紹介せんし

「個人主義を論ず」（安倍能成）

いは苦悶に満ちた姿にもなるであろう。

また安倍は、主義とは行為の方則であると規定し、生活・挙止を指示する力を発動させる意見・意志、または信仰である、と述べた。そういう主義は、個人を不問に付することを許さないであろう。従って個人主義はあらゆる主義の総称ともなる。われらはもはや個人主義をよそにして行くべき道を持たない。あらゆる事物の判断はただ個人にまつのみである。事物の価値の判断もまたしかり。されば、個人主義を偏狭だというものは、個人を侮蔑することになる。もし個人主義は普遍を欠くというものがあれば、個性を問わない普遍とは何ぞや、と答えよう。真の普遍もまた個人の深底から湧いてくるものである。

最後に安倍は、個人主義は個人を自主自由の世界に羽ばたかせる、高き理想を追わせる、「ここに至って個人主義は、完全円満なる無限の姿を天地の実在者に仰がざるを得ず。個人主義の不断の努力は一

となることにあり。我等個人主義の極地を遥かに無我無意識の境に憧憬す」と記して論を了えた。安倍は東大哲学科を了えて、戦前の京城帝大の教授などつとめたが、昭和十六（一九四一）年、戦争下の母校・一高の校長となって着任した。在学年限も三年から二年半、二年へと短縮され、工場動員や学徒出陣の嵐が吹き荒れる学園で、せめても許された時間の読書や、底流に流れるアンチ・ミリタリズムに秘かなはけ口を求めた一高生たちは、三十有余年の昔『校友会誌』に個人主義の自主と自由を謳った安倍能成が校長となったことで、親鳥の懐ろにしばし抱かれたような安堵感を覚えたのだった。

3　文学の興隆——詩歌、俳句

——茅野蕭々、木下杢太郎、荻原井泉水、吉植庄亮、土屋文明——

個人主義の台頭とほとんど時を同じくして、それまで論説・評論と詩文が主体だった『一高校友会雑誌』に、近代的な創作や新しい詩や短歌、さらに新傾向の俳句までが誕生することになった。その先鞭をつけた茅野蕭々（儀太郎、短歌）、野上豊一郎（創作）、荻原井泉水《せいせんすい》（藤吉、俳句）等の人々が、そろって夭折した藤村操と同じクラスや同学年にいたのも回り合わせであろう。

このうち茅野蕭々は、藤村とともに明治三十五（一九〇二）年一高文科に入学し、一年の春の三月の『明星』に短歌を発表し、その後『校友会雑誌』一四八号（明治三十八年六月）に白箭の号で、

暮れゆく春の早の路
牛追ひ帰る牧童は
今笛なげて泣く折か
若き生命のさびしさを
くづをれおもふ夕べかな

の詩や短歌を載せた。茅野はほかに「詩的空想の価値」（『校友会雑誌』一四一号、明治三十七年十一月）と題した文学論も発表して、事実や現実を書くほかに方法なし、とする写実または自然主義的文

学に対して、詩的空想こそ大切であると提唱し、詩的空想は決して詩人の専有物ではなく、人間の内面の深奥の響きを伝えるものだとして、詩的空想の要素を日本の文学はもっと具えるべきだ、と強調した。『明星』に発表した短歌が好評で、与謝野鉄幹・晶子に次第に信頼されて、新詩社同人のロマンティシズムにもなじんだ茅野らしい主張である。また、その主張はその後の『校友会雑誌』の文苑に、従来なかった甘美さをもたらすことにもなった。

なお茅野は、歌作だけでなく、東大独文科進学後、与謝野晶子、山川登美子とともに『明星』の三女性歌人の一人とされた増田雅子（大阪道修町の薬種問屋に生まれ、日本女子大国文科卒）と知り合い、熱烈な恋愛ののち結婚した。このことによって、いっそう『明星』との絆が深くなるのである。

茅野と一高の同学年の工科に、やはり新詩社に属した平野万里（久保《ひさやす》、技師、歌人、一八八五～一九四七）がいた。平野は東京本郷に生まれ、森鷗外の長男於菟（明治四十二年一高医科）と乳兄弟の間柄であった。歌の同好の士であることから、平野も茅野とともに『明星』に歌を発表して師の鉄幹に認められた。新詩社内で、茅野のほか石川啄木、吉井勇、北原白秋、高村光太郎らの若手の歌人や詩人たちとも親しくなった。そして、茅野が雅子との結婚によってあくまで『明星』を守る立場を通したのに対して、平野は吉井勇、北原白秋、高村光太郎らとともに鉄幹に叛旗をひるがえして新詩社を脱退し、新たに『昴』（『スバル』）をおこした。平野は一高で茅野と学年は一緒だったが、年齢は二つ若かった。同じ年ごろの白秋や吉井勇らのほうが主張も気も合ったのかもしれない。そして、やはり『昴』に加わった一高で同窓の忘れられない詩人がいた。木下杢太郎である。

木下杢太郎（本名・太田正雄、のち東大医学部教授。一八八五～一九四五）は、一高では平野の一年下の医科に入った（明治三十九年医科卒）。生家は静岡県の伊東の商家で、独協中学時代から美術や文芸を愛好して、本人は美術学校に入りたかったのを、家の反対で一高医科に進んだのだという。そして、一高から東大医学部に進んだのちの明治四十年三月、『明星』に小品文『蒸汽のにほひ』を発表して注目を浴びた。新詩社に彼を紹介したのは、中学時代からの文学上の友人長田秀雄であった。木下杢太郎は、長田や北原白秋とともに『明星』の新進三詩人と呼ばれるほどになったが、明治四十一年十一月、長田秀雄、白秋、吉井勇、平野万里らと『明星』を去って「パンの会」を起こし、翌年一月『スバル』を創刊した。その間に、木下杢太郎は『方寸』という美術雑誌を始め、そこで親しくなった洋画家石井柏亭の影響もあって、日本で初めて文学に印象主義を実現した「緑金暮春調」「食後の歌」などの詩集や、異国情緒に満ちた「南蛮寺門前」などの戯曲を書いたことはよく知られている。

ただし、これらの作品が生み出されたのは、杢太郎が一高を明治三十九年七月に卒業して、東大医学部に進んだ後のことではないか、というご指摘があるであろう。たしかにそうにちがいないが、実はその杢太郎ならではの詩情と調べは、すでに一高時代に用意されていたという証左を例示しておこう。彼はすでに中学時代長田秀雄らと詩作もして素養があったのだが、一高時代の明治三十八年から翌年にかけての日記を見ると、『校友会雑誌』をちゃんと読んでいて、知友の寄稿した文はとくに気をつけて批評もしていたのがわかる。そして自分自身は『校友会雑誌』に出すことはしないが、気の向くまま日記に書きつけたのに、奇想天外でありながら、のちの才華をうかがわせる即興詩などあって、大変興趣深い。

たとえば、房州に旅した明治三十八年四月五日の日記に、汽船の中でテレテレックテレックックと一種の子守歌のように響く音に合わせた即興として、

おらがおやじは船長様よ
二十一年房州通ひ
おらがおふくろ港にすませ
いつか見ぬ間になくなった
　テレテレックテレックッ
乳は知らない塩飯くって
晩にやおやじの酒いきかいて
テレックックの愚痴子守謡
謡のおやじはおととししんだ
おらがなるなら船長様よ
　テレテレックテレックッ

――かと思えば、同じ房州の旅で千倉に温泉があると聞いて行ってみたが、とくに景色というほどのものもなく、労れた足をひきずって三里半向うと聞いた和田町というほうへ行く。途中で夕日が落ちて家々に灯りがついた。ところがあと一里という町になかなか着かない。そこで俚謡ふうの歌ができた。

夕日落つれば

若い旅の客何急ぐ
一里きてきけアまた一里だよ
ここの一里は二里三里
風が出てきたあかりをつけろ
せどの三太のかへり時

何でもなく歌っているようだが、知らぬ旅の土地の人や雰囲気を詠みこんでいるのだ。このセンスが、二年後の明治四十年八月には、東大医学部一年の夏休みの杢太郎も加わり、与謝野鉄幹を先頭にあとはみな学生であった吉井勇、北原白秋、平野万里と合わせて五人が唐津・平戸・長崎・天草・島原を回る旅をして、「五足の靴」の紀行文をものすることになった。

新傾向俳句で、俳諧の世界に革新と近代をもたらした荻原井泉水（藤吉、一八八四〜一九七六）も、藤村操のいた一高文科の同じクラスに育った。荻原は麻布中学（現中・高校）にいたころから尾崎紅葉も選者だった『読売新聞』の俳壇に投句する少年であった。一高に入った後、ちょうど英国から帰った夏目漱石が講師に就任したので、仏法三年にいた柴浅茅（碩文）、同じく仏法二年にいた松下紫人（碩三）、文科二年にいた三井甲之（甲之助）らと図って一高俳句会を正式に発足させ、第一回の句会を明治三十六年二月三日上野の三宜亭を会場として開いた。

この第一回句会には、夏目漱石のほか、『ホトトギス』の高浜虚子、河東《かわひがし》碧梧桐、松根東洋城や、やはり子規の門下であった内藤鳴雪も招かれ、一高生も十数名が参加して盛況であった。その後も毎月句会が開かれ、回を追って寮生の参加も増え、それまであった短歌会をしのぐ勢いとなった。明治三十六年五月の端午の節句の俳句会には、漱石、虚子、碧梧桐もそろって上野池之端の不忍池畔の葉桜の下で柏餅を食べながら、それぞれ次のような句を残した。

落ちし雷を盥にふせて鮓の石　漱石

競馬見や加茂の裏川徒渉り　虚子

後れしがよく乗り立てし競馬哉　碧梧桐

荻原井泉水自身は、そののち俳句会に加わった同学年の英法のクラスの尾崎放哉（秀雄。一八八五～一九二六）ともども、『校友会雑誌』にも佳句を載せるようになった。たとえば一五二号（明治三十八年十二月）には「鯛味噌」の句題の下に、それぞれ次の句を出している。

鯛味噌に松山時雨きく夜かな　芳哉

鯛味噌を芭蕉が辻に買ひにけり　井泉水

井泉水は一高俳句会の選者もつとめた。そして、大学は言語学科に進み、一高俳句会で知己となった河東碧梧桐と新傾向俳句の運動を起こして、明治四十四年『層雲』を創刊し、やがて主宰して、印象主義もとり入れた象徴的な自由律の俳句を提唱するに至った。

力一ぱいに泣く児と鳴く鶏との朝

といった句である。この『層雲』に、一高時代からの友人で俳句仲間の尾崎放哉も句を投じた。尾崎放哉は、一高三年のとき『校友会雑誌』一四五号（明治三十八年三月）に、「三天坊」のペンネームで「俺の記」を載せている。夜の寮生の行状記とでもいうべきもので、独特の諧謔味に無常感のペーソスを交え、味わい深くおもしろい。俳諧の「俳」が諧謔を滑稽を意味するのであるなら、放哉こそはそれを一高時代から体得していたというべきであろう。大学を出て立派に就職もしたが、酒に無常をまぎらす日や、妻とも別れ京都の一灯園に無一物の身をあずけることにもなった。そういう放哉を旧友井泉水は終生気づかい、友情を尽した。

落合直文由来の「歌学会」にさかのぼる短歌の会は、明治三十年後半は新興の俳句会に抑えられた形で一時衰退した。茅野蕭々や平野万里のようなプロの在学生もいたのに、『明星』など外の専門誌に作品を発表して、一高での歌会には参加しなかったのである。実は、斎藤茂吉も藤村と同学年の一高医科に在学した。しかし茂吉は、一高三年のころ子規の遺稿「竹の里歌」を古本屋で偶然見つけて歌に親しみはしたが、伊藤左千夫に師事して本格的に作歌にとり組んだのは大学医学部に進んでからのことで、一高時代の歌会に顔を出してはいない。

この間、一高の歌会は「霜月会」の名でつづけられ、魚住影雄も「蒼穹」の名で次のような歌を出したのが『校友会雑誌』一三三号（明治三十七年一月）に載っている。

　夕ふと壁にうつれるおのが影さびしとみるにまたうまれゆく

歌は新しいが、調べが寂しい。魚住影雄は病みがちで、六年後に早世するのである。

明治三十九年一月になって、当時在学した佐瀬蘭舟（武雄、明治三十六年英法入学、のち中退）、黒田陽炎（朋信、明治四十年文科卒）、古川蓬水（興、明治四十一年英法卒）といった生徒たち六人が詠草四十首を寄せて一高短歌会が発足した。『校友会雑誌』一五四号（明治三十九年二月）の紙面に詠草は掲載されたが、同じ号に、俳句会のほうは三周年記念句会を根津の娯楽園で開いて椎茸飯で祝った、との報告を載せた。短歌会はこの時点から追い上げにかかる。

他方、一高新詩会という詩の会も、大貫晶川（雪之助、明治四十二年文科卒）によって同じころ創立され、『校友会雑誌』一五六号（明治三十九年四月）に第一回の作品発表をした。大貫晶川は、谷崎潤一郎と東京府立一中以来の同窓で、岡本かの子の兄であった。大貫は短歌会も支援したが、その短歌会が一転して興隆に向かったのは、吉植床亮が明治三十九年英法科に入学してからである。

吉植庄亮《しょうりょう》（明治四十三年英法卒、のち歌人）は、千葉県印旛郡の大地主の長男に生まれ、父は有力な国会議員で吉植自身も千葉の農民代表の議員を何期かつとめた。東京の開成中学から一高に入学したが、すでに中学時代から『新声』（のちの『新潮』）や『心の花』に作歌が載り、とくに『新声』の選者だった金子薫園の知遇を受けた。薫園は、前述のとおり落合直文の浅香社に属し、直文の長詩にちなんで「白菊会」をつくったぐらいであるから、その教えを受けた吉植庄亮も、落合直文の流れを汲んだことになる。開成中学五年のとき読売新聞の懸賞文芸の一等の当選し、一高入学直後に金子薫園が編集刊行した白菊会の歌集『令人』にも吉植の歌が紹介された。

そんなわけで、吉植は一高入学時すでに若手歌人として認められた存在で、直ちに短歌会に入って活躍し始めた。『校友会雑誌』に短歌会詠草の歌が最初に載ったのは一六四号（明治四十年二月）である。

くりすますとほつ丘なる聖燭《みあかし》を窓にながめて寝《い》ねしを憶ふ

ほか三首で、さすがに出来上っていた。短歌会幹事であった先輩古川蓬水がたちまち激賞した。次いで一六七号（明治四十年五月）にも、

君が織る絹糸もかをれ初夏はものみな涼し草丘の家

など五首が選に入って載り、この歌は当時文芸部委員となっていた後年の大作家・谷崎潤一郎が批評欄で特筆して称えた。

谷崎潤一郎（明治四十一年英法卒）については次章で精しく記すが、短歌会にも関わっていた。谷崎は、東京府立一中時代からの親しい友人の恒川陽一郎（号石村、明治四十二年仏法卒。のちに赤坂の名妓萬龍と結婚した話は有名）が、いったん金沢の四高に入ったのち、おくれて一高に転じたのを機に、この恒川、大貫晶川とともに短歌会をも主催した。谷崎の短歌との関わりはそれだけではない。やはり府立一中で一時同学年だた吉井勇（当時は『明星』所属）を、白秋らと一高短歌会に招いたりした。そのことを書いた回想が吉井勇の自筆未発表ノートにあるのでご紹介しておく。

一高短歌会が恒川陽一郎君の家で催されて、与謝野寛先生に従って北原白秋と私（吉井勇）が出席。谷崎君も私もまだその時分痩せて細っそりした二十過ぎたばかりの青年だった。私の目に残ってゐる谷崎君は、飛白の羽織に赤いリボンを紐代りにしめて、会の後の会食の時にはしきりに麦酒を注いで回った。ひとり一高側の代表のやうにしゃべってゐた。

このように短歌会をとりしきっていた谷崎潤一郎に賞賛された吉植は、たちまち短歌会の中堅となり、リーダーとなって、以後『校友会雑誌』にほとんど毎号のように五、六首から多いときは二十五首もの歌を載せた。吉植のほかに、文芸部委員にもなった後藤末雄（明治四十三年文科、のちフランス文学者）や恒川陽一郎の歌も光ったが、新しさも、題材や発想の清新さも、吉植には及ばなかった。一年留年したので在学四年に及んだ一高生活の間に、『校友会雑誌』に載せた歌の数は百五十七首に上った。これは先輩の尾上柴舟に次ぐ記録である。代表作と思われる佳首二、三を再録しておく。

物の音も少女が胸のときめきのやさしさふくむ春といふ名に
　ふとゆめも見つれ軽舸ののりごこちおぼえて春は夕めでたき
　無花果の熟れしづるるを玉の卓白き花などあしらいておく

吉植は撃剣部（剣道部）でも活躍して多忙な寮生活であったが、午後九時の消灯後、提灯を持って寮室を回り、短歌会の加入者を募って歩いた。入学前に短歌を雑誌に投稿していた新入生を知ると、真先に会って短歌会に誘った。こういう努力もあって、一高短歌会は隆盛をとり戻した。吉植は、パンの会に加わった吉井勇や白秋とも親しかったが、のちに生家に戻り帰農して印旛沼の干拓・開墾に当る。その苦難多い農民としての日常を歌集『開墾』（甲島寿林、一九四一年）にまとめた。

一高寄宿寮では、吉植は弁論部の委員（明治四十一年後、岩切重雄、吉野信次とともに）もつとめ、反骨の弁論で知られたが、一年下の文芸部委員もした柳沢健（明治四十四年仏法卒、のち外交官、詩人）を、その弁論で鉄拳制裁から救った逸事がある。ことの起こりは、柳沢が木下杢太郎や北原白秋に影響を受けた「大川端情調」と題する次の詩句のある詩を「やなぎの小鳥」の名で『校友会雑誌』二〇三号（明治四十四年三月）に載せたためであった。

　大川端の靄の夜は
緑としろのみだれ咲き
うるんだ靄がとりまいて
灯の色もうつくしや

うっとりとしてほつとして
夢見る人が行くわいな

このあとに「久松町の芝居を二人でればなつかしや」などとつづく。少しばかり、金と銀とが散るぞえな（白秋）的な甘美の趣きがあるだけで、たいして問題はないと思えるが、当時の一高寄宿寮の運動部や中堅会（二年生が中心になり寮内の綱紀をとりしきった）の寮生たちが軟弱許しがたいとして、この詩の筆者柳沢を糾弾し、掲載誌を引き裂くなどして鉄拳制裁（こらしめのため殴ること）を決議しようとしたとき、撃剣部の猛将でもあった吉植は敢然と立って「柳沢の詩は思想の所産である、思想に対してはあくまで思想を以て対処すべきである、鉄拳制裁は断じて不可」と異議を唱えた。このため、ついに制裁の決議はなされずに終った。

吉植によって興隆した一高短歌会からは、その後山宮允《さんぐうまこと》（明治四十五年文科）、岡田道一（大正二年医科、のち医師、歌人）、土屋文明（大正二年文科）らが、明治の末年から大正初めにかけて育った。このうち文芸部委員をつとめたのは、柳沢健のあと明治四十四年度の委員となった山宮允である。のちに作家となり『レ・ミゼラブル』『ジャン・クリストフ』などの翻訳もした豊島与志雄と文科の同期であった山宮はそのころからイェーツなどのすぐれた訳詩を『校友会雑誌』に載せ、短歌も作った。その山宮が寄宿寮で同室となり、仲よくなったのが土屋文明である。

土屋文明（一八九〇〜一九九〇）は、群馬県上郷《かみさと》村の農家の長男に生まれ、高崎中学在学中『ホトトギス』の定期購読者となって、小説・新体詩・短歌などを雑誌に投稿し、中学卒業後、歌人・伊藤左千夫の家に寄寓してそのすすめで一高文科に入学した。この前後、すでに発刊されていた『阿羅々木（アララギ）』に親しみ、伊藤左千夫に歌も見てもらうようになり、同門の斎藤茂吉や古泉千樫と知り合うことになった。

一高の寮で山宮と同室になった土屋は、そのすすめで「病葉」と題する十数首を『校友会雑誌』二〇六号（明治四十四年六月）に寄せた。

熔岩の流れ国をおほはむ日も知らずかなしみなれゆゑありてたゆたふ
灰を浴み林いづればうすら日に桃あかあかと咲ける原あり
もみぢ葉の散るをかなしと病葉《わくらば》の雨に落つるをなほしたふなり

などの歌で、すでに『アララギ』の一人となり、茂吉や千樫とも知っていた充実ぶりが、歌句の重層感となって現われている。しかし、その後一高における土屋は、留年したため一年下級の芥川龍之介、久米正雄、菊池寛らと同級となって小説も書いたが、『校友会雑誌』や短歌会には「病葉」以後関わりを持たなかった。寄宿寮よりも安い下宿を求めねばならなかったという実生活上の都合もあり、大正二（一九一三）年七月には師の伊藤左千夫も亡くなったので『アララギ』の仕事も忙しくなって、他を顧みる余裕もなかったのであろう。

土屋と一高短歌会との関わりは、むしろ後年、斎藤茂吉や島木赤彦、古泉千樫らと歌会に講師として招かれることが多くなってからである。向ケ岡時代の一高の学校前のミルクホールや大学の前のレストランなどで、短歌会の生徒たちと同席して、遠慮のない批評を声高に述べる彼は、多くの後輩たちに敬愛された。のちのちまでその人柄を短歌会にいた後輩たちに懐しまれた。土屋はのちに歌人としての功績により文化勲章も受けた。長野県諏訪の女学校長をした大正七年ごろ、教え子の一人に平林たい子がいて、土屋がその才能を早くに認めていたこともよく知られている。

4 『新思潮』への系譜――創作の展開

――谷崎潤一郎、和辻哲郎、芥川龍之介、菊池寛――

一高の『校友会雑誌』で、最初に創作のジャンルに入る物語を書いたのは、藤村操と文科の同級にいた野上豊一郎（明治三十八年、文科）である。野上はのちに野上弥生子を伴侶としたが、小宮豊隆や中勘助とも同級だった彼は、英語の講師であった夏目漱石に近づき、師事することになった。

そして、ちょうど野上が一高三年の明治三十八年一月から漱石が『ホトトギス』に「吾輩は猫である」を執筆しはじめたのを読んでひどく面白かったので、自分もそれにならって、『校友会雑誌』一四六号（明治三十八年四月）に「吾輩も猫である」の題で、「謹《つつしん》で此一書を吾輩の尊敬する猫先生に献ず」と前書して、戯画的な一編を載せた。漱石の「猫」の主人公は「車屋の黒」であったが、野上の戯作の主人公の猫は、車屋の黒の旧友であるところの「パン屋の白」なのであった。書き出しの早々から、この白猫は車屋の黒猫の主人のことを「此国で最もえらい学校教師の一人だと聞いている、その家庭を写し出した」猫である、と持ち上げて、野上自身の漱石に対する畏敬の念をかくさず表明している。白はこの一編の中で、黒が教師の大人の家庭や社会を活写したのに対して、その教師の書生たちとその仲間の実生活を描いてみせた。当時の学生生活のありよう、といったものが随処にほのみえておもしろいが、そのユーモアや諷刺は、漱石の「猫」に比べるといじましい憾《うら》みがあった。

それから二年後に、谷崎潤一郎が登場して、独自の小説世界を短編の中に表出することになった。谷崎は、前章で紹介したように短歌会の幹事役もつとめたが、東京府立一中時代、五年級にいた市河三喜（のち東大英語英文学科教授）が〝英語の市河〟と呼ばれ、三年級にいた竹内端三（のち東大数学科教授）が〝数学の竹内〟と呼ばれたのと並んで、谷崎は一年生にして〝文章の谷崎〟と呼ばれたほど文才を認められていた。彼の本領は創作にあったのである。

一高に入った谷崎は『校友会雑誌』一六五号（明治四十年三月）に「狆の葬式」、一六八号（明治四十年六月）に「うろおぼえ」の創作二編を一年生の間に発表した。小品ながら、これこそは一高始まって以来のノベルというべき短編であった。「狆の葬式」は、主人公が書生をしている主家の主人の可愛がっていた、緋縮緬のチャンチャンコを常々着せられていた、なかなかの好男子？　の狆が、いい相手が見つかったと妻合《め》わされることになった日に、心臓病で急死してしまう。それで主家の夫人に言いつけられて、夜中に菩提寺へ狆の遺骸を大切に抱えて行き、手厚く葬ってくれるよう頼みに行く話である。たまたま主人公はその朝、犬殺しに無惨に叩き殺された犬を見た。その形相が忘れられない主人公の心理描写や、断末魔の犬の目の恐ろしさの表現が見事で、後の谷崎の片鱗をうかがわせ、さすがである。たとえばぜいたくな狆の面相が、団十郎という当代随一の歌舞伎役者の「暫」の助六の隈ぬりのようだったというのも、いかにも谷崎の趣味を思わせる。また、いきなり主家の狆の死をモチーフとしたのも、谷崎自身の当時の境遇の影を落としつつ、現代のペット時代を先どりしているようである。

「うろおぼえ」は、茅場町の相場師だった父が失敗したため、同じ下町で料理屋をしていた叔父の家に移ってからの幼時の思い出と、下町ならではの情緒を描いたものである。二十の谷崎の筆は、叔父に離縁された懐しい叔母への思慕を秘めながら、「其の夜の己はもう十五の少年だ。其の体を循る血の流は、昔より穏で、欲しければねだり、悲しければ泣き、何の遠慮も心づかいもしなかった。胸の奥には、いつしか世の中の暗い恐ろしい裏面に住んで居る悪魔の影が宿り、其の毒ある息吹に吹かれて、渦巻く濁流の中に陥りつつ、もがいて居る憫《あわれ》な運命を持つ人のあるをも知った」と叙べている。間もなくデビュー作となった「刺青」に始まる悪魔主義の気配もほの見え、それが、なぜ頭をもたげたのか、をも考えさせる。

この後谷崎潤一郎は一七一号（明治四十年十一月）に「死火山」の一編も書いた。谷崎は明治四十年度の文芸部委員に推されており、前章で述べたように短歌の批評や短歌会幹事も兼ねていた。このことも機縁となって、やがて彼は文壇への華々しいデビューをも飾ることになった。というのは、短歌会に吉井勇や北原白秋などを招《よ》んだことですでに『明星』で名を成していた彼らと親しくなり、しかも、彼らが『スバル』を創刊し、パンの会をつくったことで、谷崎もその仲間に入って一高先輩の小山内薫や、森鷗外、永井荷風らも知ることができた。このことが谷崎自身を文壇へ押し上げる直接の契機となったのである。

谷崎は、大学の法学部に入ったが、教室には出ず、授業料も滞納し（そのため大学は中退を余儀なくされるが）、一高で同じく文芸部委員をした和辻哲郎、大貫晶川、後藤末雄らと、先輩で劇作家となっていた小山内薫を中心に第二次『新思潮』を明治四十三（一九一〇）年九月創刊し（第一次『新思潮』は明治四十年九月小山内薫が発刊）、谷崎はその第一号に創作「誕生」、つづく第二号に「刺青」を書いて、この第二号を鷗外と永井荷風に送ったところ、荷風が『スバル』の若手グループと親しかったこともあり、谷崎の「刺青」を激賞した。これによって谷崎は『スバル』にも書き、創作の檜舞台であった『中央公論』にも明治四十四年十一月号に創作「秘密」を載せて登場し、しかも同じ月の『三田文学』に永井荷風が「谷崎潤一郎氏の作品」を書いてその文学的特質を賞揚したので、華々しく文壇にデビューすることもできたのだった。

谷崎潤一郎がこのようにして、まず一高の『校友会雑誌』に習作及至処女作を載せ、次いで『新思潮』に拠って問題作を発表して文壇への登場を果たした事実は、のちのちの文学上の後輩に大いなる示唆を与えることにもなったようである。

和辻哲郎（明治四十二年文科卒、のち東大倫理学科教授。一八八九〜一九六〇）は、谷崎潤一郎の一年後の文芸部委員（明治四十一年度）を、大貫晶川（雪之助）やのちに一高のドイツ語教授となった立沢剛とともにつとめた。なお、和辻の文科の同級には九鬼周造、天野貞祐、牧師となった俊秀岩下壮一らもいた。

和辻は、出身の姫路の中学の先輩に魚住影雄がいた関係で、彼と親しくなり、その個人主義の思想にも影響される。しかし、個人主義にこだわるあまり寮生活をも否定しようとした魚住とはちがって、運動部の存在や対抗試合などの意義を認めて、その意味で校風論を精神的に擁護する「精神を失ひたる校風」の一文を『校友会雑誌』一七四号（明治四十一年二月）に書いた。その中で和辻は、無意義な籠城主義は排し、ソシアリティを叫び、形式主義を打破して、自由と真実に生きる寮生活や学校生活を送るべきことを唱道した。このソシアリティの強調は、狩野亨吉のあと明治三十九年九月一

文苑

狆の葬式

谷崎潤一郎

七月廿五日の朝五時、己は東京灣汽船會社に北村直七郎君の房州行を見送つて、釆女町への歸路を俥で走らせた。

何しろ朝寢坊の男が其の日に限つて四時頃に他人から呼び醒されて、顏もろくに洗はず、飯も喰はずに飛出したのだから、未何だか眼瞼が張れぼつたい。口中では唾液がネチ〳〵する。どうかすると居睡が出るので兩手で眼を擦ると睫毛の端にザラ〳〵と眼脂が着いて居る。折柄の空はどんより曇つて、重々しい、下界に迫るやうに垂れ懸つた鼠色の雲が一面、斷目斷目には更に上の方に白雲が重つて見える。降雨の前兆であるのか暁から可厭に蒸暑く、俵の中迄湯氣を通されたやうである。汗襦袢と單衣との襟をキチンと緊めて着たので、尚更頸の周圍は燃え立つ程カッとする。いくら目を張つて力んで見ても、生暖い空氣が睡氣を催して、大川口にピーッと嘶く、幽に、長々と響き渡る汽笛の聲を夢現の境に聞きながら、何時かとろ〳〵と前後不覺になつた。

突然車の心棒がガタンと鳴つて、泥除しが一彈ね彈ねると、車が搖れて大きな自分の腰が一寸ばかり宙に

「狆の葬式」（谷崎潤一郎）

芥川龍之介（左）と井川恭（右）

高校長となった新渡戸稲造の思想をとり入れたものと思われる。その点、新渡戸の人間像をシニカルにしか見なかった次の世代の芥川龍之介などとはちがって、おおらかな、真率な理解を示していたことがわかる。

和辻はそれまでに創作も書き、短編「炎の柱」を『校友会雑誌』一六四号（明治四十年二月）に発表した。舞台は藤原氏の公達が野の花に狂うように遊んだ王朝時代の京の岡崎である。戦いに父を失って都を漂泊する珍磨と清姫の兄妹の物語で、兄妹は愛し合っているが、ともに父を恋う思いと、その父の死霊がさまよい出ることで織りなされる妖しいかげが全編を掩う。和辻は、一編の底流に安珍・清姫の「道成寺」の物語をモチーフに考えていたようである。この「炎の柱」では、兄妹は執念深く追ってくる敵方の白刃を辛うじてくぐりぬけたが、か弱くも二人して山中に入り、花笑う野に逃れ出て、それぞれの魂は蝶のように花の間を舞いたいと願う。そして、やがて兄は斬られて冷たい骸《むくろ》と化する。ひとりとなった清姫はついに狂女となり、なおも京の野山をさまよう。結びは白鳥の化身に托した幻想の世界――

大学では哲学を修め、倫理学を専攻し、芸術学への実践と思索を深め、『古寺巡礼』や『日本精神史研究』『鎖国』等を経て、『人間の学としての倫理学』を主著とするに至った和辻哲郎が、十七歳の若き日にこのような創作を残していたことは感慨を誘う。こういう一時期があったから、和辻は中勘助の『銀の匙』の深い理解者となり、また大正末年、京大に赴任する前に芸術思潮を教えた男女共学の東洋大学文化学科で、『山梔子《くちなし》』の処女作を書いた女子学生野溝七生子の才能を見抜いて、激賞し『女獣心理』の次作へ向かわせる勇気を与えることもできたのであろう。野溝は後年東洋大学の教授となり、近代文学や比較文学を講じて森鷗外の「即興詩人」の訳文の校注に明け暮れたが、『ヌマ叔母さん』（一九八〇年）などの遺作を見ると、これまでの女性作家にはない哲学的思索が女性の主人公にあり、これは、往時和辻に師事した賜物であったかと思われる。

和辻の在学した年次より三年後、明治四十三年入学の文科のクラスには、芥川龍之介（助）、久米正雄、松岡譲、菊池寛、成瀬正一等のほか、大学では法理学を修めて京大教授や大阪商大（市立大）学長となった恒藤（井川）恭等がそろった。このうち、井川恭は芥川の年長の親友となり、久米や松岡と寮でも西寮八番という同室で、菊池寛も交え、勉学の合間には談笑に明け暮れて、のちのちの文学の素地を養うことにもなった。二年下の独法科にいてのちに作家となった関口次郎が、『校友会雑誌』三五〇号記念に発行された『橄欖樹』第二輯（昭和十年刊）に書いた「思ひ出すままに」で、彼らの一高時代のありようを回想している。一部引用してみよう。

私（関口）の、一高に入った時には、芥川、菊池、久米などの諸氏が、まだ文科の三年にゐた時分であった。この組は、その前後では際立って、学芸壇への秀才を、後年多く輩出した組で、前記のほか当時から秀才の名を知られてゐた恒藤恭氏、菊池氏の初期の作に時々現はれた故人の佐野文夫氏（注、非合法時代の共産党に関わり昭和六年歿）、当時は影の形に添ふが如く久米氏と一緒にゐた松岡譲氏、歌人の土屋文明氏、そのほか、成瀬正一（注、犬山城主の裔、のち九大教授）、石田幹之助氏（注、のち東洋史学者）と、僅かな一組としては、随分ゐられたやうに思ふ。

ことに、西寮八番にゐた久米、菊池、佐野、松岡等の一団は、当時の寮生活の見本みたいなもので、所謂不羈奔放、久米氏など、既に文筆の上で人の注目を惹いてゐただけに、評判なものであった。（中略）菊池氏のまん円い姿、久米氏の少し前かがみの歩きぶり、佐野氏のいかにも秀才らしい白皙《せき》の風貌などは、今もハッキリと思ひ出せる。この部屋は、野球でも錚々たるもので、よく洗面所に、メンバアを書き出した挑戦広告が張り出してあった。末尾には、「その他三階総出にて賑々敷動中候」などと、恐らく久米氏案らしいヨタ文句がついてゐたのも、余裕のあった昔の学生気分が感じられる。

事実また、松岡・久米のバッテリーぶりは実に颯爽たるものだった。菊池氏などは、何しろあの丸い身体で、外野に立ってゐたが、どうかすると、無精ったらしく懐手をしたまま平然と目鏡を光らして立ってゐるだけなのを、おかしく思って見たことも記憶してゐる。（中略）菊池寛氏とは、いつか、氏が勇敢な単独ストームで、吾々の寝室にあらはれ、私の枕許に二、三の演芸雑

芥川と同級だった菊池寛（前列中央）、久米正雄（後列右端）ら

誌があった処から、座り込んで、当時学生の演劇熱の中心だった、市村座の菊吉（注、菊五郎と吉右衛門）や、本郷座の左団次について大いに語り合ったのだが、酔と熱とで、風子自身、手にもつローソクの熱い滴が、ドンドン手にながれるのにも更に頓着なく、語ってゐた有様が、私には今も愉快に思ひ出される。

（後略）

この文中にやはり同じ三年の文科仲間で漱石の同門ともなった芥川が出てこないのは、彼がもともと東京の下町育ちで、三年になってからは寮にいないで、本所の実家から通学していたからであろう。だが、芥川は、大学の英文科に進んだあと、大正三（一九一四）年二月、一高で上級だった豊島与志雄、山宮允、同級だった久米、松岡、菊池と第三次『新思潮』を発刊して、イェーツの翻訳・紹介や、二号、三号に短編「老年」と戯曲を書き、翌々年第四次の『新思潮』を改めて久米、松岡、菊池と出した創刊号（大正五年二月）に発表した短編「鼻」が漱石に激賞されて、谷崎に次ぐ文壇の寵児となった。谷崎が鷗外・荷風の『昴（スバル）』と『三田文学』系の好意によってトップスターとなったのに対し、芥川は同じ『新思潮』を通じて夏目漱石の庇護によって文学上の対抗馬となったともいえるだろう。谷崎が世に出たのは二十二歳、芥川は二十三歳。ただ、谷崎は『一高校友会誌』で活躍し、文芸部委員としても奮闘したが、芥川は同室の友人たちが『校友会雑誌』に書いたのを読んで批評しながら、その時期自分自身はイェーツなどの原書を読み進めていたというちがいはある。

芥川が一高時代に親しんだ友人は、年長だった恒藤（井川）恭であった。当時井川姓の彼は成績最優秀（文科のトップ）で、のちのち法理学の泰斗となり、京大教授となったのち、昭和初年思想問題で大学を追われた河上肇を擁護し、滝川事件も起こったので京大を去り、大阪商大に転じたが、実は一高時代は文学でも芥川より先輩格の経歴を持っていた。というのは、井川恭は、一高に入る前に『時事新報』の懸賞小説に応募して一位に当選した経歴を持っていた。そして一高に入ってからも、『校友会雑誌』に詩や散文を発表した。その才能は文芸部委員となった久米正雄をしのぐほどであった。たとえば「矛盾」という題の詩を『校友会雑誌』（二一九号、明治四十五年二月）に載せている。

をかしやをかしやをかしやな
腹をかかへてわろたとて

此可笑しさは笑わりよか
空に雲雀の蜻蛉返り
赤い夕日がべつかんかう

「矛盾」という題がおもしろいし（詩離れしている）、そこはかとない詩情もある。多分、友人芥川（彼は恒藤に次いで文科の二番だった）も、この詩をおもしろがったことと思われる。

久米正雄は、「三汀」という俳号を一高入学後早々に決めて、荻原井泉水や尾崎放哉の出席する俳句会に参加して活躍した。もともと久米は、福島の安積《あさか》中学時代に俳人であった教頭に指導されて、俳句では頭角を現していたのである。しかし、寮では同室の文科の菊池寛や松岡譲、さらには一年上級にいて中退した山本有三（勇造、明治四十二年独法科入学）等に影響されて戯曲を志すようになった。芥川らと発刊した第三次『新思潮』第二号に「牛乳屋の兄弟」（のち「牧場の兄弟」と改題）を出して、この作品は有楽座で上演されるという幸運に恵まれた。ところが、久米は野球が好きで、一高時代も松岡が投手で自分は捕手となってバッテリーを組んで校内試合に勝利を博したが、この松岡とともに漱石の家に出入りするうち、漱石の長女筆子に恋をして、しかも筆子は松岡を愛して結婚してしまう、という破局に遭遇する羽目になった。

久米は、一高時代『校友会雑誌』に短歌や詩らしきものも書き、それは紅灯緑酒の巷の情緒を追う趣きの作であった。松岡はのちに『法域を護る人々』（大正十一〜十五年）を書いたぐらいで、無口沈思の人柄だった。その点に筆子はむしろ好意を寄せたのかもしれない。が、敗れた久米にとっては悲痛で、以後「受験生の手記」（大正七年）から「破船」（大正十一年）に到る失恋をテーマとした小説を書いて、皮肉にもそれで通俗の作家として認められるに到った。

文学的には、あるいは芸術的にもすぐれた業績を『校友会雑誌』に残したのは、こういう芥川、久米、松岡等と早くから友人であった菊池寛であった。高松中学から一たん東京高師（現筑波大）に推薦で入学しながら、中退して一高に入り直した菊池は、生活は苦しかったが、芥川等に刺戟されてまず戯曲の研究に熱中した。とくに翻訳にとり組んだのは、当時新しかったイギリスのバーナード・ショウの諸作品であった。その成果を菊池は「バアナアド・ショウ論」（『校友会雑誌』二一五号、明治四十五年四月）としてまとめた。

「イプセンを笑ふ」の副題をもつ菊池寛のこのショウ論はまことに力作であった。彼がショウの戯曲に打ちこんだ動機から書いている。それは、実際に読んでみて、ショウの思想がショーペンハウエルやイプセンやストリンドベルヒやワグナーの受け売りでない、とわかったからである。とくに菊池は、ショウがライフ・フォースと呼んだ強い創造的意志によった、その努力のありように共感している。このライフ・フォースは、女性においては猛烈な性欲発現ともなる。「女は夫を求むる外に何の仕事もしない。出来るだけ早く結婚するのが女の仕事であって、出来るだけ遅く結婚するのが男の仕事である。男には芸術もあれば事業もあるが、女には何物もない」というショウ一流の皮肉な洞察も、一高時代の菊池は真理として受けとめていたようだ。

そして、菊池には、何よりもショウの戯曲の方法的新しさこそが魅力だった。ショウには美の観念がない。劇的な幻覚効果も信じない、だからおもしろい。「ショウの劇は劇的幻覚には乏しい。何となれば劇は凡ての情熱のシムホニアである、劇的幻覚とは此のシムホニアが聴衆を支配する状態である。ショウの劇にはただ一つの情熱即ち憤怒しかない」と菊池は躍動する筆致で紹介した。

高等学校の一生徒としての菊池を思い浮かべるとき、この一文は並々ならぬ才能をも感じさせる。菊池は恬淡とした風貌の眼鏡の奥で目は何ものかを凝視している。野球の仲間にも加わったが、久米や松岡のように目立つことはせず、懐手して外野の一角にひょうひょうと立ち、時折球を目で追うだけだが、試合の全貌はとらえていたように思う。そして脳裏では、もうその時点で、芥川よりも、人生とは何か、がわかりかけていたのではないだろうか、ショウを通じてばかりではなく——。そして、実生活ではたとえば同級の一人で、犬山城主の裔であった成瀬正一のように、あり余るゆとりなどないキュウキュウの書生なのに、遊ぶときは遊び、あげくにだれか他人の罪を人知れず引受けて退寮し（注、一高で退寮は退学を意味していた）、このため高校は中退で終って、京大の文学部の選科に入るなど苦労した。芥川や久米の始めた第三次、第四次の『新思潮』には加わったが、そこに投じた「藤十郎の恋」は、芥川らによってあえなく没となってしまう。菊池の作が未熟だったのか、それとも芥川や久米に目がなかったのか。その「藤十郎の恋」は五年の後（大正八年十月）、大阪浪花座で中村鴈治郎らが上演して絶賛を博した。そうなってから、菊池が「あれを、君たちは没にしたじゃないか」と芥川にいったら、芥川は困った表情をして「あのときの君の作品はまだダメだったよ、いまの『藤十郎の恋』なら採っていたよ」と答えたそうである。

バーナード・ショウは、一高時代の菊池の紹介によれば「男には芸術もあれば事業もある」とのことだったが、菊池は「藤十郎の恋」の成功につづいて、大正九（一九二〇）年十月には「父帰る」が新富座で市川猿之助らによって上演され、これも大成功で「父帰る」は以後現在に至るまで学校演劇などに欠かせないレパートリーになっている。一方、小説も、菊池は「無名作家の日記」「忠直卿行状記」「恩讐の彼方に」等を『中央公論』の大正七年七月から翌年一月にかけて次々発表し、創作における文壇での地位も確立した。菊池は『新思潮』に参加したけれども、それにはよらず、実力で芸術上、文学上の成功を博した。

しかし、大正十二年『文芸春秋』の創刊以後は、その事業が主となってしまい、劇作や創作から遠ざかったのは、才能があっただけに今となっては惜しいことに思われる。ただ、彼は旧友芥川のかげの庇護者となったし、のちには一高の後輩の川端康成という一代の星も引き立てた。『一高校友会雑誌』から『新思潮』へという正統の文学への道を川端が歩むことになるのを、先輩菊池は早くから見守っていたのである。

II

大正期（一九一二～二六）

1 「愛と認識への出発」倉田百三

大正と年号が変って、最初の文芸部委員になった中に久保謙（大正三年文科、のち水戸高校教授）と倉田百三（中退、『出家と其の弟子』の作者）がいた。久保謙はのちに倉田百三の初恋の人H・Hの実妹と結ばれることになったという縁《えにし》がある。

倉田百三（一八九一～一九四三）は、初め芥川龍之介や菊池寛と同時に一高文科に入学したが、休学して一年おくれた。しかし、思想的・文学的には早熟で、広島の三次《みよし》中学時代歌人となった中村憲吉が上級で、その弟と回覧雑誌を出し、一高に入ってからも短歌会に参加し、『校友会雑誌』に「わがいのちの歌」（二二二号、大正元年十二月）、「蘇へる春」（二二四号、大正二年三月）などの題で、次のような歌を載せている。

逢ふことのかなはぬ苦るしさよ夜も昼もきみ恋ひわたりやすきまもなし
きみよ疑ひたまふことなかれ偽はりてむさぼり生きんわれならなくに
蘇へる春のいのちのしみじみとありがたうして涙とどまらず

歌のわかる人なら、あるいはそうでなくても、この三首を見ただけで、失恋の匂いと、病弱と挙句に宗教に傾く心とを感じとるだろう。そして、倉田は実際そのとおりの道を辿るのである。

倉田は一高入学後、唯我論的にあまりに自己中心的だった傾向に疑念をもち、また嫌悪も感じて悩み、そのころ京大で哲学を講じ始めた西田幾多郎が『善の研究』を出したのを読み、その思想に心ひかれて、明治四十五（一九一二）年九月の夏休み明けに故郷庄原から上京する途中京都で降りて西田の家を訪ね、書斎で話を聞いたのである。その訪問記も兼ねて、倉田は「生命の認識的努力」（西田幾多郎論）の一文を『校友会雑誌』二二〇号（大正元年十一月）に寄せた。倉田はその中で、西田幾多郎は人間の全生命（存在）の本然的要求によって傾聴すべき哲学者であり、『善の研究』も単に客観的真理を記述した哲学書ではない、そこに現われた哲学は西田の内部生活の苦悩を表現し、生命と魂の脈膊が通っている、と述べた。『善の研究』は、そのように西田の主観的な信念を鼓吹する教訓書である、とくに宗教を論じた章には、西田の苦悩と憧憬とがありありと滲み出て、そぞろ涙さえも誘われる、とも述べた。そして、京都の西田の家を訪ねて書斎でともに座って語ったときの、その沈痛な面やつれした印象も記して、西田においては、主客未分化の純粋経験の状態が天国であって、善と悪の対立のない、唯天地唯一の世界がそこにある、と結んだ。

倉田百三

倉田はさらに、大正二（一九一三）年二

月二十三日という自分の誕生日に、「他人の内に自己を見出さんとする心」を書き、翌月発行の『校友会雑誌』二二三号に載せた。この評論は、「善の研究」を一つの契機として、愛は、実在の原始から発する生命の切実な要求であり、その愛の源流こそ認識であるとの立場から、現実の愛なるものも、主観が客観と合一して原始の生命の状態に回帰しようとする要求である、と論じたものである。

倉田はいった。もともと欠陥を持つ個人意識が、独立した別の全き生命に帰一せんがために、己れに対立する他我を呼び求める心こそが愛である。それはまた相手を知り尽そうとする行為とならざるを得ない。愛と認識とは別種の精神作用ではないのである。認識の究極の目的は、そのまま愛の最終目的となる。また、われらは愛するがために知らねばならず、知らんがために愛さねばならない。「花のみよく花の心を知る」、花のすべてを知ろうとするものは、花に移入（アインフュールング）して花と一致しなければならない。若き倉田は、西田哲学を咀嚼し、それに仮託しつつ、こういう「自他合一のメタフィジーク」こそが愛だと断じた。

それはそのとおりであるが、実はこのとき倉田は実際に妹の友人である一人の少女に恋をしていた。この『校友会雑誌』に載せた一文にも「この小編を春に目ざめたるH・Hに捧ぐ」と少女のイニシァルを明記してあった。H・Hの名前を明かせば逸見《へんみ》久子（のち西尾久子）である。不思議な縁であるが、私の母は日本女子大の英文科に大正八年に入ったとき、このH・Hその人である逸見久子と同級で親しくなった。彼女は北海道の旧松前藩の藩医の家に生まれ、長兄と次兄はそれぞれ北大と京大の農学部の教授となり、弟の一人は逸見重雄と言い、京都の三高に入って、学校の自由寮で、下級の梶井基次郎と同室の室長をつとめたことがある。その後、京大に入った大正末年、この弟は学生運動を起こして一高出身の石田英一郎（後出）らと検挙され、昭和六、七年ごろには野呂栄太郎とともに非合法共産党の地下組織を守る一人となるなど、波瀾の半生を送った。

この実弟に関しては、逸見久子も、逸見家でも、のちのちまで内密にしていたようで、また逸見久子と私の母が女子大にいたころは、まだそうした左翼運動の渦中に弟はいなかったので、話題になることもなかったようだ。しかし、倉田百三に関しては、逸見久子みずから「彼の初恋の人というのは実は私」と私の母にも打明けていた。が、現実に、倉田との愛の関わりがどのようなものであったか、というと、語ってはいないようだ。所詮プラトニックに、具体的に何があったということではなかったかもしれない。しかし、倉田のこの一文における表白の仕方は激烈であった。「他人の内に自己を見出さんとする心」の中に、次のような叙述がある。

私は抱きつく魂がなくてはかなはないと思った。私の生命にすぐに燃えつく他の生命の焔がなくては堪えられないと思った。魂と魂と抱擁し、接吻し、嘘唏し、号泣したかつた。その抱擁の中に自己のいのちを見出したかつた。

また、次のような告白もあった。

私の傍を種々なる女の影が通りすぎた。私はまづ女のConventional（注、ご都合主義）なのに驚いた。卑怯なのにあきれた。男性の偉大なる人格の要求を容れることの出来ない小さなのに失望した。私は若さまと嬢さまとの間に成り立つやうな甘い一方の恋がほしいのではない。生命と生命との号泣せんほどの抱擁がほしいのだ。私が深く突つ込むとき私は皆逃げられた。気味悪るがられた。私は私の深刻なる真面目なる努力が遊戯にしてしまはれはしまいかと心配せずに女を求むることにできなかつた。私に処女に駄目なんだらうかと思った。酒と肉と惑溺との間には熱い涙がある。その涙の中にこそ生命を痛感せる女が居るかも知れないと思つた。私は非常識にも色街の女に人格的な恋を求めに行つた。私はこんなところへも肉を漁りに行かなかつた。故あつて私の生殖器は病的に無能力であつたのである。

まさに身もあられもないような書き方である。それどころか、激情が迸《ほとばし》るにまかせて、肉体への希求も露わに、性欲の狂奔に惑溺したいだの、兵士に仮託して白昼の強姦だの、群衆の躊躇も辞さないだのの表現を、このとき倉田は、随処にほしいままにしたのだった。そのため、この『校友会雑誌』二二三号が校内に配られると、その部分がたちまち問題になった。寄宿寮には風紀点検委員もいて、このような言辞は問題としないわけには行かない。まだ運動部あたりからの非難の声も上がった。その非難は文芸部部長だった杉敏介教授の責任論にまでなり、杉教授（のち校長にもなったが）は、この件で次のような陳謝の一文を翌月の『校友会雑誌』に載せねばならなくなった。

前号所載の「他人の内に自己を見出さんとする心」と題する論文は態度真摯論調激越顧る見るに足るものありと雖《いえども》処々に字句の穏当ならざるものあり校友会雑誌に不適当なりしものと信ず是を本誌に掲載するに至りしは一に部長検閲の粗忽に因るものにして職責上甚遺憾に堪へざる所なり茲に謝意を表す

杉教授はこのように遺憾の意を表したけれども、それによって当の倉田や『校友会雑誌』の編集に当っていた文芸部委員たちが反省の意思表示をしたかといえば、それは全くない。ちなみに問題の倉田の論文の前ページに、倉田も含めた久保謙、久保正夫ら新任の文芸部委員の就任の辞が記されていた。その冒頭には「我等は何よりもさきに獣でなければならない」とあった。野獣主義の主張である。その上、あとのほうには「露西亜《ロシア》の青年は自殺するのに日本の青年は何故自殺しないのだらう」などとも記されている。獣でなければの部分は倉田の考え方で、ロシアの青年との自殺の多寡の比較は、ロシア語もできた久保正夫の発想かもしれない。この自殺にこだわった思考は、前の魚住影雄の「自殺論」の余波とも見られる。そういう個人主義の極端な現われとしての所論は、倉田の場合も何ほども変らないのである。

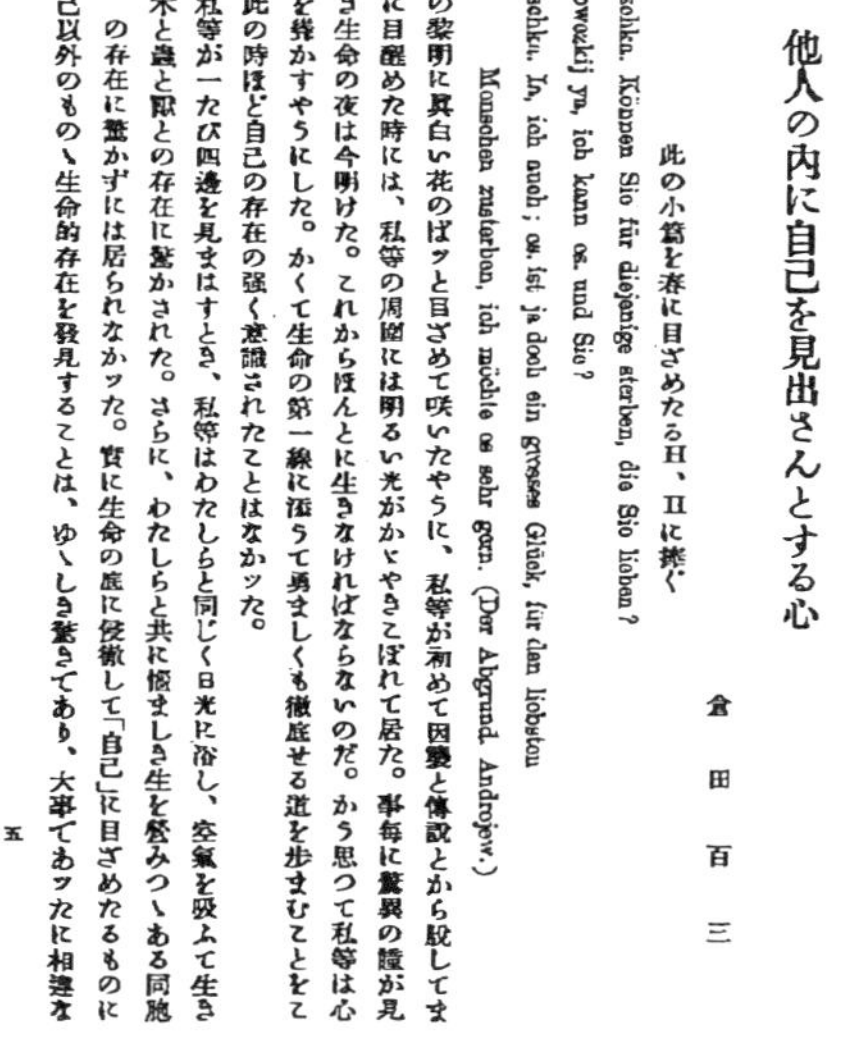

他人の内に自己を見出さんとする心

倉田百三

此の小篇を春に目ざめたるH、Hに捧ぐ

Sinotschka. Können Sie für diejenige sterben, die Sie lieben?
Njomowskij ya, ich kann es. und Sie?
Sinotschka. Ja, ich auch; es ist ja doch ein grosses Glück, für den liebsten Menschen zusterben, ich möchte es sehr gern. (Der Abgrund. Andrejew.)

例へば大野の黎明に眞白い花のぱッと目ざめて咲いたやうに、私等が初めて因襲と傳說とから脫してまことのいのちに目醒めた時には、私等の周圍には明るい光がかゞやきこぼれて居た。事毎に驚異の瞳が見張られた。長き生命の夜は今明けた。これから眞んとに生きなければならないのだ。かう思つて私等は心をおどらし肩を聳かすやうにした。かくて生命の第一線に添うて勇ましくも徹底せる道を步まむことをこゝろざした。此の時ほど自己の存在の強く意識されたことはなかッた。

併しながら私等が一たび四邊を見まはすとき、私等はわたしらと同じく日光に浴し、空氣を吸ふて生きつゝある草と木と蟲と獸との存在に驚かされた。さらに、わたしらと共に惱ましき生を營みつゝある同胞(Mitmensch) の存在に驚かずには居られなかッた。實に生命の底に徹して「自己」に目ざめたるものにとりては、自己以外のものゝ生命的存在を發見することは、ゆゝしき驚きであり、大事であッたに相違な

五

「他人の内に自己を見出さんとする心」の冒頭

倉田はその後、大正三年一月発行の『校友会雑誌』二三二号に、前の論文を敷衍《ふえん》した形の「愛と認識との出発」の一文を載せた。この表題は、のちに岩波書店から出版され（大正十年）、以後昭和の戦中に至るまで一高ほか全国の旧制高校生等の愛読書の一つに数えられ、「出発」をもじって〃デッパツ〃と愛称されもした『愛と認識との出発』プロトタイプの表題となった。すなわちこの一文は、倉田の初期評論の代表作ともなったのであるが、そこに見る「偉大なる愛よ、我が胸に宿れ」の叫び

とともに述べられる愛への渇望は、同じ時期に寮にいた運動部部員などには、自由恋愛にのみこだわる偏頗な論議と受けとられて、前の「他人の内に自己を見出さんとする心」につづいて、またも倉田を非難する筆誅の声さえも起こった。そして筆者に鉄拳制裁を加えようとの議案を寮の委員会に上げようという動きまで出た。

前に、柳沢健の詩のことで同様の決議がなされようとしたときは、吉植庄亮が弁護したのでことなきを得たが、状勢はそのとき以上に緊迫した。しかも、病弱ぎみだった倉田は、もしもほんとうに鉄拳制裁を受けることになったら、耐えられる自信がなかったのか、ひたすら制裁をのがれることのみに腐心して、ついに事前に寮を脱出し、とうとうそれきり帰寮しなかった。ひいては一高そのものも中退してしまった。卒業を前にしていたのにである。そして、H・Hへの恋もこうして現実には未発に終る。以後の倉田は、『出家とその弟子』の著作者となる道を歩んだ。西田天香の一燈園に身を寄せたこともあった。労働運動をめぐって、それを是とする有島武郎と論争する立場になったりもした。そして、大正末年には、『求道者』という求道的な文学雑誌を主宰したこともあったが、カリエスを病んで健康すぐれず、満州事変以後日本主義に傾くなどして、昭和十八（一九四三）年の戦中に死去した。早くに論客として登場し、愛と認識の不即不離を唱えながら、倉田の後半生は少しく寂しいようである。

倉田は本来は芥川や菊池、久米と文科の同年だったのは前に記したが、同学年の独法に藤森成吉（一八九二～一九七七）もいた。藤森は長野県の諏訪中学を首席で出て一高に無試験推薦で入り、新劇を知って戯曲に熱中し、ツルゲーネフなどのロシア文学にも親しんで、学業のかたわら文学に近づ

徳富蘆花「謀叛論」

いた。また徳富蘆花が大逆事件の被告たちに心よせた「謀叛論」を読んで感動している。大正二年一月発行の『校友会雑誌』二二二号には「昔恋しや」という情緒的な詩を寄せたが、その年の夏卒業前後に伊豆大島に旅行して、青春の苦悩と旅情で織り成した自画像的長編「波」を書いて、翌年新潮社から刊行され、鈴木三重吉に認められて文壇に足がかりを得た。大学在学中『帝国文学』の編集員となったとき、芥川が初めて書いた作品「ひょっとこ」を推挙して載せたりもした（大正三年）。その後、自らも創作で活躍し、有島武郎の知遇を得て社会主義的傾向を深め、「何が彼女をさうさせたか」（昭和二年）を『改造』に載せて広く世に知られた。

　倉田とともに大正二年度の文芸部委員をつとめた人々には久保正夫、久保謙、谷茂、世良田進らがいて、翻訳や詩歌の発表に活躍した。たとえば倉田が「他人の内に自己を見出さんとする心」を載せて物議をかもした『校友会雑誌』二二三号（大正二年二月）の同じ号に、谷茂（大正三年医科、のち医師）はボードレールの「猫」「鏡」などの訳詩を載せている。

おいで美しい猫だね、私の懐へおいで
そして鋭い爪をかくしておしまひな
なかば瑪瑙の、なかば金属《メタル》の
お前の眼元をうれしさうにしてお見せ（「猫」冒頭）

久保謙は、イプセンの戯曲「海の夫人」についてオット・ヘラーの評論を抄訳してその大意を紹介している。「海の夫人」はイプセンの第三期の代表作の一つであるが、イプセンはもともと同一人物を種々の側面から、種々の境遇の下につれて来てさまざまに試してみているように思われる。彼はまた、創作的想像力のみならず、その思想を発表するために人物を創造することにも巧妙であった。しかも各人物は絶えず変化し、また一つの問題は直ちに他の問題を生じ来る。後期の作品、とくに「海の夫人」では複雑な暗示をも多用している。そこでは奇妙に思えることも多く出現する。船乗ストレンジャーは大海遠く船出しているのであるが、古新聞で恋人エリーダが医師ヴァンゲルと因習的な結婚をしたのを知って激怒する。不思議なことに、その日から妊娠中のエリーダは夫と親しく交わることを拒んだ。やがて生まれた子どもの眼つきや目の色は奇しくもかの船乗のそれに似ていた——

久保正夫はのちに早世するが、「ちひさき表情」という一連の短歌と、「ストリンドベルヒの青書《ブルーブック》」の一文を載せた。

ねむられぬいくよ裸《あら》はに舞ひくるふもののかたちと瞼なき目と

むねにひしとうつふし歎く額よりいとしさまさるものいはぬ魂

などの歌も、二十前後の当時の高校生のものと思えば貴重な内面的抒情歌である。ストリンドベルヒの「青春」は、六十歳に近づいた彼が、思いも及ばない静けさと安息を与えられたと思う日々に、それまでの経験や知的探究をすべて組織的に三巻千五百ページの大著に築き上げ、創造したものであるが、それを久保は新しい時代の奇しき福音として原書で読破し、その末世のけがれなき信徒の言葉を紹介している。

久保は、ストリンドベルヒは一つの教えについて語るとき、それは彼自らが築いた独特独自の考えによっていて、あるがままの事物に即しているが、そこに留まっていることはできないのだという。ただし、それはあくまで自分の世界の中においてであって、堕落を欲しないかぎりそこから歩み出ない。その意味で「青春」は革命者の著したもっとも天才的な書である。たとえば老年についてストリンドベルヒはいう。「老年の妙味は多い。その最大のものは、かの黄昏に近づいて、そのとき衣をぬいで臥すことができること、そしてもはや眠りより起き出てて衣を着る必要のないといふ心もちにある、ことである。身ははやくもしづけきものとなつて、透徹した心は駭《おどろか》されることもない。生命はふしぎな存在《ざいん》となつて、もはや偽れる希望に欺かるることもなく、もとより何も願はず、感謝も、忠実も、愛をも願はない」。これに対して青年とは何か。「青年には信仰がない。そして青年の夢はさほどに個別のあるものではない。彼らの夢はさほどに個別のあるものではない。彼らの憂ひは老いざらんがため、そして彼らの希望は老いむため、即ちパンと地位と妻と力を得むがためにすぎない」。

こういう、真の喜びを得る点では、青年と老年を逆転させたような洞察をストリンドベルヒから早くに学び、その思想を『校友会雑誌』に紹介した久保は、次の号（二二四号、大正二年三月）には「物がたりと懺悔」という百十首にも上る短歌による詩編を発表した。「あさ」「春」「緑」「あせぢあ」「秋」「病院」等の八章から成る明治四十五年三月から大正二年三月までの間のこの短歌集大成は、

やるせなき心はかはりゆくと共にくるしみのみはただひとつなり
うつくしくわかきなやみと思ふにはなみだかはけるわがなやみかな
なみだなくいとしきひとの柩をもみおくるに似てさびしきこころ

等々、明治期の高校生とはちがった、つねに絶望へ病み近づいて行くような若さゆえの懊悩をつたえて、心うつものがある。

久保正夫は、聖フランシスの伝記の研究なども進め、また新渡戸稲造校長の送別を特集した『校友会雑誌』二二五号（大正二年四月）に、アルチュール・ランボオの詩の翻訳まで載せている。「虱さがし」と訳した詩は、

をさな児の額はするどき痛みもて赤く腫《は》れつつ／ほのめきゆらぐ白き夢のむれつどふを願へば／姉妹ふたり彼の手をひきて寝床よりつれて——銀いろの爪と繊やかなる指をもつあねといもと、ふたりは彼を開ける窓べに居らせ、そこに／くづをれし花は青き光のなかにながるるとき、／あねいもとの怖ろしきかよわき指は、彼の重たき／髪をかきわけて魅いらすやうにすべりゆく

アルチュール・ランボオの詩がやや広く日本で知られるに到るのは、中原中也、小林秀雄を経て昭和も十年ごろになってからのことで、京都の三高出身のフランス文学者となった平井啓之が、専門的な研究にとり組んだのは第二次大戦の戦中・戦後のことである。一高でも、『二十歳《はたち》のエチュード』

新渡戸校長、杉敏介教授と明治45年度文芸部委員たち（久米正雄、豊島与志雄、倉田百三、久保謙、久保正夫ら）

をのこした原口統三が、ランボオに熱中したのは、昭和二十年前後の戦争末期から戦後にかけての一時期であった。久保正夫はそれに先立つこと三十年以上も前、明治末年から大正初めにかけての時期に、そのランボオの詩に人知れず打ちこんだのである。

久保正夫は、このほかにも、十四世紀に三十三歳で純潔の生涯を了えた聖女カテリナのことや、チェホフの人と作品の紹介もし、さらにこうした仕事に打ちこむ高校生を主人公にした自画像的小説も『校友会雑誌』にのこした。その多彩ともいえる文芸部委員としての仕事は、内容の近代性からいっても、倉田のいくつかの論説に比べ、質量ともにしのいだといえるだろう。しかし、久保正夫は実際に身も心も病んでいたのであろう。それから間もなく、世に出る前に早世してしまった。

久保正夫のランボオの訳詩の載った『校友会雑誌』二二五号は新渡戸校長を送る惜別の特集号で

あったが、巻頭に「嗚呼新渡戸先生に別れんとす」の一文を書いたのは、文芸部委員の一人だった世良田進（大正三年独法、のち弁護士）であった。世良田は一高受験時に訪ねて会うことのできた新渡戸の人間性の思い出にふれ、文部省にその校長辞任を撤回させるための留任運動に立ち上がったことも述べて、結局は自分自身の意志で学校を去って行く校長を、まるでこの世の別れのごとく悲しんだのち、新渡戸の人柄をしのぶエピソードを次のように紹介した。

東京に虎列刺《コレラ》病の流行する時であった。先生は吾等を集めて「生徒よ、東京には今虎列刺病が流行してゐる、国の母さん等はさぞ御心配なさってゐるであらう。端書一本でよいから家へ出しなさい、どんなに安心なさるであらう」。私はこの御言葉を承った時に、ああ先生の先生たる処はここだと思った。何んと優しい御心がけであらう。かくて先生はなつかしい人となってしまった。

見る人の心々にまかせ置きて高峰に澄める秋の夜の月

此の歌が忘れ難いものとなった。口癖の様によく先生は此歌を曰はれた。善人の悲しみ、ああ善人の悲しみは世に解せられざる悲しみである、人は知らなくてもよい、自分を知って呉れる人が今はなくてもよい、千年万年の後、一人でも自分を知って呉れるものがあると思へば諸君楽しいではないかと。

私は此話を承ると何んとも云えぬ淋しい然し何所かに嬉しさの漲りを禁じ得なかった、ああなつかしい先生と此歌よ、今別れては又何時此歌をお聴きする事が出来よう。高峯に澄める秋の夜の月、ああなつかしい此歌も永久に聞く事が出来なくなってしまったのだ。（後略）

まことに告別の辞である。世良田が文芸部委員であったことはぬきにして、全校一致で新渡戸校長の留任運動が起こされ、新渡戸自身の辞任表明で已《や》んだあとも、別れの日は矢内原忠雄（大正二年英法科、のち東大総長）が先頭になって生徒たちが列をつくって新渡戸を家まで送った、その真情をよく伝えているように思われる。

新渡戸校長が去り、その別れを惜しんだ文芸部委員たちも、この年と翌年にかけて卒業したのち、大正三年度の文芸部委員となったのは、藤森秀夫（大正四年英法、のち詩人）、関口次郎（大正四年独法、のち作家、劇作家）、阿部龍夫（大正四年医科、のち病院長）、野田信夫（大正四年文科、のち成蹊大学長）、橘孝三郎（大正元年文科入学、中退）の人々であった。このうち阿部龍夫は短歌会の幹事で文芸部委員となった。また藤森秀夫が病気で委員を退いた補充に、伊藤武雄（大正四年独法、のちドイツ文学者となり、四高、金沢大教授）が代って委員となった。

これらの委員の中で異色だったのは、橘孝三郎である。橘は『校友会雑誌』の論説執筆や、編集の裏方として誠実に奮闘したが、委員になる前に「真面目に生きようとする心」という論文を『校友会雑誌』（二三二号、大正三年一月）に発表し、次いで「愛と誠」を二三三号（大正三年二月）に書いたのが認められて委員となった。

「真面目に生きようとする心」の内容には、これまでの『校友会雑誌』の論説の観念性から少しはみ出たところがあった。橘孝三郎は、ルソーの『懺悔録』を読みながらその記述の真実性に疑いを持ち、自分自身はあくまで真摯に内面を吐露しようとした。郷里の茨城の中学の卒業時に、彼は素行点が四十三点だったため落第させられたこと、翌年一高に入ったが、寮で初めてストームに遭ったとき、思わず短刀かピストルで対抗せねばと思ったこと、等を告白し、そういう危険な、地獄に囚われかねない自分を常に救ってくれたのは親兄弟や愛する友であった、そのような「他の心」に自己を没入し、愛の力を感じつつ生きることができたのは、なぜ殺し合わねばならぬかの理屈によってではない、ただ赤い血の通う全身から湧き出る「誠」を通してであった、と橘は記した。

橘はその後文芸部委員となってから、「同類意識的精神性」(『校友会雑誌』二三九号、大正三年九月)を書いた。この「同類意識的精神性」は要約すると以下のようになる。人類社会が進化発達したのは、愛と誠、理性と良心、義務に対する観念などの同類意識的精神性の能力があったからである。この意識は、不可思議な社会の本質の力によって生じたのではなく、社会がそれを組織する個人に作用して、徐々にその性格を変えさせることによって、同類意識をいえるものを個人個人が発現するようにしたのだ。キリスト、釈迦、孔子、ソクラテス、その他すぐれた宗教家・学者・政治家で、同類意識的精神性の発現を示さなかったものはない。

橘は、そこからさらに論を進めて、こういう同類意識的精神性をぬきにした個人の絶対的自由の主張や、本能的意識に赴く半獣的ロマンティシズムを排し、倉田百三の前の論を批判して、同類意識なき絶対平等主義も斥けた。それらは、社会と個人の相互関係を忘れた、非人道的で不道徳なものにすぎない、人類は社会的生活において、初めて生存を全うし得る、と橘は主張した。そして、とくに日本民族の特性は柔軟な可能性にあるとして、新たな精神文明を樹てるには、「国体はどうであってもいい、政体はどうであってもいい、要は同類意識的精神性に基く民主的精神、自由平等の精神が必要」であると結んだ。

橘孝三郎は、引きつづき大正四年初頭の『校友会雑誌』二四二号にも「精神的個人主義」を書き、唯心論世界観から湧き出る精神的個人主義と、対社会の立場をも考慮に入れた、一高の自治寮における友情にも論及した。しかし、卒業を半年後にひかえたその時期、橘は一高に来た徳富蘆花の（大逆事件などめぐっての）講演を開いて感憤したことを思い、学校を中退して寮を去り、以後茨城県の郷里に戻って帰農し、農村青年たちを教化するための愛郷塾を開いた。ここで、先の「同類意識的精神性」の論では、国体や政体は超越して論及を進めた橘孝三郎が、何をどのように教えたかは審《つまびら》かにしないが、のちに昭和七（一九三二）年五月におこった五・一五事件の際、犬養首相を刺殺した海軍士官候補生とともに、橘の愛郷塾生も参加して実行に関わっていたため、橘自身も連座して獄につながれることになってしまった。

2　哲学と文化史への志向
――谷川徹三、三木清、林達夫、北川三郎――

倉田百三らの世代は、明治の末年に一高に入学して大正期の初頭に卒業期を迎えたが、その後に大正と変ってのちの新しい入学者の時代が来る。その大正新人の最初に『校友会雑誌』で活躍した一人が谷川徹三（一八九五～一九八九）であった。

谷川徹三（大正七年文科、のち評論家）は、生家は愛知県常滑《とこなめ》の商家で、愛知県立五中（熱田中、高校）から大正二（一九一三）年一高英法科に入学した。在学（寮）中、彼は思索して悩み、漂泊の旅に出るなどして、在学五年に及び、大正七年ようやく文科を卒業した。その間、旅をして北の果の北海道の炭鉱町にまでさすらい、思想的な苦悩への慰藉や解決を求めて、一高の先輩の在家仏教者近角《ちかずみ》常観の求道学舎（注、本郷森川町）に入ったり、有島武郎の草の葉会に出入りしたりした。このような内面生活と高校生活を送りつつ、谷川は『校友会雑誌』に多くの詩や短歌・短編等を発表し、「否定と肯定」と題したすぐれた論稿も寄せた。

まず、谷川の一高時代の短歌の代表作は、『校友会雑誌』二四三号（大正四年二月）に発表した「秋より冬に」の題の六十首で、

わが小さきたましいはもとひたぶるに祈れりわれは太陽《ひ》のかがやきに

おほ空にえは満ちて輝けり太陽の歌われはうたはん

という二首に始まり、

放埒の終なればかあかき花しろき花さへいともかなしき

この心はあはれむ人のあるかなどいそにおもひて電車にのりけり

何物をわれにせまるや大河のまんまんといまわが前にあり

等の歌を収めている。前に倉田百三が「蘇へる春」と題しながら、失うことになる恋の予兆からか、なお情念の苦しみをまとうふうであったのに比べると、谷川の歌には深刻な悩みをくぐりぬけた明るさがある。それは大正の世の新しみをも伝えている。谷川は、一高を出たあと、京大哲学科に進んで大学に近い銀閣寺界隈に住んだ折、行きつけの床屋が月並定型律打破を掲げた『露台』という歌誌の歌よみであったので、大いに共鳴して仲間に入り、〝草野牛郎〟の一高時代からのペンネームを使ってリルケやフランシス・ジャム、ギリシャのサッフォーの訳詩を寄せるとともに、新しい自由律の短歌のために「短歌の形成と自由口語歌の理論」と題して、「リズムの本質は形式の調整にはない。いはんや、字数の整一にはない。それは内面の流動性によって規定せらるべきものである。独自の流動性が独自の形式を規定する」という、短歌革新の理論まで打出すに至った。

このことは、一つには谷川が詩に近しい資質の人だったことにもよるであろう（現に一子谷川俊太郎は詩人として大成している）。『校友会雑誌』でも詩に一層の労作がある。谷川は右の短歌に先立ち『校友会雑誌』二四〇号（大正三年十二月）に、「ひとりの男のうたへる」という初出の詩を載せている。これは漂泊の旅の果に北の鉱山町に辿り着いての作である。

ひとりなる鉱山の夜の家に、
わが心いま闇を凝視す
闇のいとくらければ
闇のくらさに戦けども
何故かわが心に淡き喜は生れ出でたり、

今宵、山いたく荒れて、
山の巨人は怒り狂ひ、木の精は、
すさまじき陰府《よみ》の声もて泣き笑ひ、
黒き雲のかなたなる星の呪文につれて、
数千の妖女の首は、
血の滴る風を起し、髪を乱して虚空を舞い走る。
「あはれ虐げられし霊の呻吟よ！」

さはれ、何故か我心に淡き喜は生れ出でたり
（中略）
この嵐の夜の呪詛の中にも、
暖き愛の翼に神の祝福を受けて、

孵りたる三羽の美はしき雛あるを……
——身も魂も漂泊したあとに、淡くはあるけれど実存の生まれ出る喜びのほの見えるこの詩は、さらにのちに「否定と肯定」の論の行き着く先を暗示しているようでもあった。

谷川はこれ以降大正五、六年度にわたって、先に記した〝草野牛郎〟のペンネームで幾つもの短歌や詩や短編を発表した。短編は「舌」という作が『校友会雑誌』二六四号（大正六年四月）に載った。扁桃腺を切る手術を受けた仕出し屋の若い衆が、そのとき受けた嗜虐的な血の感覚が忘れられず、ある日発作的に料理の包丁で自分の舌を裂いてしまう——志賀直哉の「濁った頭」と「小僧の神様」をつきまぜたふうな趣向の創作である。ただし「舌」は、主人公の仕出屋の若者の身になって書いているところが、谷川のヒューマンな面をのぞかせる。

「否定と肯定」の論考は、谷川が一高に在学した最後の年度の『校友会雑誌』二六八号（大正六年十月）に発表された。「——虚無観、厭世観の地位その他について——」の副題のあるこの一文は、ヘーゲルやリッケルト、ショーペンハウェルなどの哲学を経て、最後ギリシャ哲学のプラトンや、当時最も新しかったベルグソンの現象学までもふまえて裏打ちし、周到な論理と言い回しで、自分自身がそれまで虚無と厭世感にさいなまれた挙句に辿り着いた境地を思案しぬいて表出している。この一文こそ『一高校友会雑誌』の数多いすぐれた評論の中でも、もっとも高い水準にある一編と考えられよう。

谷川は考察した。「肯定」は「否定」を経なければ、もしくは肯定の否定が否定されない限りは、その「肯定」は真の肯定ではあり得ない。同時に「否定」それ自身は、肯定に至る過程として存在意義をもつのでなければならない。また、われわれが一つの判断を否定するのは、他人かもしくは自分かによって一種の訓戒を受けているのである。われわれは、実際の相手か、そうでなければ仮想の相手が、ある間違った判断を下したことに対して、一種の警戒かまたは説論を加えているのである。――ある人が何ものかを肯定したのに対して、それ以外のものを肯定しなければならないと警告するのが、すなわち否定である。「肯定」には観念（表象）を創造する力があるが、「否定」には否定の観念を創造する力はない。否定は、「肯定の内容」以外の内容を少しも持っていない。しかし、そのことは思惟の発展を必ずしも妨げるものではない、というところから、谷川はさらに論究を進める。

谷川は、「肯定」を現世とし、厭世感、虚無感を現世に対する「否定」と置き換えて考えてみた。それも、いわゆるヘーゲルの弁証法のようにではなく、終極の時点では正しい人生観ではないとしつつも、厭世観や虚無観の中にも何らかの意義や価値が発見されなければならない、と考えた。そして、実はそのよう厭な考え方自体が、谷川自身の中にあった懐疑的な思想や虚無的な享楽観などを追い出すことになる、最後の宣言の役割を果たした、と彼は告白する。思い返してみれば、彼はそれまで「怠惰なる煉獄」に閉じこめられ、そのためにおそろしい「厭世と虚無」の地獄にいたのだ、と――。

だが、谷川はすでに気づいた、「我々が虚無といふのは流転に対する我々の感傷にすぎない」のだと。現実の一切のものは常住の姿を持たない。否定の極限は決して虚無などではあり得ない。「我々は死を経験することができない。何とすれば、我々の経験し得る間は我々はまだ死なないからだ。それゆえ死は恐るるに足りない」というエピキュールの言葉を谷川は思い浮かべる。

こうして、谷川は「厭世も虚無も、実際は大いなる人生の意義と価値とを予想してゐる。死も、この人生の意義と価値とを否定することができない」と知る。「神は一切だ」ということもわかる。ここで、谷川のいう神とは、天国と地獄とをすべて持ち来らせる現世の神のことであった。谷川が行き着いた結論は、ひっきょう厭世的虚無観なるものは、否定が肯定に対して持つ位置と同じに、厳粛な楽天観の上にあるべきものなのである、というものであった。

この「否定と肯定」の論考を『校友会雑誌』にのこして、谷川徹三は翌大正七年七月一高文科を卒業して、京大の哲学科に入り、西田幾多郎門下の一人となった。一高はもともと東大予備門から出発していたので、出身者の九割程度は東大の各学部・学科に進学し、たまさか定員を超過した学科で入学できなかった場合に東北大・九州大などに進路を求めるケースはあったが、初めから京大志望ということはあまりなかった。ところが、先に倉田百三が京大の哲学科の西田幾多郎への傾倒を『校友会雑誌』で語って以来、その主著の『善の研究』を読むにつけ、少なくとも哲学に関しては京大に進むべきだ、と考える向きが一高生の中に確実に現われはじめた。谷川もその一人となったわけだが、実はその前年に、一高文科を卒業した三木清が同じく京大哲学科に入っていたのである。

三木清（一八九七〜一九四五）は、谷川よりも生年は二歳若く、谷川の入った一年後の大正三年一高英法・英文のクラスに入学して、一年早く大正六年に文科を卒業した。兵庫県の龍野中学にいたころから読者家で、徳富蘆花の『自然と人生』や永井潜（明治三十一年一高医科、のち東大教授、生理学）の『生命論』、丘浅次郎（動物学者）の『進化論講話』等を愛読し、一高に入ってからは親鸞の『歎異抄』やトルストイの人生や宗教に関する著作に親しんだほか、一級下の倉石武四郎（大正七年文科、のち中国文学者）らと塩谷温のもとで『資治通鑑』の読書会を開いたりした。また、大正六年七月文科を（首席で）卒業して郷里の龍野へ帰る途中、京大の西田幾多郎を訪ねてカントの『純粋理性批判』の原書を借りて、九月に京大に入学するまでの夏休みの間に、全部読破してしまったという。

三木は『校友会雑誌』に書いた形跡はない。しかし、配布されたのを読みはしたものの、ドイツ語でももっとも難しい一つとされる原書や、中国の原典を読むほどの力の持主とあっては、『校友会雑誌』にそれほどの読みごたえはなく、またそこに書く暇も気持もなかったかもしれない。早熟に文学・思想を志向する才能とちがって、哲学や科学の道に分け入ろうとする場合には、もっぱら学究に明け暮れて、『校友会雑誌』などについてもよき読者とはなり得ても、書くまでには至らぬケースもあり得たろう。しかも、三木清の場合は、読書や読書会にとどまらず、初め運動部の撃剣部に属し、その後、運動部の中でももっとも苛烈な練習を強いられる端艇（ボート）部の部屋に入って朝な夕な猛練習に励み、放課後クルーでオールを担いで隅田川へ急ぎ、水上での練習や競漕ののち、夜おそくに本郷向ケ岡まで疲れた足で帰り、やっと食事にありつく、という部生活も送ったのである。これでは書きものなどする余暇はあるまい。また、文芸部や弁論部にも縁のないまま過ごした。

その点では、京大の哲学科に三木、谷川につづいて入学することになった林達夫は、『校友会雑誌』にも生涯の方向を定めるほどの評論をいち早く書き、また文芸部委員にもなった点で、対照的であった。

林達夫（一八九六〜一九八四）は、大正五（一九一四）年一高の独法・独文のクラスに入学した。

彼は父が外交官であったので幼時アメリカのシアトルで育った。その後、京都に移って入学した京都府立一中（現洛北高校）は、当時校長の森外三郎（明治二十年一高理科卒、のち三高校長となった）が、イギリス留学の体験に基きイートン、ハロー並みに生徒を紳士として扱い、放任主義をとった。林の一年上級にいた早熟の鬼才・村山槐多（一八九六～一九一九、詩人、画家）などは『強盗』の誌名の同人雑誌を出して、「青色廃園」だの「童児群浴」だののちに知られた奔放無比の詩編を載せ、下級の林も同人に加えられて詩や評論を書きはじめた。この体験にも鍛えられて、林は少年時にたいていの文化的資質には驚かない目を培っていたと思われる。

一高入学後の林は、ドイツ語が第一外国語のクラスにいたのに、フランス語も独習し、教室での学業には精勤しなかったが、早くも後年のエンサイクロペディスト的博識を身に着けはじめ、美術・演劇・音楽などへの批判、その他あらゆる事象についての犀利な見識は、たちまち寮生の間に認められて、二年の終りに芹沢光治良（大正八年仏法）、平岡好道（大正八年文科）らとともに文芸部委員に推された。そして執筆したのが『校友会雑誌』二七四号（大正七年二月）の巻頭に載った評論「歌舞伎劇に関するある考察」である。

林達夫の処女評論ともいえるこの歌舞伎をめぐっての一編は、単に日本文化の一つの華としての歌舞伎の紹介や、芝居や役者に耽溺しての礼讃ではなかった。林は、江戸末期にほぼ完成したかに見える歌舞伎の劇中の美の諸相を、「趣味」の観点もまじえながら、あくまでも平民社会の嗜好を満たすためにあったものとして説いた。様式美としてとらえるのではなく、封建制の桎梏の中で平民は何を美として愛したか、どのように生き生きととらえたか、を考え直した。

林は歌舞伎の発生についても、平安期や足利末期までさかのぼってとらえ、歌舞伎的要素の生まれるそれぞれの時代の背景にあった、政治・社会・宗教への批判的考察も忘れなかった。そして、出雲阿国の女歌舞伎が登場したとき、それが、徳川治世以前の近世社会にどのように迎えられたかを記した。また、江戸時代となってからの、江戸や上方の都会文化の所産となった歌舞伎ととり組みながら、木下杢太郎が大正初年南満医学堂へ赴任した際の満州での自然観や、永井荷風の江戸演劇に対する興味はすべてその外形にありとする論なども参照して、近松の情緒細やかな悲劇や、西鶴の好色物の孤独な寂寞感や、黙阿弥劇の没論理の持つ意味合い、鶴屋南北のグロテスクなまでの惨劇のシーン等々を、江戸時代後半の異常なまでの遊里の繁栄に見る現世的享楽の風潮に関連づけて説明した。

その一方で林は、歌舞伎の舞台における雪や糊紅の効果などのディテールや、長唄・義太夫・常盤津・清元などの三弦の音楽のもたらす情調的効果などについての蘊蓄も披露したが、最後は、演劇の精神生活への影響を力説したフォルケルトや、われわれは芸術品の享受によって人格の根底をゆるがされるとしたリップスの美学を援用して、次のように結んだ。

吾々はいつまでも古い「美」の形骸になづんでゐるのであるか。この際にあたつて徳川時代の生み出した病的な、頽廃的な美的生活から断然脱しなければ、真正な生活を築くことが出来ない。(中略)下らない愛憐にひかれされて眼をくらまされるな。現代の努力生活はこの古き「美」の芸術をすてなければならないのである。

つまり林達夫は、当時の日本の最も若いジェネレーションの一人として、あくまで旧時代の文化の象徴である歌舞伎の束縛から脱却して、新しい時代の芸術・文化の窓を開かねばならない、と呼びかけたのであった。この文明批評・文化批判の見識によっても、林の歌舞伎についての考察は、『校友会雑誌』の論文中の白眉に数えられるだろう。

なお、林はこの評論に「知は愛、愛は知である――西田幾多郎」のサブタイトルを付していた。彼は結局一高では教室での学業を放逐して学校を中退し、西田幾多郎のいる京大哲学科の選科に入学して、一高で上級生だった三木清や谷川徹三と同学になった。林はその後、本科の学生となり、深田康算教授の美学美術史の教室に学んだ。

京大の哲学科へは、一高から三木、谷川、林につづいて、三土興三（大正九年理科）、戸坂潤（大正十年理科）も進んだ。京大哲学科のほうも、西田幾多郎、田辺元（明治三十七年一高理科）両教授の名においてだけでなく、これら一高出身者が加わったことによって黄金期を迎えたようであった。たとえば三木清は、大正九年「批判哲学と歴史哲学」の卒業論文を書いたが、この評点は九十二点で、前にも後にも京大哲学科出身者中の最高点であった。ちなみに次席は京都一中で村山槐多と同級で三高に学んだ木村素衛《もともり》（のち京大教授）で九十点、三年後に卒業した一高出身の三土興三が八十五点で三番目の高点だったと伝えられる。もっとも、この三土は当時の鉄道大臣の子息で俊才であったが、大学院を経て大谷大学教授となりながら、煩悶の挙句大正十四年四月のある朝米原駅の鉄路で自殺した。

先輩格の三木、谷川、林の間でも、とくに三木の恋愛問題から、教授の干渉もあって若干のいざこざを生じた。ことの起こりは、林達夫の知己に同志社の英文科出の若いピアニストの女性がいて、三木清が一高の記念祭へ京大からの寄贈寮歌として送ろうという歌詞を作ったところ、この林の友人の女性が曲をつけてくれたことにあった。それがきっかけで三木はこの女性を愛するようになった。しかし、その恋は実らなかった。彼女――長田たき子は、なんと三木の友人でもあった谷川徹三を選んで、その夫人となったのである。

この恋を失った三木は、その後「シュタイン夫人」とゲーテをめぐる女性の名で綽名された、家庭教師先の学問好きの未亡人と親しくなった。ところが、このことがスキャンダルのごとくに大学の哲学科に伝わり、教授たちの知るところとなって、ある日、美学の深田康算教授が真相究明のために突然林達夫の自宅を訪れる、という事態になった。現代のわれわれから見ると、いささか珍妙にも思えるが、教授の訪問を受けた林も異常だと感じたらしく、このような大学側の対応にすっかり腹を立ててしまったという。林は三木の身を思いやったわけであるが、三木はこういう推移によって、京大哲学科の後継者となる道を永久に閉ざされる形となった。

京大を去った三木清は、岩波書店の岩波茂雄（一高で安部能成らと同級であったが中退）の厚意と支援によってドイツに留学して帰国後、昭和二（一九二七）年法政大学教授となる一方、刊行の決まった岩波講座の『世界思潮』の編集に当った。その共同編集者に林達夫と、三木がドイツ留学中に知り合った羽仁五郎も加わる。羽仁五郎（旧姓森。大正十年独法卒）は、村山知義、小松清らと大正九年度の一高文芸部委員をつとめた後輩である。こうして三木清は、アカデミックにではなしに、林達夫ともども（のちに谷川徹三も加わり）昭和初年の日本に新しい思潮を根づかせる役割を果たすことになった。

いま一人書きとどめておきたい科学思潮を代表する人物が、この大正前半の一高にいた。のちにH・G・ウェルズの『世界文化史大系』（日本版初訳全十二巻、大鐙閣刊）の全訳をなし遂げた北川三郎（大正八年独法卒）である。

北川三郎（一八九八〜一九二八）は、沼津中学（現沼津東高校）の四年修了で大正五年一高独法科に入学した。北川は兄二人と弟一人も一高に進学し、長兄の北川宣彦（大正三年独法）は一高時代短歌を多く作り、『校友会雑誌』に倉田や久保謙、久保正夫と並んで抒情的な傾向の歌や詩を載せ、作詞した寮歌も入選しており、造船会社に就職した。次兄勝夫（大正七年英法）は東大法科を出て満鉄に入社した。弟北川五郎（大正十五年仏法）は、のちに首相をつとめた福田赳夫と同級で、弁護士となった。こういう兄弟に比べても、北川三郎はとびきりの俊才として育った。

北川は、沼津中学では一年から四年まで終始学年の首席で級長をつづけ、授業料免除の特待生となり、四年終了時の成績は平均九十八点であったという。しかもただの秀才ではなく、文芸部の委員もつとめ、雑誌の編集や表現の自由を拡大するために上級の五年生委員や学校当局に自ら代表して談判にいった。そのときの五年生の委員が、のちに作家となった芹沢光治良である。芹沢は翌年沼津中学を卒業し、四年修了の北川とともに一高に入った。

北川は一高入学後、初め寄宿寮の南寮八番室で、のちに化学者となった玉虫文一や国史学者となった滝川政次郎と同室になったが、抜群の語学力でそれぞれに優秀なはずの友人たちの度肝をぬいた。ドイツ語のクラスに入った北川は、オットーという学者の書いたドイツ語文法の英語のテキストを教室の進度に関わりなくさっさと読破してバラバラに解体し、自己流にアレンジしてマスターし、一学期の終わりごろにはレクラム文庫版のゲーテの「ウェルテルの悩み」など一晩で読み終わってしまった。成績も一学期末早くもクラスのトップとなり、三年の卒業時も独法科の首位で卒業した。成績がいいだけでなく、友人に対して献身的に親切であった。一年の二学期も学期試験の最中に、同室の玉虫文一が発熱して倒れると、試験勉強を放擲して摂生室に担ぎこみ、応急処置を終えると、寝室で寝ずの看病をした。北川の友情に感激した玉虫は親友となり、東京府立一中時代の音楽教師梁田貞（「城ヶ島の雨」の作曲者）に伝授された歌曲を教えて、彼に音楽趣味を吹込む。北川は大学は理学部の動物学科に進むのだが、そこで助手をしていた小野俊一（明治四十一年一高理科出身。ビートルズのレノンと結婚した小野洋子の伯父）の夫人が、のちに諏訪根自子や巖本真理など第一線のヴァイオリニストを育てた小野アンナであったことなどから、当時は数少ない洋楽のファンとなった。くわしいことはここでは控えるが、この北川三郎が一高三年になったとき、寮の別の部屋で同室になったのが文芸部委員林達夫であった。そして抜群の語学力をもつ北川が、とくに寄宿寮きっての蔵書家林のもっていたロマン・ロランの『ジャン・クリストフ』の原書（フランス語）を借りて読破した話をつけ加えよう。

日ごろ音楽に傾倒していたせいもあろう。当時北川は文科系の独法科に在学しながら、翌年理学部動物学科への転進学を目指して数学や理化学・生物学の猛勉強の最中であったが、その勉強をすませた深夜の十一時半ごろから、ローソクの火を灯して『ジャン・クリストフ』の原書のページを一ページずつ夢中になって読み耽り、明け方まで巻をおかず、それからちょうど一週間後に原書で全六巻の大冊を見事に読了した。

これにはさすがの林達夫（のちファーブルの『昆虫記』の大冊の訳者となった）も舌を巻いたという。林は文芸部委員であったのだから『ジャン・クリストフ』の読後感の寄稿を北川に求めてもよかったと思われるが、それすら忘れたほど驚いたのかもしれない。北川は読了後その全巻を親友玉虫にまた貸しして、その際まるで『ジャン・クリストフ』の主人公の魂が乗り移ったように感想を語ったという。

玉虫文一が生前私に伝えたところによると、北川は、自分自身もアメ屋の太鼓の音に誘われて家の表に飛び出していったことがあり、その感覚や心持に通うものがクリストフにある、その感覚や心情の中にこそ真の芸術家に必要な要素があるのであり、そのような音楽性には、コンサートのどんな名演奏も及ばぬものがある、と話した。そして、さまざまな神秘に閉じこめられた子どもの世界をよくもこれほどに書いてくれた。その真実でひたむきな純一さや情熱や、またクリストフの思考や行為の数々にも、自分も彼と同じことを考えてここまで書いて来たかと感じさせて不思議なほどである。何という因縁だったろう、夜中にこの長編を読み始めると、自分は小さな部屋にいる感じではなくなった、驚きの連続の中に目を見はり、心はりつめて次々と展開する世界を待ち受けた——北川はこんなふうに語って、『ジャン・クリストフ』の全編から自分の得たものを、次の三点に要約した。

一、教養ある貧乏人は、貧乏に耐え忍んで行けること。その場合の喜びは音楽、宗教、読書、旅行、求愛などによって得られること。

二、ドイツとフランスの対立、ひいては世界における異人種間における抜きがたき対立の問題。力強さでは北方の生命力に、香り高さ才能と芸術性では南方に特色ありと考えられるが。

三、全編にみなぎる生命力の躍動。

――この要約は、あるいは当時の北川自身におけるカオス（未だ不安定な混沌）を示すものであったかもしれない。現実に北川は父親が旧薩摩藩出身だったことによる島津家の奨学金を受けて生活を切りつめていたし、音楽や読書やたまさかの旅行に喜びを見出しながら、しかしいつも溢れる活力を身の内に持ち、病気もせず、健全な将来の理想の目的に向かって走りつづけていた。そのことを表白している点で貴重である。そして、これがそのまま『校友会雑誌』に寄稿されていたら、『ジャン・クリストフ』のもっとも早い時期のユニークな書評ともなり得たであろうに、と惜しまれる。

北川は、翌大正八年一高独法を首席で卒業すると、志望通り東大理学部動物学科の入試を受けて、〝理転〟（理科への転向）に挑戦し合格を果たした。この入試の際の面接で、動物学科主任教授だった五島盛太郎は、その場で与えた外国語文献を北川がスラスラと読破するのに、驚嘆したそうである。

北川は、大学の動物学科も首席で卒業し、慈恵医大講師を経て、旧制東京高等学校理科の教授となった。その間、東大学生時代から、すぐれた語学力を買われて、大鐙閣で刊行されたH・G・ウェルズの『世界文化史大系』全十二巻の訳業を頼まれ、昭和三（一九二八）年三月、単独でその完訳を終えた。東京高校の理科生たちの間でも、北川はもっとも有能で、懇切な示唆に溢れる講義をし、兄弟のように語り合える若き教授として信望を集めた。

しかし、当の北川は、不況にあえぐ足利の織物業者の娘で、東京麻布の誠志堂のカフェのウェイトレスをした若い女性と知り合い、その境遇に同情を寄せ、深くそのひとを愛して、『世界文化史大系』の最終章の訳稿を出版元に渡した昭和三年三月十二日夜、ともに富士の樹海に行き、心中して、二十九歳の若さで帰らぬ人となった。

北川が最後に出版元に渡したウェルズの『世界文化史大系』の終章には「軍隊なき国」の理想がかかげてあった。北川がこの章を訳し終えた一九二八年は、まさしく日本がやがて始まる中国との動乱へ傾くか否かの別れ道であった。北川は当時東京の上落合に住んで、海外の非戦の運動を進める団体の連絡者とも会っていたそうである。彼は国境を越えた世界規模での平和も考えはじめていた。その上での「軍隊なき国」の理想を説いた訳文である。やがて、日中戦争へ、太平洋戦争へと辿った暗い日本の前夜に、この北川の死を前にして書き残した訳文は、心あるものにどれほどの未来への光を与えたことか。私自身この章によって理想を見失わない勇気を与えられた一人であることを、ここに銘記しておきたい。

3　新感覚派、新興芸術派への胎動
——芹沢光治良、川端康成、池谷信三郎、村山知義——

林達夫とともに文芸部委員をつとめた芹沢光治良（大正八年仏法、一八九六～一九九三）は、「失恋者の手紙」という短編を、林の歌舞伎編を載せた『校友会雑誌』二七〇号（大正七年二月）に書いた。芹沢の小説の処女作である。

「失恋者の手紙」は、題名のとおり、失恋によって虚無と懐疑に陥った一人の青年の手紙の形をとった手記であるが、自分自身の体験的告白ではなかったらしい。『校友会雑誌』の三五〇号を記念して出された『橄欖樹』第二輯（昭和十年二月）に芹沢の寄せた回想「あの頃」によると、文芸部の新委員の手で出す第一回の雑誌は、新委員全部顔を揃えることを決議したので、彼も止むなく小説を発表した。「失恋者の手紙」——これは彼も失恋したら、かうした態度を取るぞと云ふ仮定のもとに書いたので、その頃まだ恋愛さへしてゐなかつたとのことである。この短編の主人公の青年は、恋人に宛てた手紙の終りに「私の告白があなた方の生活を乱すと思はれましたら、何卒以上は、ただあなた一人の事として葬つて下さい」と記している。のちにフランス留学から帰って、昭和五（一九三〇）年『改造』の懸賞一等に入選した創作「ブルジョア」で世に出た芹沢は、その後「巴里に死す」（昭和十七年）から晩年の長編『人間の運命』に至るまで、終始愛とヒューマンなものを作品の底流に置いていた。その控えめな基調は、すでにこの「失恋者の手紙」にあったといえよう。

芹沢光治良は、先に記したように沼津中学で北川三郎の一年上級であった。また兄の芹沢真一も一高の三年上級の文科を出て東大を卒え、朝日新聞の政治部の記者となって、北川三郎の樹海での死の事件が起こったときは、その記事も書いた。芹沢光治良も最後の作品であった『人間の運命』に北川のことを銘記している。

なお、このころ、一高の寮歌の中でも音楽性にすぐれた近代的なメロディの第二十七回紀念祭寮歌「若紫に夜は溶けて」が生まれている。「快活に」と曲想の付されたこの歌の作曲をしたのは箕作秋吉（大正七年工科）である。箕作は大学は理学部に進んで化学を専攻したが、作曲家として一家を成した。他に類のない軽快に弾むような「若紫」の異色の旋律もさすがであるが、箕作は詩才もあって、『校友会雑誌』に短詩・散文詩・戯曲などを数々発表した。その中の短い詩であるが二六六号（大正六年六月）に出した「春の町」を引いておこう。

濯ぐ春雨　銀の糸
しっとり濡るる　青柳に
燕かすめる　蛇目傘
ともしびかすむ　宵の町

この詩からも「若紫」ふうのメロディが聞こえてきそうである。

また、そのほかに、大正七（一九一八）年三月十二日には有島武郎が文芸部の来賓として招ばれ、第一大教場で「芸術上の感想」の講演を行なった記録が、『校友会雑誌』（二七二号、大正七年四月）

文学者や先輩の学者・論客を招いての講演会（嚶鳴堂にて）

に出ている。ローマ文明を起源とした文化は今やその末期にある、このターニングポイントにおいて新生面を開く現代芸術は、いうまでもなく民衆の要求に基づく芸術でなければならない、と有島は話した。

大正八年三月、新年度の文芸部委員に氷室吉平（大正九年英法）、増田幸一（大正九年英法）、安河内泰（大正九年文科）、山崎泰雄（大正九年仏法）、橋爪健（大正十年独法、のち作家）らが就任した。そして五人の委員たちは、毎号だれか一人が『校友会雑誌』の責任編集をする、という申合わせをした。この五人の中で、のちに文学の世界に入ったのは、芹沢光治良や北川三郎の沼津中学での後輩であった橋爪健だけであった。橋爪はしかし、ダダイズムの『ダムダム』誌を創刊（大正十三年）するなどして、文壇では傍流に身を置いた。一方、将来の文壇の主流中の主流となる新人を発掘したのは責任編集に当った氷室吉平であ

川端康成（後列右端）と南寮四番の文科の友人たち

った。

氷室はそれまでもっぱら短歌を作っていたが、五月発行の『校友会雑誌』を編集することになり、思案しているうち、自分の住む寄宿寮の南寮の同じ並びの四番室が、文科生の塒《ねぐら》になっていることに思い当った。彼らは同じ廊下を教室や食堂へ行き来するので顔見知りである。中でも、川端康成という二年生は、大阪茨木の中学時代から『新潮』に俳句など出し、この間、漢文の菅虎雄教授が授業中に作文を書かせて答案を集めたら、川端は少年愛に関するモチーフの小品を書いて、謹厳な教授をすっかり驚かせたということだ、そうだ彼に小説を書かせてみよう――

そう考えついた氷室は、すぐに南寮四番室をノックして川端を呼び出し、「次の五月号の『校友会雑誌』はぼくが編集する。ついてはぜひ小説か何か書いてくれないか」と頼んだ。絣の着物に袴を着けた寮生川端は、寡黙にじっと氷室を見返していたが、ややあって「うん」とうなずき、「じゃ、書くよ」と答えた。

三週間ほどして〆切りの日が来た。が、氷室が訪ねてみると、川端は「まだ書けていないんだ」と申しわけなさそうにした。「そうか、よし、〆切りを延ばそう。あと五日待つ、その間に書き上げてくれ、どうしても載せたいんだ、頼む」と氷室は頼んだ。川端の原稿を待つために、四、五日雑誌の発行がおくれても仕方がない、と彼は覚悟を決めたのだ。

約束の五日後、氷室が南寮四番に行くと、川端は徹夜したらしくやつれて幽鬼のような表情になっていたが、厳しい目を光らせて、「書いたよ」と手にした原稿の束を手渡した。二つに折ったのを開くと、題は「ちよ」、川端康成の署名だった。氷室はこうして念願の川端康成の創作を、雑誌の発行を何日かおくらせたが、予定どおり『校友会雑誌』二七七号（大正八年五月）に載せることができた。この「ちよ」の一編こそ、のちに日本で最初にノーベル文学賞を受けた川端が、『一高校友会雑誌』に唯一執筆した、記念すべき秀作となったのである。

それにしても、「ちよ」は三十枚あまりの短編ながら、不思議な趣きがあった。冒頭から「千代」という呼びかけがある。この名前を、作者は一編を書き進めつつ、いつも唐突に記さずにはいられなかったかに見える。しかも「千代」はいつの間にか「ちよ」に変ったりする。やがて、「千代」か「ちよ」は、行間からボオーッとおぼろげな姿を見せて、亡霊のように現われて来そうな気配になる。——怖しいまでの、何とも不思議な情感が立ちのぼって、胸にこみ上げ、迫ってくる。詩ではない、あくまで散文であって、小説として——

筋を記すのは難しい。読み了えて、純文学作品とはこういうものだったと、つくづく感じさせる。

主人公の周辺に起こった幾つかの事実があるのは確かだし、肝心の「ちよ」もしくは「千代」も実在しているのだろうとわかるのだけれども、露わな姿は見せてくれない。というより、主人公自身が彼女（たち）をそのように彷彿させるしかなかったのかもしれない、と思わせる。

十九歳の川端康成の筆致を辿ると、自《おのずか》ら大阪の茨木中学時代から一高入学時へかけての、生い立ちもからむ事情や、少年のナイーブな感受に明滅したことどもが、重く伝わってくる。茨木中学の寄宿舎にいた主人公を、ある日、生家の村の親戚の老人の一人が訪ねてきて、二年前に故人となった主人公の盲目の祖父の借金証文を見せて、それを主人公の少年の名儀に書き換えてほしいという。主人公は親戚の後見人にも相談しなければと断ったが、身なりのきたない老人が再三寄宿舎にきて頼むので、たまりかねて書き換えに応じる。あとでそのことをおくれて後見人に話すと、後見人は老人をあこぎだと言い、老人を非難して親戚中の退けもの扱いにした。借金そのものは、後見人たちが主人公の無人の生家を売払ってカタをつけてくれた。主人公はこの間ずっとやりきれない気持でいた。

高等学校に入った主人公が、夏休みに帰り、親戚の手にわたった故郷の生家にひっそりと身を寄せていると、道であの老人に会った。老人は何かすまなそうに、家に遊びにきてほしい。大したごちそうもできないが、という。主人公は気が進まないので訪ねずに帰寮した秋、老人が急死したとの知らせが入る。老人の遺言によって五十円というお金も彼に贈与されていた。主人公はわりきれない思いだったが、悩んだ挙句ともかくその金を受けとることにした。そして、伊豆へ旅に出た。

修善寺から湯ケ島へ歩く途中、主人公は旅の踊子の一行と道連れになる。その中に一人十二、三の少女の踊子がいた。主人公と踊子の一行は湯ケ野の宿で雨に閉じこめられる。こうして、主人公は少女の踊子と友だちのように親しくなった。その少女の名前が「ちよ」であった。雨が晴れた翌朝、船で東京へ帰る主人公を、少女「ちよ」は艀に乗って見送り、自分で買った食物や煙草を手渡して名残りを惜しんだ。（――この少女の踊子との淡い恋が、のちにまとめられた「伊豆の踊子」のモチーフとなったのは明かである。）

が、冬休みになって主人公が故郷に帰り、老人の遺族をお礼のために訪ねると、未亡人と女学生の娘が喜んで迎えて、泊っていくようすすめた。何かと不自由だろうと未亡人は小遣いまで押しつけた。その上、女学生の娘も言った「自分の家のように思っていつでも心易く帰ってきて下さい」――その娘の名がやはり「ちよ」であった。主人公は、同じ名の伊豆の踊子のことを回想しつつ、ここでは老人の娘と暗い坂を下りていくような気味のわるい予感におびえはじめる。

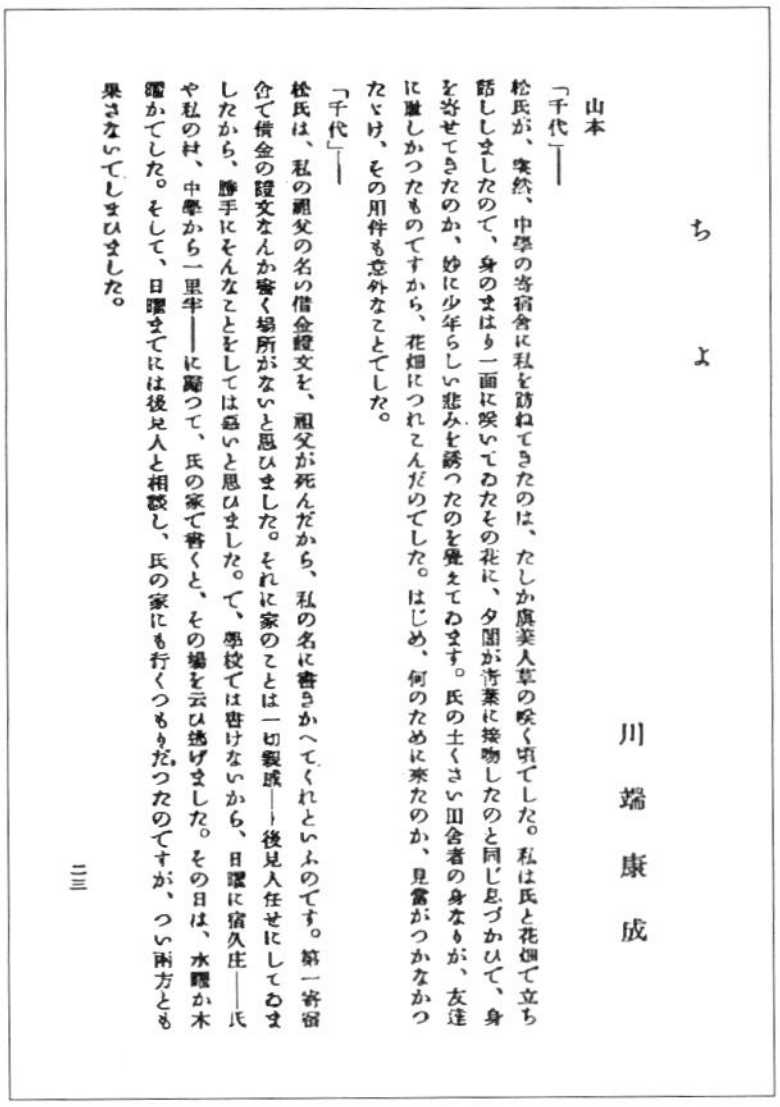
ちよ

川端康成

山本

「千代」――

松氏が、突然、中學の寄宿舎に私を訪ねてきたのは、たしか虞美人草の咲く頃でした。私は氏と花畑で立ち話しましたので、身のまはり一面に咲いてゐたその花に、夕闇が青葉に接吻したのと同じ息づかひで、身を寄せてきたのか、妙に少年らしい悲みを誘つたのを覺えてゐます。氏の土くさい田舎者の身なりが、友達に羞しかつたものですから、花畑につれこんだのでした。はじめ、何のために來たのか、見當がつかなかつたゞけ、その用件も意外なことでした。

「千代」――

松氏は、私の祖父の名の借金證文を、祖父が死んだから、私の名に書きかへてくれといふのです。第一寄宿舎で借金の證文なんか書く場所がないと思ひました。それに家のことは一切親戚――後見人任せにしてゐましたから、勝手にそんなことをしては惡いと思ひました。で、學校では書けないから、日曜に宿久庄――氏や私の村、中學から一里半――に歸つて、氏の家で書くと、その場を云ひ逃げました。その日は、水曜か木曜かでした。そして、日曜までには後見人と相談し、氏の家にも行くつもりだつたのですが、つい兩方とも果さないでしまひました。

二三

「ちよ」（「校友会雑誌」277号より）

それだけではなかった。主人公が二人の「ちよ」（千代）への思いから逃れようと、桜が散って青葉へ移る季節、まだ名前も知らない別の娘と、学校に近い本郷の小さなカフェで知り合った。そのウェイトレスを寮の一人の友人が主人公と張り合うことになる。その友人は彼よりも先にウェイトレスの娘に恋を打ち明けてしまう。彼女は許婚がいるという理由で交際を断わった。そのてんまつを友人は主人公に笑いながら話した。が、友人が娘の名を教えたとき、主人公は気が変になりそうになった。彼女の名も「ちよ」であった。

三人の「ちよ」、「ちよ」、「ちよ」……主人公は深夜ふと寮の二階で目覚めると、その「ちよ」たちの霊にじっと見つめられるようで、おしまいに自分までが幽霊じみていく思いにうなされ、怖れた。怖れが進むと、その心は恋の慕情に濃く変ってゆく。嗅覚も、触覚も、病的に鋭くなっている自分に気づかずにはいられない。

川端はこの「ちよ」の一編の最後にこう書いている。

やっぱり、今でもあんなに私をみつめているあの霊どもと、同じやうに、肉体をぬぎすてた霊のすがたにならなければこの怖れはのがれられないのでせうか。

川端康成は、この「ちよ」を『校友会雑誌』に残して、翌大正九年一高文科を了え東大英文科（一年後国文科に転科）に入ると、一高文科で同級（寮でも同室）だった石浜金作、酒井真人、鈴木彦次郎らと第六次『新思潮』を起こして創作発表の場とした。その第二号に川端は「招魂祭一景」を書いて、早くも文壇的に認められ、先輩菊池寛の知遇を得て、大学在学中のまま『文芸春秋』の同人に加えられた。しかし、川端は、そうした菊池の引立てに甘んじなかった。自立を目指し、また既成の文学の殻を破ろうと、大正十三年横光利一、片岡鉄兵らと『文藝時代』を創刊し、川端はこの自分たちの新文芸雑誌を本舞台として文学革新と呼んで、世に新感覚派と呼ばれた文学運動の先頭に立った。「伊豆の踊子」の初出も、『文藝時代』の第二号（大正十五年一月）である。

このような川端康成のめざましい活躍ぶりも刺戟になって、『校友会雑誌』の創作欄には以後俊秀

新しき生活と新しき文藝
—創刊の辭に代へて—

創刊の辭
川端康成

新しい生活と新しい文藝——これが易々と會得し體得出來るものならば、我々は何も苦勞はしない。

改めて云ふまでもなく、この「文藝時代」はその問題に對する我々の應答である。

取沙汰好きな世間は「文藝時代」の誕生を目して、新進作家の既成作家に對する挑戰だとか、既成文壇破壞運動だとか云つてゐるらしい。しかしそれは我々に取つて、第二第三以下の問題である。そんなものが第一の問題になつたならば、それは我々の墮落の第一歩である。以下我々の氣持を少し聞け。

勿論我々はこの「文藝時代」が沈滯した文壇の局面を打開するであらうことを期待してゐる。しかし今日の我々の氣持は他に向つて侮蔑的冷笑を撒布するよりも自らの内に一筋の反省を投げて苦んでゐる。我々は他人の目の塵よりも己が目の梁を餘りに悲しくも知つてゐる、と私が云つたからとて、同人諸君は苦情を云ふまい。だから私ははつきり云ふ。我々は先づ我々自身の生活と藝術とに局面打開を招來するため、この雜誌に集つたのである、と。そして、我々自身の生活と藝術との局面打開が、取りも直さず、文壇そのものの局面打開になるのである、と。これは詭辯ではない。何故なら、如何に我々を否認する者でも今日では我々新進作家が文藝の王國で確實な一領土を有する若い王侯であると云ふ明らかな事實を否定することは出來ないから。しかも我々の領土は日に日に廣まりつつあるではない

7

川端・横光らの『文藝時代』創刊号と川端の「創刊の辞」

が輩出した。中でも大正九年度の文芸部委員となった村山知義、村山とともに委員をつとめた羽仁（森）五郎、さらに一年下級にいた池谷信三郎（大正十一年文乙）らの作品が特筆される。

村山知義（大正十年文科。一九〇一～一九七七）は、のちに小山内薫、土方与志らの築地小劇場で舞台装置を担当したり、自ら心座を起こして、戦中、戦後

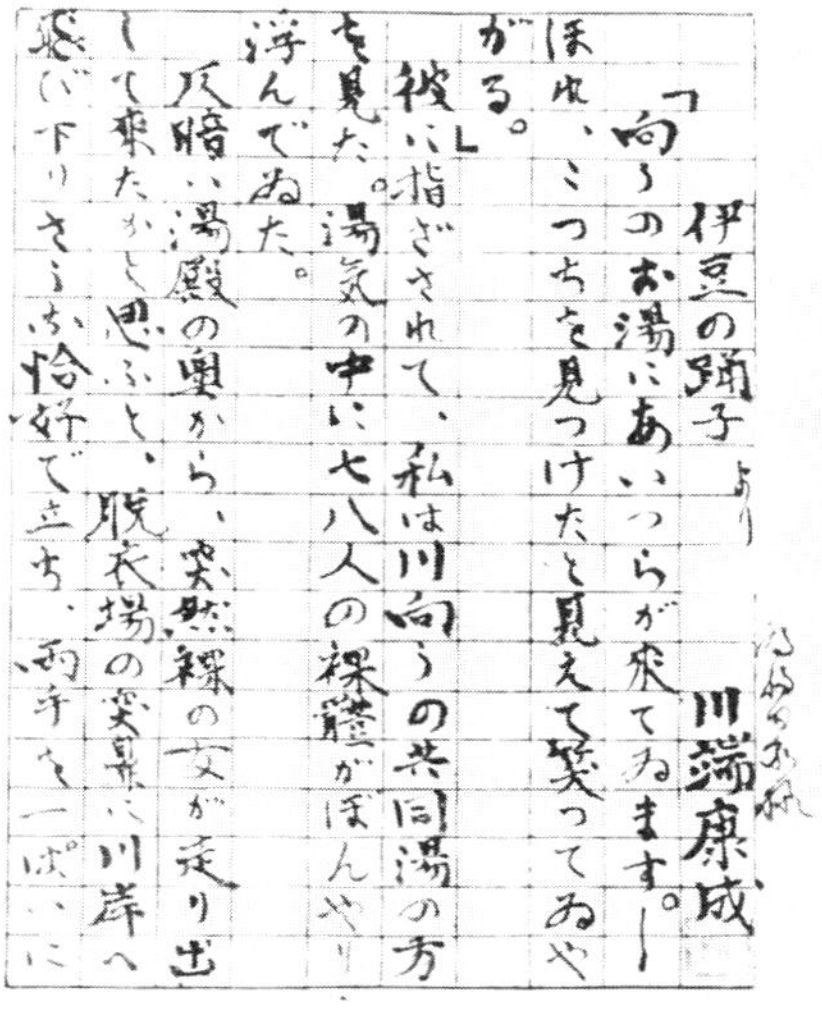
伊豆の踊子　より
川端康成

「向うのお湯にあいつらが來てゐます。
ほれ、こつちを見つけたと見えて笑つてゐやがる。」
彼に指ざされて、私は川向うの共同湯の方を見た。湯氣の中に七八人の裸體がぼんやり浮んでゐた。
仄暗い湯殿の奥から、突然裸の女が走り出して來たかと思ふと、脱衣場の突鼻に川岸へ飛び下りさうな恰好で立ち、両手を一ぱいに

『伊豆の踊子』自筆稿

新協劇団や東京芸術座を主宰するなど生涯の大半を演劇活動に尽すことになったが、一高時代は小説を多く書いた。開成中学時代、内村鑑三に師事した母が婦人之友社にいたので、同社の『少女之友』に「二人の伝道師」の短編を書き、水彩画展に入選した経歴を持っていた村山であったが、一高に入ってからはキリスト教世界からの離脱を図り、むしろニイチェやシュライエルマッヘル、ショーペンハウエルなどに影響された超俗、心象の世界に思いを馳せた創作を書いた。文芸部委員となってから村山は『校友会雑誌』に「ある夜の話」（二八〇号、大正九年六月）、「罪」（二八一号、大正九年十二月）、「おいし」（二八二号、大正十年二月）等を発表した。

このうち、最初の「ある夜の話」は、一人の少年が聖書を抱きしめて、幼時の乳母の夫が浅草千束町で営んでいた居酒屋に泊まったときの、夜と昼のシュトルム・ウント・ドランク的な体験が主題である。十二階下の魔窟をさまよった主人公は、本を万引して六区の交番に引きずられて行く少年を目撃する。居酒屋でコップ酒をあおりながら、巡査に毒づく職人の姿も——。昼は（そのころ来朝したロシアの舞踏家アンナ・パヴロヴァの「瀕死の白鳥」の舞台を見る。が、少年はそのうち、パヴロヴァの白鳥を横目に、ラッパをあわれに吹きならすロシアの男の子を心象に思い描く。「罪」は、当時上野にあったモデル・クラブに属していた一人の女性が、画室で裸体画（ヌード）デッサンのポーズをつくる苦行と眠気の中で、ふと向こうの印刷所の三角窓から彼女をのぞき見している小僧の目を見つける。彼女は怒りと羞恥に身を固くするが、思いがけずわざと目を外らして「だれもあの窓を閉めないで——」と、不思議な身の内からの熱望にかられはじめている自分に気づく。

最後の「おいし」は、同名の御殿女中の回想である。病院の院長も務めた村山の亡父の家に、そのような大奥のことを知る老女でもいたのであろうか。殿様が、側女とともに湯殿に入っている間に、黙々とその湯殿の番をしていた奥方の不可解な心事が語られている。

村山知義は、大正十年東大哲学科に入ったが、翌年原始キリスト教の研究を志してドイツのベルリンへ留学した。ところが、折柄その国で勃興していた絵画ではカンジンスキー、演劇ではゲオルク・カイザー（劇作）、マックス・ラインハルト（演出）、舞踊ではイサドラ・ダンカンらの表現主義や構成主義の運動をまざまざと体験し、村山はその中に入ってゆく。そしてミュンヘン万国博の美術展に入選を果たして、大正十二年帰国した。帰国後の村山は、柳瀬正夢らと前衛美術のグループ「マヴォ」を結成し、このマヴォの運動は、関東大震災（大正十二年九月）前後に一高に入った後輩（たとえば高見順とその仲間たち）や次代の若者に強い影響を与えることになった。また、村山のそのころの代表的な仕事に、大正十三年十二月の築地小劇場で公演された「朝から夜中まで」（ゲオルク・カイザー作、土方与志演出）で、この表現主義の構成舞台の装置のすべてを担当製作した。この成功によって、村山は翌年心座を創立するなど、以後演劇の世界で活躍することになった。

村山とともに文芸部委員をつとめた森（羽仁）五郎（大正十年独法）は、のちに歴史家・評論家として『ミケランジェロ』（岩波新書）などルネッサンスの啓蒙的紹介や、『都市の論理』（昭和四十三年）に至る体制批判の立場をとるに至ったが、一高時代も『校友会雑誌』にいくつかの反骨の創作（小説）を発表した。

羽仁はまず、川端が「ちよ」を発表した次の号二七八号（大正八年九月）に「狸を殺す話」を書いて認められ、文芸部委員となってから二七九号（大正九年四月）に「叛逆者」、二八〇号（大正四年六月）に「秋より夏迄」、二八一号（大正四年十二月）に「妹」の三編を載せた。

このうち「狸を殺す話」は、孝謙女帝の時代のある聖僧が、夜ごと生菩薩が来臨するといっていることに不審を抱いた猟師が、思いきってその菩薩を射てみると、一匹の古狸だったという説話ふうのものである。もう一作の「叛逆者」は、幸徳秋水と文通があったというだけで、大逆事件の一味とされて獄死した人を父にもつ主人公が、そのことがきっかけとなって人間不信に陥る話である。事件後十余年の時点で、そもそも大逆事件なるものが事件と見なされるべきものであったかどうかまで含めて、極刑の断罪をした国家への疑問を打ち出している点で、後年の羽仁五郎の片鱗をうかがわせるに足る一編である。

一高短歌会に『橄欖』という同人雑誌ふうの機関誌があった。吉植庄亮が卒業した一年後の明治四十四年四月に創刊され、第一次は二号、第二次も二号までで終ったが、第三次の『橄欖』は氷室吉平が短歌会の幹事をつとめた大正七年ごろ創刊され、大正十年三月までに六号を出して、翌年吉植庄亮が全国規模の綜合歌誌を創刊したときその誌名に引きつがれた。一高短歌会機関誌であった第三次『橄欖』の第五号（大正九年十一月）が手元にあるので見ると、発行元は向陵詩社となっており、校外から釈迢空（折口信夫）、先輩では吉植庄亮、宇都野研（明治三十六年医科、医師・歌人）などの評論・随筆・歌稿も寄せられ、同人として一高文芸部委員をつとめた氷室、増田幸一、小松清（大正九年度）、湯地孝（大正十年度）らのほか、池谷信三郎の名も筆頭に上がっている。のちに作家として成功した池谷は、一高に入って初めは短歌を作っていたのである。なお、この『橄欖』五号の編集発行人は、同人の一人で短歌に専念していた浜野修三（大正六年文科入学、のち中退）であった。

池谷信三郎（大正十一年文乙。一九〇〇～三三）は、フランス語を教えた暁星小学校、東京府立一中を経て大正八年一高のドイツ語を第一外国語とする文科乙類に入った。中学時代からモーパッサン、コナン・ドイルなど愛読していたが、一高では短歌から文学に近づいたようである。右の第三次『橄欖』には大正九年八月初旬に鎌倉・静浦などへ旅しての「旅泊」と題する池谷の歌三十一首が特集され、また同年四月釈迢空を講師に迎えて大学前のレストラン「パラダイス」で開かれた一高短歌会での歌一首、太田水穂を迎えての九月の短歌会での歌一首、十月の短歌会での歌一首が載っている。

「旅泊」におもしろい歌が幾つもある。

この寺に願事すればわが恋もかなふとききてわれも来しかな（鎌倉横笛寺）
北条へ八町の夜道をわれは行くきみへの文をふところにして
酔醒のうら淋しさよとめどなき泪にうるむ初夏の月
なにごとか兇事をかたる流れ星のこよなく淋し恋する身には（流れ星）
今ごろの朝のけはひに君見ます鏡となりて君を見まほし
紫はモルヒネをつくるけしの実のあまき色とはたが言ひたるや
ままならば阿片を吸ひてあやしくも紫けぶる幻を見む

この「旅泊」の歌を見ると、新しさとともに、当時池谷に思う人があったことがうかがえる。また、釈迢空と太田水穂に選ばれた歌は、

吾家の咲分け桃をくれといふいつもの老人は又きてほめぬ（釈迢空選）

なんと云ふ雲の色あひ高原にかんな咲くころたそがれのころ

今ははた用もなき身はたまきはる死したる魂のひつぎとなれり（以上二首、太田水穂選）

ひょうひょうとして酒脱の趣きもあるが、やがて早世するはかなさを湛えて、のちの立原道造の世界につながる気配も何となくする。

これらの短歌のあと、池谷信三郎は「にきび」という短編を書き『校友会雑誌』二八一号（大正九年十二月）に発表した。

「にきび」は、前夜のコンパの酒の飲みすぎで、翌朝太陽もだいぶ上がってから二日酔いの状態で目を覚ました一高の寮生満太郎が主人公である。彼は寮の寝室の隣の寝床の三日前の新聞広告に「ニキビ取りクリーム」の文字があるのに目をとめて、にわかに頭が冴えてしまう。彼には、実はA子という「まだ親兄弟の外の者を愛することを知らない」お茶の水女学校生のガールフレンドがいる。そのため満面のニキビは大いに気になるのである。夢にまでも恐怖のニキビは立ち現われる。「にきびの夢ばかり見る夜が続いた。餅を食はふとするとその表面にぶつぶつとにきびが出来てしまった夢や、どこかの王様がにきびが大の好物で、家来のだれかれのにきびをつぶしてそれを串にさして――それはさと芋位の大きさがあった――食ってゐる夢を見たりした」。天文台へ月や星を見に行って来た寮室の友人たちが、望遠鏡でのぞいた月面は橙々のようで、「まるで君の顔さ、月にもにきびが出来るんだからね」と満太郎にいって高笑いした。

「にきび」の主人公満太郎にとっては笑いごとではない。彼はA子と神田小川町で待合わせて一緒に音楽会に出かけたが、ピアノのソナタの演奏中も、「ソナタ」と題されたロシア人の未来派の絵の、ニキビを想起させる黄色いポツポツの浮かんでいたのが脳裏を離れない。彼は寮に帰って着物に着換え、例のニキビの広告のある新聞を懐に入れて薬屋に出かけ、四角な箱に入ったニキビ治療用クリームと繃帯を買った。どうして繃帯まで買ってしまったのか、自分でもいくら考えてもわからなかったが、満太郎はともかくニキビ薬を買ったことで、「近頃にない快適な心持になって大股にぐんぐん歩いて行った。やかましい音響をたてて走って行く電車の騒音も、美しい旋律をもって彼の耳に響いて来た」と池谷はこの短編を締めくくっている。

「にきび」の一作だけでも、池谷信三郎の諧謔味に富んだ発想や、新感覚といってもよい生理的弱点の表現、生理的なものを心理的なものへ転換させてのフモール、夢の活用や批判的客観描写等々が、従来のただ真率に直情的に苦悩を吐露することに終始する、観念的にはハイレベルとはいえ、高校生流の筆致や境地を早くも超えているのがわかるはずである。あとでふれるが、ちょうど同じころ、京都の三高に梶井基次郎が入学し、翌年あたりから三高の『嶽水会雑誌』に作品を出しはじめるが、池谷は早々に梶井ですらも表現し得なかった文学的境地を描ききっていたように思える。ただ、それでいて、彼は名作を書こうとも、すぐれた表現を目ざそうとも、ことさら意識していないようであった。しかし、その彼の『校友会雑誌』に載せた短編は、新しい才能を十分にうかがわせる。彼は「氷柱」（二八二号、大正十年二月）、「櫛」（二八三号、大正十年六月）、「転石」（二八六号、大正十年十月）を次々『校友会雑誌』に発表した。一作ごとにフロベール流の彫琢と犀利の度を高めるが、その題材は常に市井に育った若者の小心な恥じらいから出発して、他人への、弱きものへの思いやりすらペン先ににじませる、その点もかえって好ましく近代的なのである。たとえば、右の三編の中の

「櫛」にしてもそうである。

「櫛」は、一高の紀念祭の夜、一人の寮生が郷里の沼津の狩野川の畔の貧しい漁師の家に住むおよしという許嫁が危篤だという電報が来たので、酒の酔いも醒めて夜汽車で帰る話である。寮生が家に帰ると、およしは頭に氷嚢を載せて、青白い顔で無表情のまま、ものうげに瞳を動かした。寮生はおよしの熱い額に手をやっただけで、そっと寝かせておきたいと思った。少しのまどろみののち、寮生はふとおよしの布団の端からのぞいている「櫛」があるのを見てハッとなった。瞬間、寮生は全身が凍えるような気がした。その櫛は、夏の間その小部屋を氷店にしておよしが客の応待をしていたとき、彼女を可愛いといって毎晩氷を飲みに来た東京の学生が、彼女に贈った櫛だった。およしは喜んで差していたが、許婚者である寮生が嫌な顔をしたので、ラムネの空箱に放り捨てられ、蜘蛛の巣に絡まれていたはずのものだった――。

モーパッサン的なドンデン返しのようにも見える。しかし、その発想の底には、モーパッサンの場合には救いがたく思えることが多いが、池谷の作品では、この「櫛」の貧しい許婚の女のありようにしても、そこに女性の主体を気使っての言い知れぬ想いがにじんでいはしないだろうか。池谷は、純文学作家でありながら、作品に涙ぐみたくなるような人情の痛みをにじませる、希有の稟質の持主であったと、いまにして思わせる。

なお、池谷自身がのちに『校友会雑誌』三〇〇号記念の特集号『橄欖樹』第一輯（大正十五年五月）で回想した一文「想ひ出」によると右の創作四編のほかに、モーパッサンの「犬を連れた男」を訳して『校友会雑誌』に寄せたところ、主題が姦通を扱ったものなので、文芸部長の森巻吉教授（のち校長）に却下されたそうである。

池谷信三郎は、大学は大正十一年東大法学部に入ったが、間もなく休学してベルリンに留学し、先に留学していた先輩村山知義に影響されたこともあって、音楽・演劇・舞踊などに熱中した。そして、このため、池谷は帰国後、村山知義が河原崎長十郎らと起こした劇団心座に加わり、築地小劇場で「三月三十二日」という劇曲を書いて（大正十四年九月）上演された。

しかし、池谷の折角の資質や才能から見ると、あくまで創作に全力を注ぐべきであったと思われる。彼が留学中、関東大震災で東京築地の生家が焼失したため、急遽帰国して書いた長編小説「望郷」が『時事新報』の懸賞小説に当選して大正十三年一月から連載されることになった。

凡き人の世のもろもろの出来事を、歓喜《よろこび》も悲哀《かなしみ》も恋も嫉みも一様に、無限の底に熔し込む、坩堝《るつぼ》のやうな大都会の夜であった」という「序曲《プレリュード》」のあるこの長編は、ベルリン留学の歓送のための京都の夏の床《ゆか》で開かれたシーンを含めて、ベルリンで出遭い、起こった留学生をめぐるさまざまな異国ならではの激情的な出来事やエピソードをちりばめ、音楽的にも構成してあって圧倒的におもしろい。「クロイツェル・ソナタ」だの「漂泊人の夜の唄」だの音楽に関わりのある章の名で全編は展開され、最後の「終曲《フィナーレ》」は、孤児のために街の辻でヴァイオリンを奏でる老人の話で終っている。フルトベングラー指揮の音楽会の場面や、洋楽の譜面もときに挿入されていて、並みの懸賞小説や、新聞小説とはまるでちがっていた。

この小説は、一高の先輩で『時事新報』の選にも関わっていた菊池寛や、すでに新感覚派の先頭に立っていた川端康成も刮目して高く評価した。とくに川端は『文芸時代』への参加を強く要請した。

しかし、池谷はベルリンで世話になった村山知義が心座を起こすので、そちらに義理立てして、川端、横光の仲間には加わらなかったようである。「望郷」は、外国および異民族を肌と実感と実体験と彼我の交情で書いた点で、のちの横光の『旅愁』にもまさっていたのに――

池谷は、その後『時事新報』に「花はくれなゐ」「柳はみどり」を連載し、かなりの数の短編や戯曲も書いたが、昭和五（一九三〇）年ごろから肺結核で喀血などして健康を害し、菊池寛の房州千倉の別邸に転地療養するなど、回復に努めたが、昭和八年三十三歳で早世した。他に類のないすぐれた資質の作家であった。いまもって惜しまれてならない。

没後、菊池寛が彼の死を悼んで「池谷信三郎賞」を創設した。また、昭和九年には、川端康成、横光利一、石浜金作らが編集して改造社から全一冊の全集も出た。しかし、この全集は『時事新報』に連載された長編を主体としたもので、『一高校友会雑誌』に載せた短編のうち「にきび」と「軽石」は出ているが「櫛」は載っていない。また短歌会での多くの歌も一首も載っていない。のちに尾崎翠の名作「歩行」の載った『家庭』の昭和七年七月号に池谷も「後妻の気持」というすばらしい短編を書いているが、これも全集にはなく、知られずじまいである。池谷信三郎の新たな完全な全集が改めて編まれるべきであると思う。

4　苦悩と社会主義の洗礼
――手塚富雄、長野昌千代、石田英一郎――

池谷信三郎とほとんど同じ時期に、京都の三高には梶井基次郎（一九〇一～三二）がいた。梶井は、池谷より生年は一年おそいが早生まれであったので、小・中学での学年は同じである。そして、池谷が一高に入ったのと同年の大正八（一九一九）年、大阪の北野中学を了えて三高理科甲類に入学した。池谷は在学三年で一高を卒業し、大正十一年大学に入り、その年末ドイツのベルリンへ留学する。梶井のほうは、一年のとき病気のため留年し、さらに一年おくれの三年のとき学年試験を受けなかったため、二年おくれて大正十二年卒業し、東大英文科に入学した。

梶井は三高に五年いたのであるが、その間一年おくれの三年次、大正十一年に創作の習作を始めて、その年六月「秘やかな楽しみ」なる詩をつくり、これがのちの彼の短編の秀作「檸檬」のモチーフとなるのである。また、池谷は一高時代『校友会雑誌』に短歌会への参加を通じて短歌を出し、また一高短歌会機関誌にも発表して『校友会雑誌』に短編を寄せる時期が来る。それが大正十年度一高三年のときで、そこまでは感覚の尖鋭化や心理的な深まりや阿片幻想はあっても、実生活のシュトルム・ウント・ドランクはさほどない。池谷が都会の猥雑と異文化の洗礼を受けるのは、大学を休んで表現主義の怒涛の中のベルリンに身を投じてからである。

これに対して、梶井は池谷のようにヨーロッパの洗礼を受ける機会はなかったが、三高で二度の留年をした間に、中谷孝雄などの文学上の友人の影響もあって京の遊里を知り、酒にかまけ、乱行をし出かすに至る。また、三高には短歌会はなかったが、一高にはなかった劇研究会というものがあり、梶井は大正十一年五月三学年で同年となった中谷にすすめられて入り、外村繁や鳩居堂の嗣子であった熊谷直清ら三高在学中の仲間と、沢田正二郎を講演に呼んだり、シング原作の「鋳掛屋の結婚」の演出にとり組んだりした。その間に「矛盾のような真実」を書いて三高の校友会雑誌である『嶽水会雑誌』八四号（大正十二年五月）に発表した。

このころ、池谷信三郎はベルリン留学中でベルリン大学に籍を置いていたが、ラインハルト演出の演劇や、フルトベングラー指揮の音楽会に入り浸り、シュテファン・ツワイクやトーマス・マンの新作を原書で読み漁っていた。そして、九月の東京の大震災で築地の河岸にあった生家が全焼してしまい、その知らせを受け、友人から金を借りてあわててシベリア鉄道系由で日本に帰る。早々に池谷は自活せねばならなくなった。そこで、二年前藤村（宇野）千代が一等に当選し尾崎士郎が二等となった『時事新報』の懸賞小説に応募することにし、『望郷』を書いたのである。『望郷』は大正十三年暮に一等入選に決まった。選者は一高の先輩である菊池寛と久米正雄、学習院で志賀直哉や武者小路実篤らと『白樺』の仲間であった里見弴《とん》（有島武郎の弟）の三人であった。大正十四年一月一日から『望郷』の連載が始まった。こうして池谷はドイツで借りた金も返した。

梶井は、大正十三年四月上京して東大文学部英語英文学科に入り、再び同窓となった中谷、外村らと同人雑誌を出すことにした。そのとき、やはり東大に進学していた三高の上級生だった大宅壮一、飯島正（のち映画評論家）、北川冬彦らが第七次『新思潮』を発刊していたが、梶井や中谷らはそれには参加せず、『青空』を創刊して、その第一号を大正十四年一月に出す。その創刊号の巻頭に載せたのが、のちのち梶井の名を高めることになった「檸檬」である。

それ以後のことはここでは省略するが、やがて梶井は川端康成の知遇も受ける。しかし、肺患をこじらせて、昭和六（一九三一）年に至って「檸檬」は一冊の作品集となり、「のんきな患者」が翌昭和七年一月号の『中央公論』に掲載されたが、同年三月死去した。

一方池谷は、梶井の「檸檬」初出の『青空』が黙殺されたとき、『時事新報』に当選作「望郷」の連載が始まっており、のち川端の誘いを受けたが『文芸時代』には参加せず、梶井の最後の舞台となった『中央公論』に何度か書きはしたが、梶井の死の翌年やはり早世した。

このように見てくると、一高の池谷信三郎、三高の梶井基次郎は互いに病身で、同じく文学活動を営みながら、相会わぬままに不思議な相関と、互いに住む世界を異にした自己確立のための独自の生き方をしたことがそれぞれにうかがえる。そして、文壇に登場する直前に死んだ梶井の評価は早くに定まったが、文壇に登場していたはずの池谷の真価は、反って定まらずにいるようである。池谷は自らの可能性を病身に埋もれさせたと見なされているのだろうか。

池谷の一高卒業後の大正十一年度（その三年前から卒業月は三月、入学月は四月に変った）の文芸部委員の一人に、のちにドイツ文学者となった手塚富雄（大正十二年文甲）がいて、小説や戯曲を書いた。

手塚は、『校友会雑誌』二八五号（大正十年十月）に「友」という最初の短編を載せた。高等学校の寮室の夜のしじま、中学時代の友人と、その友人の恋人と主人公との、不幸な形に終った友情を回想したものである。この一編の次に、手塚は大正十一年六月発行の二八八号に「次男と親父の死」という小説を書いた。これは、父のいない家で父代りをつとめた老いたる祖父と、その祖父を厄介物扱いする兄嫁、祖父をかばう次男とが醸し出す不協和な日常を、宇都宮出身の作者の身辺に実際そういう旧家があったのかと思えるほどリアルに、地道な筆致で、重層的に、その輻奏した葛藤を描ききっている。最後に八十何歳かの老祖父は斃れ、筆の先の水をのみ、のどをヒクつかせて死ぬ。もう一編「霖雨」という戯曲も『校友会雑誌』二八九号（大正十一年七月）に載せた。これも暗い家の中で疎外されたまま寡夫となった父の姿を描いている。

手塚はさらに「四年目のこと」（小説、『校友会雑誌』二九〇号、大正十一年十月）、「火をぬすむ人」（戯曲、『校友会雑誌』二九二号、大正十二年二月）の二編を書いた。「四年目のこと」は、旧家の長男であるため、家のあととりとして、東京の学校にも進めず、馴染の芸妓との間も割かれ、父のいうなりの結婚をすることになる親戚の従兄を主人公にしている。戯曲「火をぬすむ人」は、それぞれ母の異なる十六、七歳の異母兄妹の、夏の森の中での会話である。二人は淡い慕情を感じあっていた。二人は悲しい糸でつながれている、とお互いに思いつのり、悩む。夏の夜の語らいのあと、少年と少女の二人はとうとう唇を重ね合わせた——これが「火をぬすむ人」のあらすじであるが、思えばこの一編が、後年リルケを大学で講じた手塚富雄に、もっともふさわしい題材ではなかっただろうかそういう感慨が私にあるのは、大学のころ、手塚富雄教授のリルケについての講議を聞いて、その静かな、しかし内に並々ならぬ想いを秘めたような風貌と、孤り籠もるような語り口を知っているからである。私は美学の学生であったが、関連課目として相良守峯教授のゲーテの講義や、手塚さんのリルケ研究の教室にも出席していた。

その手塚富雄教授について、独文科の出身で大学院にもいて私も知ることになった高橋英夫氏（一高昭和二十五年文乙、文芸評論家）が、最近出した『果樹園の蜜蜂——わが青春のドイツ文学』（平成十七年、岩波書店）のエッセイ集の中で、〈「疾風怒濤」の年〉の章を設けて、後年の手塚さんが、一高での次の年度（大正十二年度）の文芸部委員となった長野昌千代と石田英一郎のことを『一青年の思想の歩み』（昭和二十六年）の自著の中で、懇切に記していることを紹介している。この高橋氏による手塚さんの記述をも参照にしながら、文芸部委員ともなった長野昌千代（大正十年英法入学、在学中死去）と石田英一郎（大正十三年英法、のち文化人類学者）の二人の『校友会雑誌』その他での、従来の文芸部委員とはちがった活躍ぶりにふれることにしよう。

それまでとちがった、というのは、一つには長野と石田が二年級だった大正十一年十一月、一高内に社会思想研究会が再建され、長野も石田もこの研究会に属してリーダー格となって活躍した事情がある。一高社会思想研究会は、それより先大正七年に東大の吉野作造教授や麻生久、赤松克麿、宮崎龍介らによって結成され活動をつづけていた新人会の影響を受け、新人会のメンバーを読書会のチューターに迎えるなどして、社会主義による革命をも視野に入れた実践活動を行なってきた。たとえば深川のセッツルメントにおける、いまふうにいえばボランティア活動などもした。その社研リーダー格であった長野と石田が、文芸部委員となったのであるから、その思想も論考も実践を伴い、これまでの文芸志向プロパーのありようからはかけ離れた。

だが、文芸部委員の前任者である手塚富雄は、一年下級であるのに、この二人の存在、とりわけ長野昌千代には畏敬とともに傾倒したくなる思いであったという。とくに、大正十二年四月発行の『校友会雑誌』二九三号に長野昌千代が代表して書いた「新来三百の諸君を迎う」の就任の辞は、全新入生のみならず、一高全体、大学へ去る手塚さんの心までも震撼させたという。次の言葉があった。

思っても見るがいい、生活とは何であるか。人と人とが共に生きつつ自らを生かす過程の外に、何処に生活と名づくべきものがあろう。純真な人間の生長、簡単な、而して最も重要なこの事が、如何にしばしば他所事のように見捨てられていることか。根本は自分と他である。生きた人間と人間との協同である。（中略）

究竟はすべて人を生かすことにある。まずすべての人が生きて、そこからのみ力強い文化は生れ出よう。不合理な人為的なあらゆる桎梏を破り棄てて、人と人とが救いあうことにある。神を信ずる前に、論理の綾を織る前に、唯美を追う前に、真理を愛読する前に、まずすべての人を生かして見よう。すべての人が自らを生きることのできるようにして見よう。

このように書いた長野は、間もなく、中間的な独善的な高校生活を送っているのでは駄目だ、大衆の中にいなければ、と自ら休学して、大阪の貧民窟に近い小学校の代用教員を志願して赴き、そこで世に捨てられていた子どもたちに勉強を教えながら、生活をともにしてすごした。休学とはいえ、再びは帰らぬ気持もあったであろう。しかし、長野は翌大正十三年三月に、文芸部委員の最後の勤めを果たすために学校へ帰ってきた。そして、石田英一郎ら学校にとどまっていた文芸部委員たちとともに、「おはりにのぞんで」の退任の辞を『校友会雑誌』二九六号（大正十二年六月）に連名で書いた。

復学した長野は大正十三年四月から二度目の三年をくり返すことになったが、大阪の代表教員時代の疲労が癒えず、その上、赤痢とチフスの病患につづけて冒されて、四月三十日夜、友人たちの悲しみに包まれて早世した。

『校友会雑誌』二九八号（大正十三年九月）に、次の文芸部の委員たち（神西《じんざい》清、堀辰雄、竹内敏雄、大江精三等）は、長野昌千代の遺稿を載せ、また一高社会思想研究会同人一同の「長野昌千代君を悼む」言葉を特集し、遺稿集『脚下の泉』を刊行した。長野の遺稿には、こんな言葉が書かれていた。

コムミュニストが現実を唱えながら、非現実的であることは悲しい事実です。インテリゲンチャのコムミュニズムへの第一の貢献は、特殊で具体的な知識をもつことだというラデックの言葉はなんど繰り返しても本当の言葉ですね。僕はインテリを嫌って離れて、初めてインテリの重要な職分を悟りました。知識階級のとくに学生のなすべき仕事は限りなくある。そのどれへも何ら著しい力を与へていない。そのことを痛感するあまり、学校に帰ったのです。出来るだけやってみましょう。

こうして貧しき子どもたちの中に生き、再び知識階級予備軍の場へ批判的に戻ってきて斃れた長野昌千代を、手塚さんは悲しみを込めて、長野の友人で同僚だった石田英一郎と比べながら心深く追懐した。

長野君は透徹した理知性としずかに深い情熱と裕かな情感と卓抜な芸術的資質をかねている人だった。石田君のように人をよせつけぬ貴族性というものを感じさせるのではなく、しずかににじむ人なつこさが、他を引き付けて止まぬのである。……その文章のなかには、同君の全存在が燃えておりそのままで一種の芸術である。

石田英一郎は甲冑《かっちゅう》華族（子爵）の家に生まれたが、父は早世し、母や妹たちと育った。東京府立四中を経て一高英法に入り、やがて長野とともに社会主義の洗礼を受け、社会問題研究会（のち社会思想研究会）を再建した。そして、一高の校内紙として大正十一年六月創刊された『向陵時報』の大正十二年四月の号に「プロレタリア革命と学生」と題した評論を書いた。その中で石田は「歴史の車輪に反逆を試みるならば昨日における天下の秀才も明日においては、かのトロツキーのように、ことごとく歴史の掃き溜めへ一掃されて仕舞うだろう」と警告した。高踏的な態度で学生生活を送り、赤門を出て秀才の名を冠せられ、官吏・学者・芸術家として媚をブルジョアジーに売ろうとするのか、どうして工場や鉱山に行って圧政と不合理に虐げられたものを見て、雄々しく革命家として戦おうとしないのか、と「檄」を飛ばし、過日団体を組んで深川の貧民窟を視察した大学生に対し、呪咀と漫罵を浴せた「立《たち》ん坊の叫」という詩を紹介している。実際に立ん坊の原詩があったのを石田が構成したものと思われる。

貧民窟！
どん底！
彼方から――此方から

何処からか持ち寄せて来た「不幸」が
うづ高く散らばってるのに過ぎない——
塵捨場のやうにと、いふのかい？
社会学を科学として
存在の理由を証明するために
研究室から街頭へ——
概念の煩悶から逃れるために
下宿屋から木賃宿へ——
といふのかい？
チャンチャラお可笑《かし》いやい
角帽の若造めら——
なぜ手前らは
そんなに無駄骨を折りたがるのかい？
あの、コンクリの化石から
集って来た
木偶《でく》の坊よ！
そんな、ひからびた概念の化け物で
生血の滴る此方徒等《こちとら》の社会が

解ってたまるかい。

「帝大に赴かんとする友に」の副題のあるこのプロレタリア革命を叫び、学生の現状を批判した一文は、もともとその年二月十六日一高三年生の送別演説会のための草稿をまとめたものだったが、石田はこの詩につづけて、「腕だよ！　力だよ！　然り！　全世界のブルジョアジーの断末魔的遺物たるホワイトカラーが今日の如く峻烈を極むる際に於いて生きんとするプロレタリアに残された唯一の道は只団結と暴力あるのみである。この様なことを言ったなら倉田百三氏の愛読者たる君達は定めし苦々しい気持がするだろう」と旧来の高校生的思索にも批判の目を向けて痛烈であった。

長野昌千代が休学して大阪の貧民街の小学校へ去ったあと、社研再建と、文芸部を背負っての活動をつづけた石田英一郎は、『校友会雑誌』二九六号（大正十三年六月）の巻頭に、「ツルゲーネフの描いた露西亜の青年と女性」の評論を書いた。石田がこの一文をまとめたのは大正十二年八月十六日のことであったが、印刷所に原稿を渡す直前九月一日の関東大震災が起きて、秋に出す予定の雑誌の印刷進行がどうにもならなくなり、翌年六月まで発行がおくれたのであった。

千八百六十一年二月十九日、農奴解放の勅令は遂に発布された。自由だ。自由だ。人々の胸は喜悦に満ちた。アレキサンダー二世の宮城の前は「ウラー、ウラー」の歓声に轟いた。けれどもこの歓喜は束の間であった。農奴等は恐ろしく苛酷な賠償金の下に、恐ろしく僅少の土地を与へられたのである。「解放」とは農奴にとって破滅の条件であり、地主貴族にとって富を積む絶好の機会であった。

という書き出しに始まる石田のツルゲーネフの作品についてのこの評論は、農奴解放の〝失敗〟後の絶望感の中から立ち上がる青年や女性の姿を、とくにツルゲーネフの作品『処女地』に求めて、純潔な熱情的な若い理想家の主人公ネヅダノフと、彼と思想的に共鳴して恋に落ちたマリアンナとを通じて描く。「ああ辛い。詩人が現実の生活に触れることは実に辛い」、「僕の中には二人の人間がゐるのだよ。そしてお互に殺し合はうとしてゐるのだよ」といったネヅダノフのマリアンナに対する述懐は、石田においては「詩人であってもいい、しかし、それは科学を解する詩人、現実を恐れざる理想家、であらねばならない」というふうにとらえ直されて行く。そして、『処女地』に登場するもう一人の人物ソロミンは沈着で聡明な、個性の強い人間である。ロシアの再生はこのような人物に負うところが多いのではなかろうか、と考える。また、マリアンナは当時の最も進んだ女性の典型であり、革命のためにすべてなげうって勇敢に戦った。偉大なロシアの少女の代表者と石田はみなした。マリアンナは貴族の家に育ちながら、その家庭の一切の伝統に叛逆して革命運動の渦中に身を投じた、その姿に、石田は自身も華族の家に生まれつつ、そのしがらみを捨てて革新の運動に挑む自らの姿を投影させていたように見える。石田は、このような人物をつくり出した『処女地』のツルゲーネフは、それによってロシアの青年たちを動かすことのできた偉大な作家と称えた。そして、一文の最後をこう結んだ。

彼等（革命的インテリゲンチヤ）は真剣であった。彼等によって流された血と涙とは、ただに露西亜の再生のためにそそがれたばかりでなく、それは実に全人類の心に絶えざる希望と勇気とを与へるものである。謎の露西亜、暗黒の露西亜は、とうとう明るみへ出た。一千年来の奴隷は逆に永久に解放される日が来た。異常な困苦と欠乏とにも拘らず、なお、彼女の未来は歓ばしい建設に輝いてゐる。ああ若き露西亜よ！　黎明の露西亜よ！

この評論を巻頭に載せた『校友会雑誌』二九六号が出たとき、石田英一郎はすでに一高を出て、京大にいた。経済学の教授だった河上肇の門に入るために京大に進学したのである。そして、マルキシズムの講義を進める河上が、やがて官憲の弾圧によって京大を追われようとする事態になったとき、石田は、京都の三高の自由寮にいたとき同室の梶井基次郎らの上級にいて室長をつとめた逸見重雄（のち野呂栄太郎とともに四・十四弾圧後の非合法共産党を支えた。当時京大経済学科在学）らとともに京都学生連盟（いわゆる学連）を組織して、河上擁護の運動を進め、逸見ともども検挙されて、学生最初の治安維持法による犠牲者となった。その後、長いさまざまな道程を経て、石田英一郎は戦後文化人類学者となって甦るのである。

5　詩、創作、短歌への深まり
――神西清、堀辰雄、竹内敏雄、深田久弥――

石田英一郎の独自のツルゲーネフ論を寄せた『校友会雑誌』二九六号に、神西清《じんざい》のステファン・マラルメの訳詩二編と、同じく神西訳のロマン・ロランの詩「最後の愛」一編が載った。神西清は、この『校友会雑誌』の出た大正十三年度の文芸部委員の一人であった。神西が東京府立四中から一高理乙に入ったのは、大正十（一九二一）年のことであって、本来は卒業しているべき年度だったが、彼は理科生の本業は顧みず、フランスの象徴派やそれ以後のフランス、あるいはロシアの作家（チェホフ、ガルシンなど）の作品を読み耽り、また詩作にも熱中して、二度目の三年をやり直しており、その際、文芸部委員に任命されたのであった。

神西の訳したマラルメの「秋の数章」の詩二編の中の「練習曲を弾く少女」と、ロマン・ロランの「最後の愛」の訳詩をここに転載しておこう。

　練習曲を弾く少女

鍵盤の上《え》を囀ぶは「幸福」の練習曲《えちゆーど》
秋、夜ごと
われ丘の上《え》の窓に　そをば聴く。

心　淋しければ　かのキイの音《ね》
翅《つばさ》ともなり　わが幸福《さいわい》とかけり去るごとし

ああ、
練習曲《えちゅーど》を弾く　少女《おとめ》――

最後の愛
冷たき右手に　炎は消《う》せ
温かき瞳《め》に　涙はつきぬ
波のまに揺らるるはわが身か
わが　おもひか……

うしなへる愛　得てし愛、
思ひ　いかばかりぞ
冬ちかき　秋の月魂《つき》
澄みし光にかがやく……

神西清のこれらの訳詩は、『一高校友会雑誌』に載った生徒の訳としては、往年の上田敏、大正初年に語学の天才といわれて早世した久保正夫らの訳詩と比べても、白眉といっていいであろう。

神西とともに大正十三年度の一高文芸部委員をつとめたのは、堀辰雄、竹内敏雄、大江精三らの人々であったが、この中の竹内敏雄（大正十三年文甲）は、のちに美学及び文芸学の学者となり、私が大学在学中の美学科の教授であった。思い出すのは、学生との親睦の会などの折、この一高文芸部委員だったころの回想談である。竹内はほとんど口癖のようにこう語った。「神西も堀辰雄も理科にいて、二人とも本来上級だったが、文学に熱中して、三年を二度やり、私と同じ学年になり、一緒に文芸部委員をつとめた。堀は芥川龍之介に親炙《しんしゃ》していて、田端の芥川氏の家に私も連れて行って紹介してくれたが、芥川はエキセントリックでなく、ノーマルな感じの人だった。神西清は、堀に比べても際立ってすぐれた詩才の持主だった。初めて彼の詩を読んだとき、その鬼才ぶりに驚いたものだ。神西はあまりに詩の天才で、しかも理科にいたものだから、とうとう三年を二度やる羽目になり、結局卒業できず、東京外語（現、東京外国語大学）の露文科に入り直して、やがてチエホフの『桜の園』やガルシンの『赤い花』などの訳者として立ったが、彼の詩集があるなら真先に買って読むよ。」

後年、人一倍批評眼の厳しい美学者となった竹内敏雄にそこまで賞揚させた神西の、『校友会雑誌』に発表した初期の詩一、二編もご紹介しておこう。まず二八九号（大正十一年七月）の「椽の林」（大正十一年三月作）から、

或る夜……
ひとり椽の林に坐して
はるかなる海の音を聴けり、
或る夜……

月光はひそかに万象《ものみな》を照らし
白沙のうへ、過ぎし日の幻を現ぜり。

またありて、一夜……
われ蒼ざめたる指《おゆび》もて
椽の小枝を折りぬ、
ひと夜……
月光はいと痩せて
冷え果てし接唇《くちずけ》に対へしぬ。

かくて、或る夜……
白沙の上
月光《つき》、空しくも屍となり、
あ、或る夜……
黒き海、いよよたかまり
椽の林をかくしぬ。

——この詩は、神西が想を練り技を凝《こら》して苦心の末に成ったもの、と旧友竹内は「一高文芸部部史」にも記している。もう一編、神西は「推移の秋」という詩編を『校友会雑誌』二九一号(大正十一年十二月）に載せた。次の章句が神西の詩の深まりをうかがわせる。

ああ、けれど、心警《いまし》め身をいましめ
かかる秋霽《あきばれ》の朝《あした》には、
海鴎《かもめ》たち　新鮮な食塩のやうに涛《なみ》に映る
かの海洋へと乗り出でようか
褐《かち》色の太陽にわが頬骨を燬《や》かせようか、
げに水夫等のよき歓びをわれは知る。

神西はその後も大正十二年度の『校友会雑誌』二九三号・二九五号に「月夜に市府を棄てる」「秋意」などの詩を寄せて活躍をつづけ、文芸部委員に選任されたのだった。

その僚友となった堀辰雄は、東京府立三中から神西の一年あとの大正十年理科乙類に入った。理乙は通常大学の医学部か生物系の農学部に進学するドイツ語を第一外国語とするクラスであったが、堀は初め建築家を志していた。しかし、やがて寮で神西を知り、その詩に刺激され、また神西を中心とするガリ版刷りの同人誌『蒼穹』に加わって習作を発表するなどして文学志向に傾いた。関東大震災で生母を失い、堀は身体もわるくして休学し、その病間に詩作した「青つぽい詩稿」と題する四編を『校友会雑誌』に投じて、復学後、大正十三年度文芸部委員となったのである。そして、『校友会雑誌』二九七号（大正十三年六月）に「帆前船」「古足袋」「書物生活」の三編の詩を載せた。

帆前船

よごれた古本屋町に

ぼくの思想を　ぽかぽか温めてくれる、日向のような書物はないかと
一軒一軒　むだに尋ね捲ぐねて　おろおろに草臥れてしまつた
ふいにその時　僕は帆前船が欲しくなつた
子供部屋でたびたび見かける　あの小型の帆前船が　どこかに無いか
港にはとほい　ここら辺の
オモチャ店の見世先にでも　気まぐれに碇泊してゐはしないか……

十二月の寒い町で
こんな気候はづれの　帆前船を　欲しがつてる気持を　僕は
洋食屋の温かい料理のなかで　やつと過ごした

書物生活

どつさり、書物を読んで
いろんな思想をいただいたけれど……
どいつも、こいつも
僕のだるい生活の中で　くるくる　くるくる　から廻転ばかりしてる
いくら油を差したつて
滑りのよくなるような器械でもなし

ただ僕の頭の心棒さへしつかりしてゐれば
　何んの文句もないんだがな

堀辰雄といえば、戦中の少年時代、一高にせよ、京都の三高にせよ、アンチ・ミリタリズムが陰に陽にあり、表向きは学生に強制された通年動員（軍需工場などに戦力増強のため学園を離れて強制就労されること）につき合っても、ひそかに読み回されるのは、戦争のセの字も書かれていない、たとえば堀辰雄の『菜穂子』であったことが思い出される。芹沢光治良にもサナトリウムの出てくる小説があるが、戦場に学生も駆り出されたあの時代、胸部疾患は入営もせず戦場にも赴かずにすむ確実な理由となり得るという秘め事じみた考え方も学生や高校生の間にはあって、堀辰雄が肺疾患におかされているらしい、と伝え聞くと、それだけで貴重な存在に思えるような、そんな風潮もあの時代暗黙の中にあったのである。

そうした先入主を離れて、この一高時代の堀辰雄の「帆前船」や「書物生活」の詩句を知ると、それは詩的な感性にまぶされているとはいえ、つつましく読書にいそしむ、また異世界の夢に憧れる一人だったのかと親しみが湧いてくる。

堀はまた、「快適主義」というエッセイふうの詩文（評論）も『校友会雑誌』二九八号（大正十三年七月）の巻頭に載せた。その大意は、恋や書物や怠惰は、堀自身の想う快適さを運んできてくれるものではない、結局のところ、「円満無欠な凡人とならうより、百科辞典のやうに博識の学者とならうより、自分の抱いてゐる哲学の完全な生活者となること」、それこそが「快適」をもたらすのだ、と堀はエピクロスふうに記している。

神西清や堀辰雄とともに文芸部委員であったことを終生の思い出とした竹内敏雄は、大正十一年成蹊中学から一高文甲に入学、三年間首席を通しながら、短歌会の逸材として幹事もつとめ、文芸部委員に選任されたのだった。

一高短歌会での竹内は、毎月の歌会に精励し、詠草を出し、時折の歌会に講師に招んだ太田水穂、古泉千樫、半田良平らの歌人にも親しみつつ、一年上級の文芸部委員もつとめた井上司朗（のち逗子八郎）の知遇も受けて、「蘿窻歌篇」（五十首、『校友会雑誌』二九七号、大正十三年五月）、「山水歌鈔」（五十六首、『校友会雑誌』三〇〇号、大正十三年十二月）等を長歌ふうの連首として発表した。歌の格調は極めて高い。

川の辺の葦みな高くなりにけり水にうつれる影のさやけさ
日かげりて夕べをぐらき庭隈に紅濃く見ゆる鶏頭の花
ふるさとの家にしあれば朝床に覚めつつしたし臼を搗くおと　（「蘿窻歌篇」より）

また竹内は「詩歌雑感」の題の歌論を、『校友会雑誌』二九九号（大正十三年十一月）の巻頭に書き、当時起こりつつあった思想歌、生活派、さらには口語歌をも念頭に置いて、その中での詩歌の美的表現や韻律はいかにあるべきかを説いた。詩には詩、散文には散文、短歌には短歌、俳句には俳句にふさわしいジャンル（領域）があり、素材がある、それを逸脱することは好ましくない、俳句に至ってはその形式が極端に短少であることによって、表現できる領域も短歌に比べると狭められる。とくに、複雑な心情・抒情は本来主観的な短歌なら表現できるが、俳句では恋情など表わすのは、その客観的たる特徴ゆえに困難である。また、詩歌は実感を重んじるが、感興が起こってから一個の作品とするまでには幾多の洗練と推敲を重ね、技巧の枠を尽くさねばならぬ。その美的表現こそが、後世にまで切実な感動を伝えるのである。

竹内はこのように述べて、新しい短歌の定型打破などの動きに対しては、近来詩全体が散文に近づいているが、詩にはあくまで詩の韻律がなければならないとした。短歌の場合、文語表現に必ずしもこだわることはない。ある感動を詩歌で表わす場合、口語には口語独特の韻律というものがある。文語の短歌の殻に安住したまま口語を用いるのではなく、むしろ口語短歌の場合は従来の短歌形式にこだわらず、おのずから適切と思われる形式をとるべきである、と竹内は説き、そのよき一例として正岡子規の次の一首を引いて結びとした。

風呂敷の包を解けば驚くまいか土の鋳型の人が出た出た

――竹内敏雄は東大文学部に進み、美学の主任教授で故夏目漱石の親友でもあった大塚保治教授（一高文科明治二十一年卒）の門下となった。大学入学の翌年（大正十四年）七月、一高時代の短歌も含めて歌集『冬空』を出して歌壇でも認められた。『冬空』の一冊は、長野草風の「水禽」、小川芋銭の「冬の沼」の挿絵の入った高雅な趣きの歌集で、題名の「冬空」の章には、

冬とおもふ空の曇りはふかくして天霧おほにこめにけるかも
うち仰ぐ心はおもし昼空に曇りこもらふうす日の光
老木の公孫樹《いてふ》の木の葉散りはてつ冬青空の真澄ふかしも

等の歌が入っている。その後、竹内は東大文学部も首席総代で美学科の大学院に進み、研究室の副手時代に退任逝去した大塚保治教授の最後の門下生として全三巻の『大塚保治講義集』（岩波書店）を

編んだ。それ以後も研究室を一歩も出ることなく、助教授を経て昭和二十八（一九五三）年東大美学美術学科主任教授となり、ヘーゲル、アリストテレスの美学・芸術論を講じ、「文芸のジャンル」等の文芸学の講義もした。のち「アリストテレスの芸術論」で学士院賞も受けたが、とくに短歌に関しては木下利玄の歌を高く評価し、その様式について「あまりに流暢な、したがつて時には転浮にもひびくやうな調子に甘んぜず、一種の破調によつてこれを制止抑圧して、あらたに自らの『心のしらべ』に適《かな》つた独自の声調を成してゐるのである。彼の四四調はかくして彼自身のリズムをさながら客観化したものとして感ぜられる」（『座右宝』、昭和二十一年十月）と卓抜な指摘を残している。

竹内敏雄は、その死（昭和五十七年）の前年に、一高時代の作歌の一部や美学上の研究対象とした塔に関わる歌などを集録した『審美歌篇』（弘文堂）を世に出し、また、さらに二十余年を経た平成十七年一月に至って、竹内敏雄門下の一人で大学院特別研究生でもあった望月登美子（のち跡見学園女子大教授）が、秘められていた故人のノートの歌から、戦中戦後の苦患に早世した夫人や次女を偲んだ歌や、また恩師大塚保治・大塚楠緒子夫妻の夭折した愛嬢のおもかげを伝えた歌なども収めた歌集『虹ひととき』をまとめて刊行した。亡き夫人との若き日の邂逅の歌も含まれている。

　ふたたび群衆のなかにめぐり遭ひてわが見返れば眸合ひにけり

のちに歌人となった柴生田稔は、一高で竹内敏雄の一年下級（大正十五年文乙）だった。そして、竹内の「詩歌雑感」の論を読んで、俳句の特質を客観的としたのに反論する形で「主観的の俳句について」の一文を書いて『校友会雑誌』に投稿した。竹内と神西、堀らはこれを読んで直ちに採り上げ、『校友会雑誌』三〇二号（大正十四年五月）に掲載し、同時にその柴生田稔を深田久弥らとともに次期大正十四年度文芸部委員に推挙した。柴生田は、こうして俳句論から出発したが、その夏休みに斎藤茂吉の『童馬山房雑歌』を読んで短歌に目を開き、文芸部委員の同僚となった深田に紹介されて『アララギ』に加わり、茂吉、土屋文明の知遇を得て、以後アララギ派の歌人への道を歩んだ。

高名の文芸評論家となった小林秀雄は、竹内と同年に東京府立一中から一高文科丙類（フランス語が第一外国語のクラス）に入った。在学中病気で一年休学して、このため卒業は柴田や深田と同じ大正十五年となった。その間小林は文学との関わりを深めたが、初め木村庄三郎や永井龍男らとの『青銅』、次いで富永太郎らと「山繭」を創刊するなど、もっぱら学外の友人たちとの同人雑誌に書いたので、すでに一高時代に始まっていたアルテュール・ランボオについての考察も、『校友会雑誌』に発表されることはなしに終った。

『日本百名山』の著作でいまも広く知られている深田久弥は、やはり小林と同年に一高文乙に入って同年に卒業した。深田の一年おくれたのは、在学中登山に明け暮れたのと、そのことなどによる雑事にかまけたためである。その文学上の実力は、夙《つと》に神西や堀に認められていて、二度目の三年のとき文芸部委員の仕事を託された。

深田は、『校友会雑誌』三〇四号（大正十四年十月）に、創作「秋閨怨」を載せた。この作品は、秋に入って病気で赤児を失った新婚の妹を、葬送の日、前に未亡人となって幼児を抱える姉が悼みにきて、どのように慰めればいいのかと気を使う。その姉妹の間に交錯する心情や心理を細やかに叙べて、しみじみと女性たちの人生も実感させる。高校生には珍しく女性の内側を描いて成熟をうかがわせる一編である。

深田久弥には、この創作のほかに文芸部委員として果たしたもう一つの業績がある。それは『校友会雑誌』が前年度の大正十四年二月に三〇〇号を発行したのを記念して、同僚委員の笠原健次郎（大正十年文乙入学、のち中退。在学中『校友会雑誌』に練達の創作・戯曲を書いた）とともに、創刊以来の文芸部委員をつとめた人々や、それ以外にも斎藤茂吉、木下杢太郎、芥川龍之介等を訪問して執筆を依頼し、これら先輩たちの四十編あまりの回想・随想を集めた『橄欖樹』（第一輯、大正十五年二月）を苦心し編集・刊行したことである。

深田の熱意に応えた寄稿の中には、『校友会雑誌』創刊後間もなくのころ大町桂月とともに文芸部委員をつとめた幸田成友は、

自分が雑誌の編輯に携わった頃は編集人は五人で、毎月一回編輯会議を開き、集った原稿を整理して、論説とか雑録とか詩歌とかいふ風に部類を分けたり、掲載の前後を考えたり、頁数を概算したり、活字の大小を朱書したり、丁付《ちょうづけ》をしたりして、市ヶ谷の秀英舎へ持って行く。原稿が豊富にある時は結構だが、集りさうも無い時は相応に苦心した。先生方の原稿を頂戴するには随分無駄足を運んだものです。又出版が遅れぬやうにと秀英舎で校正摺の出るのを待構へて、夜遅くなったことがある。電車の無い時分ですから、本郷から市ヶ谷まで兵隊靴を引摺りながら往復する。なんでも千部で印刷費が四十何円かと記憶します。

と明治二十四年、五月ごろの文芸部委員の仕事ぶりを懐古し、俳句会幹事で活躍した荻原井泉水は、明治三十六年俳句会を立ち上げたころを、

会名は「一高俳句会」ときめた。古風な俳文で私が其の宣言を書いた、。会場は上野の松韻亭、

根津の娯楽園、東片町のオアシス（今はない）等で、毎月かかさず開いた。
会衆はいつも廿人位はあつた。来賓としては校内から夏目漱石氏、数藤五城氏がよく来てくれた。漱石氏は英国から帰りたて（『猫』を書く以前）であって、自分の赤毛布《あかげつと》談などをして皆を笑はした。（内藤）鳴雪、（河東）碧梧桐、（高浜）虚子の（学外）諸氏もたびたび来てくれた。会は活気に満ちて居た。一回の運座が済んで夕飯、更に十句吟一回をして、まだ食ひ足らなくて更に三十分の競吟などといふ事をやつたものである。又、はしなくも問題になった句から議論が熱して、外から聞いてゐると今にも鉄拳が飛びさうに思はれるやうな事もあった。新学年の初めに、柔道部や弓道部が寮をまはつて新人勧誘をしてあるく、それと同じに矢張り小さな提灯をつけて、句会への新入勧誘にあるいた事もあつた。

さすがに新傾向俳句によって俳壇の大立物となった人の一高時代の俳句会への熱意もうかがいしれる文章である。

また、この『橄欖樹』が編集されたころ、若手中の若手作家だった池谷信三郎は、前に記したモーパッサンの翻訳を没にされた話のほかに、暗闇の哲人とも呼ばれたドイツ語の岩元禎教授を回想して、

岩元先生も僕の頭に不思議とはつきり残つてゐる。長い廊下の向ふから、ゴトンゴトンと音をさせて、いつも貸家の札みたいに、心持首を仰げて、ゆつくりと歩いて来られる。教室の戸口の所でまるで電車にでも乗る人のやうに、忙しげに吸ひかけの煙草を飲んで、吸殻を棄てると、ゴムの長靴で踏み慣らして、教室へ入り、本を拡げるといきなり、馬鹿と怒鳴られる。一時間に一

> 辺も怒鳴られないと、僕達は却って物足りないやうな気持がした。
>
> 僕等が三年の時、先生が初めて哲学の講義を始められた。僕は一時間しか聞かなかつたが、何でも、万物はおへソを有すと云ふ事だけを覚えてゐる。何の事だつたのか、今でもわからない。シェークスピア余の言を肯定して曰く、と、にこにこして黒板へ英語を書いて居られる先生の後姿が浮ぶ。

と記している。向ケ岡時代の教室の情景までが思い浮かぶようである。

Ⅲ　昭和期　戦争と抑圧に消えざりし文学の灯火

1　しのびよる激動の間に
――高見順、島村秋人、中島敦――

日本で初めて国際ペン大会が開かれた昭和三十二（一九五七）年当時、日本ペンクラブの川端康成会長を助けて専務理事もつとめた高見順は、その後、癌によって死に直面しながら、東京駒場に日本近代文学館を設立するため、日夜尽力した。

高見順（一九〇七～六五、本名高間芳雄）は、東京府立一中から大正十三（一九二四）年一高文甲に入り、二年後大正十五年度の文芸部委員をつとめた。卒業は昭和改元後の三月である。しかし、文芸部委員となるまでにかなりの屈折があった。そのことを物語る一つの資料は、高見順が一高入学後から記していた『向寮雑記』と題した大学ノート二冊である。たまたま私は昭和三十年ごろ、最初に創作の生原稿を読んでもらったのが高見順であったという機縁があり、晶子（秋子）未亡人の存命中の平成十（一九九八）年、このノートを見せて頂いた。一高入学直後の大正十三年四月上旬から翌二五年にかけてのページには、日記のほか、詩・短歌・断想や創作のメモまでが記されている。一冊目の冒頭には、

午前、入学式あり、舎監・岸（道三）（全寮）委員長のはなし。岸委員長のはなしは始めはちょっとしっくりと心できく事ができなかったが、だんだんわかってくる。向寮（陵）生活は感激で

ある。感激なくして向陵生活を完全におくりえたとは謂えない。……感激は貴い。純真の人にして真に感激にしたり得るのである。感激しえない人がいかにこの世の中に多い事だろう。感激を欲しても感激しえざる人……なんたる不幸であろう……感激は感傷ではない、決して感傷は感激ではない。（大正十二年四月二十二日）

毎年入学早々の新入生に対して延々と数時間、ときには七、八時間にも及んで行われる全寮委員長演説を、高見はこのようにまとめている。前年九月、関東大震災によって、本郷の一高は寄宿寮は幸い無事であったが、時計台のあった本館は損傷甚しく、文部省の意向で爆破されてなくなっていた。あとにバラック校舎が建てられ、例年より一週あまりおくれて入学式や入寮式が行われた。目黒の駒場への移転問題が本格化したのも、実はこの大震災が契機となったのだった。

「感激」の意義を噛みしめた高見順のノートの記述は、だが一カ月後の五月には次のように変る。

俺は向寮生活が寂しくてならぬ。俺の心は詩と言うものから、あまりに離れすぎて了った。俺は一高に這入ってからひまになつたら、毎日詩や歌をつくろうと思っていた。しかるに何と言ふ結果だ。俺の心はとっくにひびが入って了った。ちょうど牛の革皮のように、何の湿《うるお》いも温みもなく、つるつるに、かさかさになって了って……俺はこの寂しさに堪えられぬ。

また、七月に入ってからは、「私は女でないから子を生む事が出来ない　私の不幸の一つとして嘆くのはそれである　しかし私は私の詩——ああ私の子よ、私は詩を生む事ができる」と記して、詩による再生にほのかな希望を見出している。夏も過ぎて秋十月初めには、「向陵秋詠」と題した短歌が百首あまりも一気に作られている。

朝霧の嚶鳴堂を包みては工場の笛のいくつ聞こゆる
わが友は廊下の窓に首出して空を見て居り空は秋なり
寮生がみな渋々と行った後の今日は休もうとひとり喜ぶ

短歌というものは、初心の作と初学ならざるものの作との間には、碁や将棋の素人とプロの有段者の間ほどの差があって、高見順の歌を竹内敏雄の前述の歌や、それ以前のたとえば吉植庄亮の歌と比べるのは無理であるけれども、しかしこれらの歌には一高新入生生活短歌とでも呼ぶべき気分がそのまま湛《たた》えられていておもしろい。

そして、この秋詠につづけて、ペン線でわくどりをした中に、次のメモがあるのには注意が必要であろう。

是枝恭二氏（東大新人会）が講師として唯物史観略解をやる。つくづく有難い。どうもひとりで読んで居ると頭がほんとに緊張しないのか、ふいと嫌になり、又まるで何がなんだかわからなくなるが、研究会でやると、心が針のように緊張してよくわかる。まるではっきりする。輪講「労働と資本」（マルクス原書、堺枯川訳）は終了した。実際得る所が多くあった。

これは、当時以後、昭和初期の左翼学生の間だけでなく、大阪商大（現、大阪市立大）などでは戦中に至るまで秘かに大学・高等学校で行われた左翼文献の「読書会」についてのメモであって、その実態を伝える貴重な記録の一つでもある。高見はこのメモにつづけて、こんなことを付記している。俺はまだマルクスののこしていったものを嘗《な》めて味っているにすぎない、が、今日の資本主義社会のまちがっている事ぐらいは誰だってわかっている。その意味では誰だっていわゆる「社会主義者」かもしれないが、俺は「社会主義者」なるものをそんな安っぽいものにはしたくない。もっと自己に目覚めた、燃ゆるような研究と思索の心をもった学者であり、そして一個の労働者でありたい――

一高に社会思想研究会（最初は「社会問題研究会」と称した）が発足したのは大正八年十一月で、「資本論」やマルクス、エンゲルスの著作を輪講する勉強会（読書会）をつづけたが、高見順が入学した大正十三年、学校当局によって解散させられた。そこで、前にご紹介した石田英一郎や長野昌千代ら文芸部委員となった二人も含めたメンバーが再建にこぎつけたのが、新たな「社会思想研究会」で、高見順が記している読書会はこの社研が主導したものであろう。読書会は寄宿寮内のどこかの部屋でさりげなく（無届けで）開かれ、次第に非合法活動に結びついて行くものとなり、高見順はやがてそれとの関わりも持つことになった。

しかし、一高一年から二年にかけての高見は、初めての創作を『校友会雑誌』に投稿して、掲載されるのを当然と思っていたような存在だった。のちに、高見順は、文壇へのデビュー作となった『故旧忘れ得べき』を雑誌『日暦』に連載しはじめた昭和十年初頭、当時の一高文芸部委員たちが『校友会雑誌』三五〇号を記念して出した『橄欖樹』第二輯（昭和十年二月）に「不愉快な青春」と題した、独特の文体による告白を載せた。

（一高）一年の時、私は早速小説を書いて校友会雑誌に投稿し、没書などということを更に考えなかった私は、雑誌の出来上るのを胸躍らせてまつてゐた。いよいよ雑誌がみなに配られ、みなが頁をくるのを私はニヤニヤしながら横目で見つつ、自分では手にさへ取らうとしなかったのは、「やー君、小説を書いてゐるんだね」と友人が吃驚して尊敬の瞳を私に注ぐ瞬間を、今や遅しと待つてゐたのである。「なーに、急いで書いたものだから愚作だよ」といふ悠々たる科白《せりふ》まで用意してゐたのだつたが、その瞬間は遂に恵まれなかった。この最初の没書は私をすつかり絶望的にし、文芸部委員を殺したい位の憤りに燃えると同時に、(文芸部委員の) 堀辰雄、神西清などが足もとによれない程偉く見えた。私は小説本を引き裂き、そのかはりに社会思想のパンフレットを手にし出し、校庭で堀辰雄などに会ふと、エヘンと咳払ひして、赤い表紙を見せびらかしたのだが、私の頬は屈辱で真赤になるのを抑へることができなかつた。

高見順は一方で、同学年で親しくなった高洲基(のち中退して大阪の『毎日』学芸部) 村松敏(のち夭折) 等と『廻転時代』というダダイズムの雑誌をつくり、先輩の村山知義や柳瀬正夢の前衛美術集団「マヴォ」一派と、白山上の南天堂や神楽坂のプランタンのカフェで、ウォッカをあおって議論しながら、ストリンドベルヒの世界にひとしきり沈潜するなどした。

高洲は大阪の病院長の長男だったが、二年になるとダダの手法によるプロレタリア文学作品を文芸部委員室に持ちこみ、大正十四年度の深田久弥等の委員が読んでボツにしたと知るや、「俺の作品を認めないとはけしからん」と短刀を懐に入れて深夜ストームをかけたそうである。高見順も「ベエーンデツタ」という創作を出してやはり載らなかったので、高洲にストームを誘われたが、ボツにされた不愉快をそういう形でぶつけるのはなお嫌だったので、同行しなかった。これは賢明だったかもしれない。高見はやがて深田久弥らに認められて翌大正十五年度の新文芸部委員に推挙されることになったからである。

高見順が前任の委員たちに認められたのは、二年次の最後の『校友会雑誌』三〇五号のコラムであった「陵上間語」の欄に、前号に発表された大島長三郎（ペンネーム青江舜二郎）の表現主義の戯曲に対する批判の論を再批判した一文を出して、誌上に掲載されたことによる。

三年になり、文芸部委員にもなった高見順は、自ら編集することになった『校友会雑誌』三〇七号に「華やかな劇場」、三〇八号に「白い塀」「しらむ」「青桐」の短編三つ、三〇九号に「秋の挿話」、三一〇号に「生きて居るめるへん」の計六作の創作を、堰をきったように発表した。たとえば、そのうちの「秋の挿話」（大正十五年）十月二十五日脱稿）には、「街はアカシアの並樹で縁取られてゐた。男はいかにもひろびろと生え拡つて居るアカシアの下を歩む事に、兵士の如き健康さを、そして処女の如き羞恥を味つた」という表現がある。後年まで発揮された個性的な言い回しがすでに生きており、しかも感覚的に新鮮であった。

このときから十一年後に発行された一高全史の『向陵誌』第二巻の「文芸部史」の大正末年から昭和初年の『校友会雑誌』の作品評を担当した中島敦（昭和四年度文芸部委員）は、これら高見順の諸編にふれて、「その感覚の新鮮と、語彙の豊富とは共に注目に値ひする」と賞賛している。

高見順は『廻転時代』でともに同人だった村松敏（大正十三年入学、のち中退）や、一年下の文科乙類に神戸一中から入ってきた、読書会で知り合った内野壮児に好意を示し、『校友会雑誌』にその創作や詩を抜擢して載せた。とくに内野は高見の厚遇に応えて、「田舎町之図」（三〇八号）、「海戦」「椅子の上で」（三一〇号）、「歌」（三一一号）等の詩を書いて渡し、掲載された。この中の「海戦」は、白い病院船のベットに横たわる若い海軍少尉が歌い手で、
とつぜん、砲弾の破片のやうに

全身でからからと笑ひ出した
少女の顔
司令官のカイゼル鬚
お母さあん！

と叫び出す表現が、北川冬彦をもっと尖鋭にしたようである。

内野壮児は、翌昭和二年度の文芸部委員にも選任された。しかし、高見の友誼に答えつつも、内野は非合法活動のフラクに加わり、『校友会雑誌』三一五号に、横光利一のプロレタリア文学批判を厳しく逆批判した評論を書いて一高を卒えたあと、官憲に危険な活動家と見なされて度々検挙され、非転向のまま警察の留置場をたらい回しされる身となり、十数年後ようやく釈放されたとき、『如何なる星の下に』を書いて文壇の第一線にいた高見は、一高時代の仲間に呼びかけて、内野の出所祝をしていたわり励ました。

高見順は、文芸部委員のほかに、寄宿寮の委員（第百十期、大正十四年十二月～大正一五年五月）もつとめて、とくに山中湖畔に新しく嘯雲《しょううん》寮という寮舎の建設をすすめ、敷地の地ならしや建物の建設のアルバイトに寮生の参加を求めて、「行かねえか、山中へ！」と『向陵時報』の紙上に大見出しで呼びかけ、自ら率先して冬の湖畔にひとり開拓の作業に努め、厳しい寒さのため危なく凍死しかけたりした。しかし、そのようにしてようやく建設成ったその嘯雲寮で、二年後まさか文芸部委員の後輩の一人が自ら生命を絶つことになろうとは、高見も夢想だにしなかったであろう。

昭和三年五月十一日、その日一高文芸部は、夜六時から寄宿寮内のホールで、劇作家で演劇評論家でもある中村吉蔵を招いて、座談会を開くことになっていた。そのような座談会や講演会を年に数回開くのも、文芸部の事業の一つになっていた。収支の問題もあって、気骨の折れる仕事であったが、幸い中村吉蔵に講師を頼んでのその座談会の企画は、昭和三年度の委員の一人に島村秋人《あきと》（理乙三年）がいて、島村はほかならぬ早稲田の教授だった島村抱月の遺児だったので、同じ早稲田で教えもした中村は快く講師を引受けてくれたのだった。他の文芸部委員であった長沢武夫（文乙三年）、山田肇（文乙三年）、宇佐美重長（文丙三年）、矢崎秀雄（文丙三年）の四人は、当日の会場設営だけをすればすむ手筈であった。

ところが、座談会の数日前になって、中村吉蔵の出席の承諾を得る任を果たした島村秋人が、山中湖畔に建った嘯雲寮に出かけたまま、座談会前日になっても戻らないので、委員の一人の宇佐美重長が夜汽車で呼び戻しに嘯雲寮に急行したが、当日昼近くになっても連絡がなく、文芸部室の他の委員たちは、少し不安になりかけていた。

——島村秋人は、大正十四年東京府立四中から、四年修了で一高理科乙類に入学した。四中では神西清やドイツ文学者となった竹山道雄の後輩ということになる。何よりも松井須磨子のいた芸術座を主宰した島村抱月の遺児でもあったことで、同学年の一高生たちにも気にかかる存在であった。そのことがなくても、秋人は理科生でありながら、『校友会雑誌』に異彩を放つ詩や創作を発表して、友人たちや文芸部部長をつとめていたドイツ語の立沢剛教授からも注目され、前途を嘱目されてもいたのである。

秋人は、父抱月について友人にも文芸部の委員仲間にも語りはしなかったが、小学校の五年になったばかりの四月に、父が芸術座の弟子松井須磨子に流行性感冒をうつされて急死したころから、家ではひとりぼっちで、玩具に親しんで暮らす少年になって過ごしていた。兄が一人、姉が二人、妹が一人、そして女優松井須磨子に夫を奪われ、その夫とも死別した母。長姉は女子大英文科を首席で出て、次姉は女子美術へ。兄は船乗りになったが、のちに戦死することになる。そして秋人は一高理科に入る。桜蔭女学校にいた妹は、秋人に誘われて大学医学部の解剖実習を一緒に見に行ったことがある、と語っていた。(以上は、その令妹に私が直接聞いたことである。)

秋人は、一高に入学した大正十四年の一学期の七月に出た『校友会雑誌』三〇三号に、早くも詩三編を載せた。

走って来て廊下の端に止る
まともから風が来る
匂ふぢやないか
胸がしめられる様だ(「青葉」)

うっとりとピアノに耳を貸してゐる
一人残って見て居る
向ふの窓から
あをいざくろとびはゞが
一葉一葉に日を盛って

水蒸気の中で
所々微かにゆらぐ
広い暗い教室の昼すぎ（「ざくろと批把」）

遠くでボンボン
きれぎれに太鼓が鳴ってる
耳をすますと
蝿の羽音と太鼓の音が
拍子を合はせて居る（「羽音」）

詩のわかる人なら、思わず耳を澄ますにちがいない。そして、風とともに光がほのかに差してくるような詩境に、溜息をもらすだろう。この詩を最初に読んだ文芸部委員の一人内野壮児は目を見はった。それから島村秋人にわざわざ会い親しくなった。詩や文学の話が共通の話題だったが、内野はその後読書会に秋人を誘った。『資本編』の読書会だった。秋人はもともと頭脳明晰なので、理解も早かった、彼はマルキシズムに傾く。友人たちにもマルキシズムを説くようになった。それでいて、秋人は内野のように実際運動にとびこんで行くまではなれなかった。いっそ、そうなればよかったかもしれないのだが、そうはなれないロマンティシズムめいたものが本来的に自分にあって、その相剋にやがて苦しむことになる。理乙の三年になったころ、秋人は学校の授業に出て来なくなり、二学期には休学の手続きをとった。女学校にいた妹と大学の三四郎の池で待ち合わせをして、医学部の解剖学の教室に通ったというのは、この休学中のことであるらしい。二度目の三年になったとき、秋人は前任の内野壮児らの推挙によって文芸部委員に就任したのである。

秋人は休学中に出た『校友会雑誌』三一二号（昭和二年十月）に「奇蹟の魚」という散文詩的な小品を書き、三一五号（昭和三年三月）にも「二三が九人」という対話体の戯曲ふうの創作を載せた。そして、彼の文芸部委員就任を伝えた三一六号（昭和三年五月）には、「高山の嶺に」と「ルンペン」の詩二編を発表して、『校友会雑誌』に島村秋人の時代が来た、との感を校内の読者たちに抱かせた。

「奇蹟の魚」は港から港へ限られた航路を通う定期船の船員であった男の話。四百字七枚ぐらいの短いものであるが、詩編を思わせるような小品である。船員は航路の体験をこのように語る。「輝かしい夏と静かな秋を船の上で送りました。どの港を出る時も、それは春の朝の出帆になるのでした」。そしてあかがね色の心臓をぴったりと吸ひつけられたように、蒼い海の上を辷《すべ》って行くのだが、やがてその航路にはいつも同じ終りがくる。「舳の前に漸く限りあるものであつた事を、告げはじめる頃、みをの白い海は段々にその、すさまじい踊躍を斂《おさ》め、再び土の上に石と水片を似て組まれた家屋の灰色の煙を見、気層にそつて流れる白いかもめの港への一通りの旅にすぎなかった」。だが、船員は夢見ていたのだ、「ひたすらに揺れ流れる海の面をみつめて、まつ蒼な潮を押しのけて、その黒い翅をはつた奇蹟が、奇蹟の魚が、私の空想に宿った奇蹟の魚、それが水面を破いてさつと躍りだして来るのを、そして、新しい力と希みとの国への私達の船の針路を導いてくれる事を、どれだけの熱望と、どれだけの信頼、期待を以て待ってゐたことか——」。船員だった男はそういってしばらく口を噤んだ。そして、重い餙戸の外を、港から港へ、高い白亜の壁にはさまれた狭い路地の上を、しめった犯罪者の音が逃れるように小急ぎに行くのに耳を傾ける。
「三三が九人」は、噛み合わない会話をして一人ずつ去ってゆく三人の女の話や、思わくがあって撞球をしているエセ紳士たちや、おさな児に自分の見つめているものが何であるのか、街路の涯に目線を投げて教えようとする母親の話の三編を、対話体でオムニバスふうに構成している。どの一編も筋を語るのは難しい。しかし、たとえばベケットの「ゴドーを待ちながら」を思わせて、不条理の中に神を見よう、灯りを見つけようとする話者のもどかしさと善意が、底に温かく流れている、不思議な、磨かれざる珠玉の小品なのである。

島村秋人は、詩「高山の嶺に」では、

削ってゐた白樫の杖を、ふと、枝捨てて立てば
山道――ここは尾根を通ふ一条の山道。
…………
六月の山風の胸は、あくまで闊《ひろ》くも又親まず
六月の高山にあれば
限りなく地の源は青く、
限りなく空の頂は輝く。

と、輝く山の頂きや、遠くを見る作者の視線や想いもあったようだ。しかし、「ルンペン」の詩のほうは東京中野の夜店の町の港の喧騒を詩編とした。主人公は、背髄カリエスで死んだ親友の亡骸を送ったのち、帰る夜の道すがら、おひろめの楽隊がドラムを叩き出し、無限にアッハッハッの笑い声が

虚空に響くのを聞く。

楽隊やあ――賑やかだなあ、（暫く間）かえ！

死んだ男よ、俺の目玉が太くなって来たつて、お前の知らない話だ、
楽隊だ、けれども楽、楽隊、ＧＡＫＫ……

けれども楽隊だ、楽隊だぞ、ＧＡＫＫＫ……

かえ！　かえ！

アッハハハハハハハハハハハッ
アッハッハッハッハッハッハッハ、

――このアッハッハッは限りなくつづき、間に一行だけ〈硝子の神経〉の一行が入って、最後は「打壊せ、打壊せ、奴等共　光る奴は、ひつたくつて打壊せ、間抜け！」の二聯で終っている。友の葬送の夜の喧騒であるだけに、詩の全体は対位法で成り立っているに思われる。後年のギュンター・グラスの「ブリキの太鼓」ならぬ「ガラスの太鼓」と名づけようか。秋人の異才をしのばせる。「ルンペン」の詩には「三・四・末」の日付が記されていた。昭和三年四月末日のことである。この詩は、島村秋人の死のわずか十日ほど前の作だったのがわかる。

その昭和三年二月二十日過ぎの、寮の記念祭イブに、文芸部の委員引継ぎ会があり、秋田中学出身で文丙の二年だった宇佐美重長は、その席で初めて島村秋人に会い、その後阿佐ヶ谷にあった島村家も訪ねて親しくなった。宇佐美は、「島村秋人はまるで彗星のようだ」と感じた。三学期の試験が始まって、宇佐美は勉強に追われたが、すでに三年に進級して休学していた島村は、試験を受けなくて

もすむので、犬吠埼に旅をしていた。一ヶ月も滞在するという。一気に近づいたと思ったら、相触れたのは一瞬でたちまち遠ざかってしまう。それで宇佐美は秋人を彗星のようだと思ったのだ。

試験を了えた宇佐美は犬吠埼へ、おくれて秋人を訪ねた。そして、まだ宿に滞在していた秋人と数日一緒にすごすことになる。そのとき宇佐美は、女学校を出たばかりの親戚の女性を伴っていた。何となく秋人に紹介するつもりだったのだろう。秋人は話しているうちに、彼女をロマンティストだと言い、ROMと呼びはじめた。三人で話しているうちに、秋人は懐中に持っていた二つの小びんを出して見せる。一つのびんにはやや灰色がかった粒薬、もう一つには純然たる白砂糖。そして、灰色がかったほうは、島村が前に化学実験室で苦心抽出したシアン化ナトリウムと乾燥させた犬の心臓の粉末をまぜて調合したもの。一つは飲めば甘いだけだが、もう一つのは飲めば四秒間で死ねる、と秋人はいった。宇佐美の従妹はギョッとしつつも、なぜかその薬に興味を示して、何かの時のお守りに欲しい、と言い出す。秋人はあとで送ってあげるという。秋人は、東京へ帰ってからほんとうに薬品のびんを箱に入れて彼女へ送った。手紙のやりとりがあって、結局ROMはその薬の小箱を秋人に送り返した。——このことが、秋人の一ヶ月後の死に関わりがあったかどうかはわからない。

ここで、冒頭の五月十一日、文芸部主催の座談会の準備にとりかかろうとして、文芸部委員たちが不安に駆られていたときに戻る。その午後早く文芸部室に、山中湖畔の嘯雲寮に島村秋人を呼び戻しに行った宇佐美重長から至急の電報が届いた。電文には「シマムラキウシ（急死）コラレタシ」とあった。文芸部委員たちは呆然となった。しかし、事態は至急に処理せねばならぬ。座談会は中止で、三人の委員はとるものもとりあえず山中湖畔へ急行した。

故抱月の遺子 山中湖畔で自殺す
櫻咲く富士山麓の一高寮舎で 悲しき死を追ろた島村秋人君

東京日日新聞

湖畔の朝夕に 瞑想の逍遥
家庭生活の悩みから いつか孤獨へのあこがれ

蓄音器
理性の強い人だつた—と

最期を前に

孤獨を

薬書て

立澤教授曰く

島村秋人の自殺　昭和３年５月12日、秋人の死を報じる新聞の記事と写真
（当日の寄宿寮日誌より）

その日の朝、夜汽車で裾野に着いた宇佐美は、落葉松林をひとり歩いて初めての山中湖畔の嘯雲寮を訪ねた。そこに滞在している島村秋人を、『校友会雑誌』三一六号の編集と、座談会の仕事に連れ戻すためである。小高い薬草の原に建つ嘯雲寮に近づくと、秋人の姿が見えた。寮番の爺さんと、鍬を持って翁草という草を掘り出しているところだった。どこか東京でないところへそれを持って行って植えるのだ、と秋人はいった。宇佐美は、早速、一緒に学校へ帰ろうと説得した。しかし、秋人は、まだ原稿が書けてないから帰らない、と首を振る。何をぜいたくなことをいうか、俺は柔道をやっているから、貴様の痩腕の一本や二本へシ折ってでも引っ張っていくぞ、と宇佐美がいうと、秋人もやっと「わかった、足など折られると君が面倒だろうから、いう通りにするよ」と答え、部屋に戻って制服に着替えだした。

出る前に、朝の食事をすませることにして、宇佐美は爺さんと炉端で食事を始めた。爺さんは餅を焼いた。秋人がなかなか部屋から出てこないので、爺さんは「島村さん、餅上りませい」と呼んだ。が、返事はなく、蓄音器のヴァイオリン・ソロが聞こえてきた。シューマンの「トロイメライ」だった。おかしいな、と宇佐美は秋人の籠っていた部屋へ行ってのぞいた。すると、秋人は蒲団の上に仰向けに倒れ、アーアーと声を出しているだけだった。あの小びんの灰色の劇薬を呑んでいたのである。

宇佐美は自転車を借りて医者を呼びに行った。が、医者が急いできたときには、島村秋人はもう冷たくなっていた。あとには十時四十分で止まった時計、鳴り終えたトロイメライのレコード、書きかけの原稿、先っちょで消えたスリー・キャッスルの煙草一本……

異色の才能と称えられていた若い一人は、こうして二十二歳の生命を自ら絶ったのだった。ノートの紙を裂いた一枚に、立沢剛文芸部部長宛の遺書があった。委員の重責を果たせずに辞任する旨の詫びと、自分では小説や詩を書く夢を開きたかったが、コムニスムに対する理性による誠意も尽くしたく、悩み疲れたという趣旨が記されていた。

遺体は、茫々たる裾野で荼毘に付された。あとから来た文芸部の委員たちも加わって、秋人の骨を拾った。そのときの委員の一人で、やはり早世することになる矢崎秀雄が、『校友会雑誌』三一七号に秋人の最後の姿を書きとめている。「君は全く静かであった。顔は青ざめ、唇は心もち白く、ゆすぶれば起きはしないかとさへ思はれた。湖のやうに静かな死であった。草を掘り、木を植え、鳥を捕り、爺と遊んだのが君の最後の生活であったのである。みんな詩である。」

東京音羽の護国寺で改めて告別の式があったとき、秋人がROMと名づけた女性も焼香しにきて、パラソルをさして石段を降りて行った姿を、秋人の妹は目撃している。

『校友会雑誌』の三一七号は、全ページ「追悼島村秋人君」の特集号として編集され、遺稿の創作「定石」のほか詩二編、随想二編、最後の旅信等が収録され、立沢教授と文芸部委員全員による追悼文を載せた。この特集については、二年後の文芸部委員となった「李陵」や「山月記」の作家中島敦《あつし》が、『向陵誌』第二巻の「文芸部部誌」に二千二百字に及ぶ哀切をこめた紹介を載せているが、ここではその中の島村秋人自身に対する中島の言葉を引いておこう。

彼（島村秋人）自身最も聡明に自身を理解した。彼のあらゆる暗鬱と混沌にも関らず、彼の書いたもの――小説、感想、詩、手紙――の一切を透かして、その奥に生真面目な対立を、驚くばかりの純真な問題への挑戦を見るのである。――彼の最後に近く友人及び文芸部部長に残した言葉「ザイン（存在）に黒白をきめる」、恐らく彼は日ごとにこの矛盾の激成されるのを感じてきたのだらう。彼のうちに二つの霊が日ごとに烈しく相闘うのを、――そして遂に時は来た。彼のうちの二つのものは相互に射殺して、かくてすべては終焉した。しかも最後まで如何に彼は――常に劇薬をポケットに入れてゐた彼！――平静に（それは深淵のそれであったが）自身を振舞ったか。（中略）彼の生命が決裂し終結するのを、彼は如何に自身迫らずに受け容れたか。ニヒリズム、ロマンチシズム、暗鬱、そうしたものの上げ底の更に下に澄明な、誇張すれば、そしてある場合には事実（氷のやうな）東洋的な何かを、彼に感じることは、「感じ過ぎ」であらうか。

島村秋人について、このように感慨を記した中島敦（一九〇九～四二）は、大正十五年、京城中学の四修で一高文甲に入った。しかし、翌昭和二年五月、身体の変調に気づいて伊豆へ転地し、下田に約一カ月滞在して静養した。それから、当時父の住んでいた大連へ帰る途中、寄り道したハルピンで

中島敦

混性肋膜炎と診断され、一高は休学して大連の満鉄病院に入院し、翌大正三年一月から別府の満鉄病院に移って静養したのち、五月末二年級に復学した。

中島の生い立ちには、この療養中の変転を見てわかるように、当時の日本の植民地の匂いが濃く漂う。そして、一高休学の間に彼は文学への志向を固め、初め伊豆の下田にいたときまとめた最初の短編「下田の女」を『校友会雑誌』に送り、三一三号（昭和二年十月）に掲載された。川端康成の「伊豆の踊子」が発表されて間もないころであった。一高生にとっての伊豆は、川端や中島に限らず、宇佐美に詠帰寮という寮のあったこともあって、割合身近な静養と行楽の地だったのである。

とくに喘息の持病のあった中島には、天城越えをして行き着いた下田は、気候も温暖でやや南国の気配も風にまじり、自分に合っていると決めこんで滞在し、「下田の女」を仕上げた。主人公は東京から下田のカフェに流れてきた女であるが、「女は男の性欲を充す器械ではないのです。女には心があるんです」と中年の客にいったりする。「ちよ」や「伊豆の踊子」の伊豆とはちがった斬新さもあった。

中島は、その後、ハルピンや大連の病院や別府の療養所等を転々とするうち、一高の寮では出会わないさまざまな層の患者たちの現実にふれた。奉天から来た長らく内地を離れて過ごしてきた老人、製鉄所の職工、満鉄の機関士・車掌、退院回復の見込みのない少年、女学生、女給、得体の知れない未亡人、白系ロシアの老女等々。復学後の中島が『校友会雑誌』三一九号（昭和三年十一月）に書いた短編「ある生活」に、それらの人間像の一端がのぞく。

「ある生活」の舞台はハルピンの病院である。肺疾患を知らされて入院した主人公を、やはり入院している白系ロシア人の祖母の家の娘が、凍った松花江《スンガリー》を渡って見舞いにくる。彼女は情感のままに結核の病気も恐れず主人公に接吻もする。彼女は、街のカフェで日本人とロシア人が喧嘩しているのを見て、二人とも可哀相になったと話す。が、主人公が何げなく「ラ・マルセイエーズ」を口ずさむと、娘は急に不機嫌になり、「その歌は私たちの祖国を失わせた」と言い出す。主人公は、前に自分自身の見たカフェでのある光景を思い浮かべた。そのカフェで旧ロシア国歌のレコードが鳴りはじめたとき、突然一人の白系ロシアの老女が立ち上がり「ウラー」と熱狂的に叫んだのであった。

中島の、こうした単なる療養体験を越えた、国家と人間、思想のからむ問題への視座がうかがえるこの「ある生活」とともに、「喧嘩」の一編も『校友会雑誌』の同じ号（三一九号）に載った。「喧嘩」の主人公は、日雇いで働く房州の漁村の寡婦で、彼女は病気の息子やその嫁との確執に耐えかねて家出する。作品の底流に、中島自身の父田人《たひと》の二人目の後妻とぎくしゃくした体験による複雑な心意があったように思える。中島のこの「喧嘩」と「ある生活」の二作品を選んだ昭和三年度の文芸部委員たち（島村秋人死去後、釘本久春を加えた）は、そこに見るリリシズムと心理描写は珠玉の輝きを持つ、と称えた。

そして中島敦は、氷上英広（文乙三年）、木村左京、高橋三義（ともに文丙三年）等と昭和四年度の文芸部委員に選ばれた。中島がとくに親しくなったのは氷上英広（のちドイツ文学者）である。氷上は、関東大震災で父を失い、母一人子一人の家で育って、東京府立一中の四修で（昭和二年）文乙に入った。初め短歌会に詠草を出していたが、『校友会雑誌』三一六号（昭和三年六月）に「エルンスト・トルレルについて」を発表して、ドイツの新しい表現主義の劇作家の動向を紹介したのが認められた。

氷上と中島は、『校友会雑誌』で互いに作品を発表するより前から顔見知りであった。氷上は中島より一年あとの一高入学であるが、たまたま休学する前の中島と寮で隣室同士だったのと、ほかにも気心の通じる理由があった。中島は寮の食堂のメシを極めて不味いと思い、多くの寮生がそれを苦にせずに平らげるので、孤独と疎外感をかこっていたところ、ほかにもう一人不味そうに食卓に向かっている色白の下級生がいるのに気づいた。それが氷上だったのである。

そんなこともあり、中島は氷上とともに文芸部委員となって一層親交を深め、生涯の友人となった。氷上はのちドイツ文学者となり、甲南高校・一高教授も勤め、戦後は東大教養学部で教え、ニイチェの『ツァラトウストラはこう言った』の訳書を出した。なお、氷上は、一高時代の恩師で無教会キリスト者だった三谷隆正の紹介で、やはり内村鑑三門下の東大法学部教授（のち総長）南原繁の長女待子と結婚した。待子は佐藤佐太郎の歌誌『歩道』の歌人である。

文芸部委員となってからの中島敦は、『校友会雑誌』三二二号（昭和四年五月）に「蕨・竹・老人」と「巡査の居る風景——一九二三年の一つのスケッチ」の二編、三二五号（昭和四年十一月）にも

「D市七月叙景（一）」の計三つの短編を発表した。

「蕨・竹・老人」は、天城峠に近い素朴な温泉場や、湯に入りにくる村人たち、蕨、竹、あすなろうの細い葉、真紅のもみじ、姫杉、ぜんまい、畑、渓流等々、伊豆の自然や風土の描写に満ち満ちている。その中に住む〝老人〟は、谷間の農家の庭先で古い木椅子に腰掛けている初老の爺さんだ。渓流に面した野天の湯端では、少女たちのナイーヴな生態が展開される。

> 彼女達は水際に駆け出すと、しばらく水を見下して立って居ました。後からでよく分かりませんが、どちらも十六、七の娘らしいのです。しかも彼女《かれ》等は身体に一糸もつけて居ないのです。しばらく谷の明るさを眺めて居た彼女等の中の一人は、私が上から見て居るのも知らずに急に笑ひながら、何だか体操の様なものを始めました。

――ところが、これほどに少女たちを天衣無縫に描いた「蕨・竹・老人」の一編を中島がわざわざ「巡査の居る風景」にくっつけて載せたのは、それを「巡査の居る風景」の毒消しにするためだ、と発表当時氷上に語ったそうである。つまり、官憲の検閲の目をそちらに奪わせて、後作をカムフラージュするためだった、という。

たしかに、「一九二三年の一つのスケッチ」の副題をもつ「巡査の居る風景」は、中島がなんとしても官憲から防衛して発表にこぎつけようとした、思想性を持つ意欲作だ。中島が中学時代を過ごしたころの京城が舞台で、趙教英という朝鮮人巡査が主人公である。日本の統治下にあって、朝鮮同胞をとり締まらねばならないことに、屈曲した心意を持つ若い趙巡査が、朝鮮人子弟だけの普通学校をのぞくと、折から日本史の授業が行われていて、日本人教師がやや困惑ぎみに教科書のページを「こうして秀吉は朝鮮に攻め入ったのです」と読み上げると、朝鮮の子供たちが無表情に「秀吉は朝鮮に攻め入ったのです」と鸚鵡返しする。

街頭では、総督府が報道を差し止めている関東大震災の被害によって、東京へ行っていた夫に死なれた朝鮮人の売春婦が、「みんな知ってるかい、東京じゃ大震災があったんだよ。それを奴らは隠しているんだよ、奴らは――」と狂おしくふれ回っている。趙巡査が止むなく、彼女をつかまえようとすると、彼女は武者ぶりついて抵抗し、泣きながら叫ぶ。「何だ、お前だって、同じ朝鮮人のくせに、お前だって、お前だって――」。

『校友会雑誌』三二五号に発表した「D市七月叙景（一）」においても、中島のこのような植民地原住の人々への視座は変わらなかった。この短編の「D市」とは大連《ダルニー》である。満蒙開発を企む大会社の日本人総裁は、管理する公園を開放してほしいと陳情する中国系住民たちに、会おうともしない。総裁は、開放などすれば苦力《クーリー》どもの寝場所になるだけだ、と吐き棄てるようにいう。埠頭には、食物にありつきたいばかりに、警察署の前でわざと乱暴を働き、留置場に入れられてやっと米粒を口にする苦力たちがいた。そんな苦力を客にとる売春婦たちも屯していた。

中島敦を敦《とん》さんと呼ぶ氷上との交友は、一高を出てからもずっと続いた。中島は東大国文科に進み、氷上は独語独文学科に進んで、そろって二回生になっていた昭和六年九月、満州事変が勃発した。氷上がその記事の出た新聞を持って本郷西片町の中島の下宿先へ行き、「これ、どう思う」と見せると、中島はボサボサした髪をうるさそうに払って、「オー、オレハ戦争ドコロジャナイ」とうめいた。

そのころ、中島は、友人の家で経営する麻雀荘で働いていた少女橋本たかに惚れてしまい、結婚を

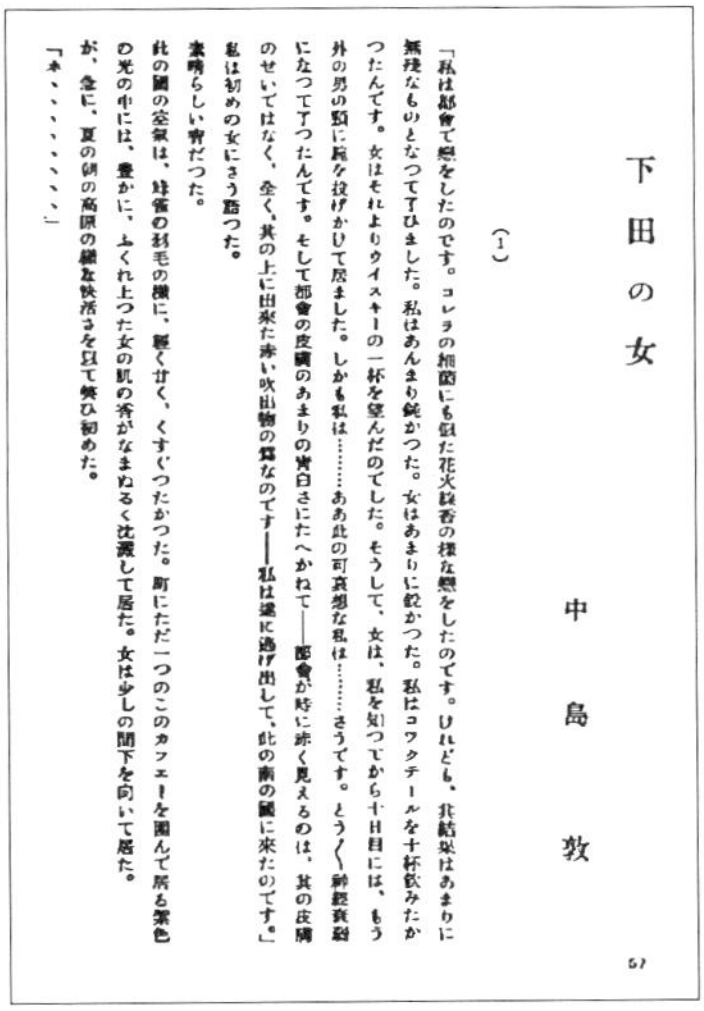

下田の女

（1）

中島 敦

「私は都會で戀をしたのです。コレラの細菌にも似た花火線香の樣な戀をしたのです。けれども、其結果はあまりに無殘なものとなつて了ひました。私はあんまり鈍かつた。女はあまりに鋭かつた。私はコクテールを十杯飲みたかつたんです。女はそれよりウイスキーの一杯を望んだのでした。そうして、女は、私を知つてから十日目には、もう外の男の頸に腕を投げかけて居ました。しかも私は……ああ此の可哀想な私は……さうです。とう〳〵神經衰弱になつて了つたんです。そして都會の皮膚のあまりの青白さにたへかねて――都會が時に赤く見えるのは、其の皮膚のせいではなく、全く、其の上に出來た赤い吹出物の爲なのです――私は遂に逃げ出して、此の南の國に來たのです。」

私は初めの女にさう語つた。

素晴らしい宵だつた。

此の國の空氣は、孔雀の羽毛の樣に、輕く甘く、くすぐつたかつた。町にただ一つのこのカフェーを圍んで居る紫色の光の中には、豊かに、ふくれ上つた女の肌の香がなまぬるく沈澱して居た。女は少しの間下を向いて居た。

が、急に、夏の朝の高原の樣な快活さを以て笑ひ初めた。

「ホ、、、、、、、、」

57

「下田の女」（「校友会雑誌」313号）

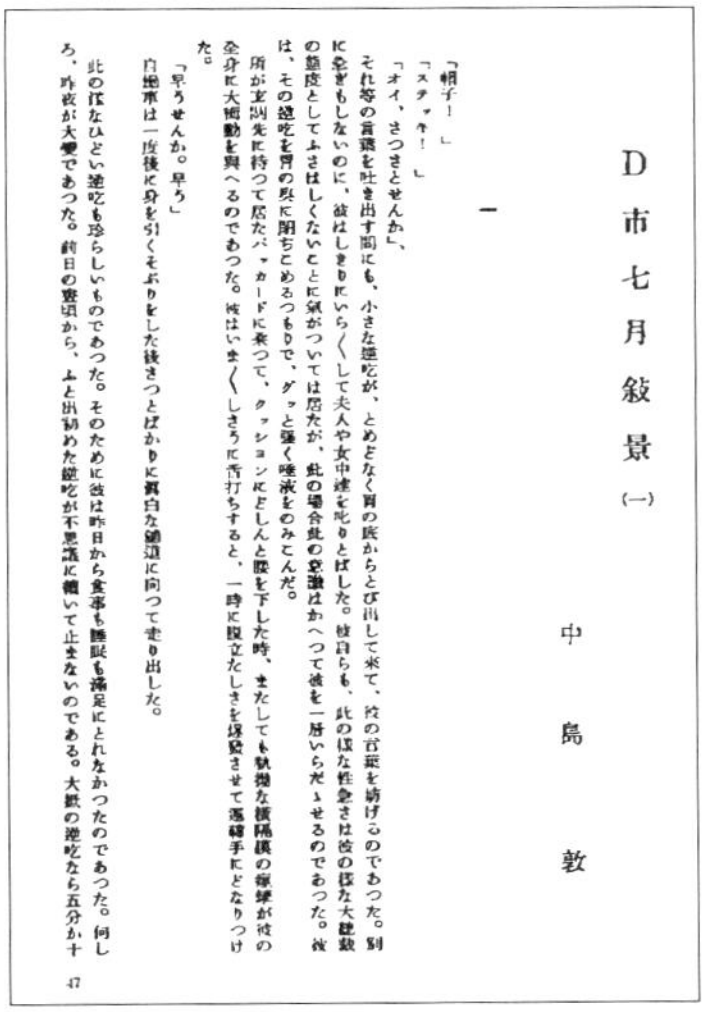

D市七月叙景（一）

中島 敦

一

「帽子！」

「ステッキ！」

「オイ、さつさとせんか」、

それ等の言葉を吐き出す間にも、小さな逆吃が、とめどなく胃の底からとび出して來て、彼の言葉を妨げるのであつた。別に急ぎもしないのに、彼はしきりにいら〳〵して夫人や女中達を叱りとばした。彼自らも、此の樣な性急さは彼の樣な大總裁の態度としてふさはしくないことに氣がついては居たが、此の場合此の意識はかへつて彼を一層いらだゝせるのであつた。彼は、その逆吃を胃の奥に閉ぢこめるつもりで、グッと強く唾液をのみこんだ。

所が玄関先に待つて居たパッカードに乗つて、クッションにどしんと腰を下した時、またしても執拗な横隔膜の痙攣が彼の全身に大衝動を與へるのであつた。彼はいま〳〵しさうに舌打ちすると、一時に腹立たしさを爆發させて運轉手にどなりつけた。

「早うせんか。早う」

自動車は一度後に身を引くそぶりをした後さつとばかりに眞白な舗道に向つて走り出した。

此の樣なひどい逆吃も珍らしいものであつた。そのために彼は昨日から食事も睡眠も滿足にとれなかつたのであつた。何しろ、昨夜が大變であつた。前日の晝頃から、ふと出初めた逆吃が不思議に續いて止まないのである。大抵の逆吃なら五分か十

47

「D市七月叙景」（「校友会雑誌」325号）

決めた。ところが、父の田人はその結婚を認めようとせず、たかの同居も許そうとしない。中島は何としてもたかとの結婚・同居を実現するために東奔西走の最中で全くもって戦争どころじゃなかったのかもしれない。

中島の大学の卒業論文は「耽美派の研究」を四百字詰め原稿紙四百二十枚にまとめた。王朝期から近代の谷崎潤一郎に至るまでの日本文学の中で、耽美・唯美の作家と作品をとり上げたものだが、いくつかの独自のユニークな指摘があった。中島はまず「耽美派」の意味づけについて、美学的にアポロン的に対してディオニュソス的な芸術上の立場を対置し、そのディオニュソス的な立場に耽美派の立脚点と存在理由があるとした。また、平安時代の作品でいえば、『源氏物語』は享楽的実生活をもののあわれ的に写実したにすぎない、むしろ『枕草子』にこそすぐれて唯美派たる萌芽が見出せるとした。

この古典に対する価値判断は、かつて上田敏が下したのと同じだが、中島は伯父の〝斗南先生〟と呼ばれた漢学者中島端の説を承けたのだとしている。

いま一つ、中島はこの卒業研究の中で泉鏡花にとくに注目したが、白樺派にはふれていない。その後、教職についてから中島は、「泉鏡花は花の名所みたいなので、それを知らないことは不幸であり、知ることは幸である。志賀直哉の場合は、それを知らないことが不幸であると同じに、それを知ることも文学を志すものにとっては不幸だ」と述べた。戦後に可能性の文学を唱えた三高出身の織田作之助が、真向から志賀直哉的私小説に刃向かったのとちがって、泉鏡花と対比させて志賀を否定した点が中島の一つの心意気であろう。

2　受難と間奏譜
――北川省一、塙正、森敦、杉浦明平、立原道造――

昭和五（一九三〇）年度の文芸部委員には、北川省一（文丙三年）、中村耕平（文乙三年）、湯浅隆宗（文丙二年）、秋元寿恵夫（理乙二年）らが就任した。このうち秋元は、前に文科に入って中退し、理乙に入り直した変り種だった。彼は、昭和五年四月下旬から四十日間、一高生十一人の旅行団に加わって、日本郵船筑後丸で、サイパン・テニアン・ヤップ・パラオの諸島を回って帰り、「南洋遊記」を『向陵時報』に連載し、『校友会雑誌』三二八号（昭和五年七月）にも「彼等の旅――シナリオの形式をとった一つのルポルタージュ」という題で、ルポとしてまとめた。映画シナリオやルポルタージュの用語が新しかった時代であった。秋元はのちに保健医学界で活躍した。

北川省一はさらに異色の存在だった。塗師という独特の職人だった父が流浪して家を捨てたため、母や兄と柏崎海岸の漁師長屋に育ち、小・中学時代もずっと働いて苦学した。が、長兄が機関車の火夫をしながら弁護士試験に合格したのを見て発憤し、北川も昭和三年柏崎中学の四年修了で一高の文丙に入学した。のちに日銀総裁となった前川春雄、文芸評論家となった中村光夫（本名木庭一郎）らと同じクラスである。

北川は塗師の父の血を引いたのか、入学後絵を画く会に入り、美術部の再建を目ざして『向陵時報』の会の紹介に「天才は芸術以外の分野にはない」と謳ってアピールした。その後、文丙二年のとき『校友会雑誌』三二五号（昭和四年十一月）に詩「自分」、三二六号（昭和五年二月）に随想「安神するまでの過程」を書いて認められ、昭和五年度の文芸部委員に選ばれた。

それからの北川は、『校友会雑誌』に毎号誌や創作・評論を寄せて活躍した。三二七号（昭和五年五月）に創作「生贄」、三二八号（昭和五年七月）に「蜘蛛の巣」「肉欲」「憂愁の石」の詩三編と創作「潮騒」、三二九号（昭和五年十月）に戯曲「自由聯盟の歌」と評編「共同制作論」、三三〇号（昭和五年十一月）にアルフレッド・ドウ・ヴィニィに関する詩論「痛ましき詩魂の遍路」と長詩「酒場なる女におくる詩」等々である。

ところで、この中で『校友会雑誌』に入稿したが、印刷後不穏とされて、ついに出なかった一編がある。「自由聯盟の歌」という戯曲がそれである。芸術活動を標榜しつつ、プロレタリア文学運動の意識が鮮烈すぎたのが、学校当局に忌避された形であった。

北川の本領は詩にあったようだ。「憂愁の石」に次のような詩句がある。

その石は白蘇に埋もれてありしが
かうして雨が粛々と降るので
暗がりから愁の糸を曳きずって
いとど激しく降るので
白蘇は実にめちゃくちゃになり
うもれし石は露はにされ

――北川は、幼時柏崎の雪融け道に見た石ころの追憶を、このような詩にしたのだ。彼ならではの世界と表現が自ずと沈着している。

また、印刷後抹殺された「自由聯盟の歌」と同じ号に出した評論「共同制作論」は、当時新しいとされた文芸上の共同制作の試みを、芸術派とプロレタリア文学の双方の作品例によりながら、それぞれの制作形態の生まれる必然性と可能性を論じたものである。北川はプロレタリア文学においては、共同制作の場合、作品の独自性より、運動全体の意志の反映となるかならないかが問題だ、と結論づけた。

なお、おなじ『校友会雑誌』三二九号で、のちの文芸評論家中村光夫は、木庭一郎の本名で、トルキスタンとシベリアを結ぶトルクシヴ鉄道建設の映画を監督したV・トウリンを紹介し、その共同制作手法を論じている。木庭はこのころ、『向陵時報』にも映画のモンタージュ論について書くなど、新しい映画の手法の摂取に熱心であった。

北川は卒業後東大仏文科に進んだが、名だたる辰野隆教授、鈴木信太郎助教授の教室の雰囲気になじめぬまま、折柄の非合法の左翼運動の実践に関わったため、一年で中退に追い込まれる。以後の彼の半生は受難つづきだった。郷里に帰って私塾を開いたが暮らして行けない。新潟の鉄工所に勤めて、そこで戦後活躍した作家・椎名鱗三と席を並べたこともあった。その勤めをやめて上京し、獄中から釈放されたばかりの詩人で作家の中野重治の家に居候もした。戦争末期には輜重兵として千島に召集され、特攻訓練を受けているうち、敗戦で止んだ。

戦後の北川は、郷里で貸本屋を開いたが、山奥の村に本を読みたい人がいると聞くと、無償で本を運んで行くというふうで、もうけはなく、生活はますます苦しい。そんな中でどうしても政治を変えねばと、彼は衆議院議員選挙に立候補する。しかし、田中角栄と同じ選挙区とあって、立てども立てども最下位落選であった。ようやく北川に転機が訪れたのは、戦後二十数年を経たある日、図書館で『良寛全集』に出会ってからだった。読み進めながら、北川は良寛の境涯こそ自分の求めていたものだったと思う。昭和五十二年、六十六歳だった北川は、初めて『良寛遊戯』という自著をまとめて出した。一高の文芸部委員だった日から四十七年経っていた。以後、彼は八十二歳で他界するまでに、良寛や宮沢賢治、柏崎の風土に関する本など二十五冊の著作活動をつづけた。

北川の生涯は、こうして平穏でも楽でもなかったが、長子のフラム（この名はノルウェイ語で「前進」の意）は東京芸大を出て都市設計とパブリック・アートの第一人者となり、長女の若菜は建築家で東大教授の原弘夫人となった。原弘は新しい京都駅ビルの設計者でもある。

昭和六年度の文芸部委員には、湯浅隆宗、秋元寿恵夫が留任したほか、塙正（文乙三年）、小安三平、高尾亮一（ともに、文甲三年）が就任した。小安は横光利一や芥川龍之介についての評論を書き、高尾は短歌会に属してその幹事をつとめていた。創作面でもっとも活躍した実績を残したのは塙正であった。

塙正は千葉県の匝瑳中学の四修で昭和四年一高文乙に入り、二年の夏休みに処女作「水で描いた素描」を書いたのが『校友会雑誌』三二〇号（昭和五年十一月）に掲載された。北海道を流浪して漁師の仲間に入り、兄の不義の子だった連れ子を、知り合いの女性に預けてカナダに渡った父を、当の連れ子である主人公が追想した一編である。全編清新な迫力に満ちている。塙はさらに「敗亡」を三三一号（昭和六年一月）に載せた。明和年間に房総に起こった百姓一揆を描いた力作で、塙はこの二編によって文芸部委員に推された。

塙の作風は、文芸部委員となったあと、いっそう尖鋭でリアルになった。同じころ、『向陵時報』の文芸欄担当委員に伊藤律（文甲三年、のち中退）もいて、塙も非合法の運動に関わりはじめたせいもあったろう。『校友会雑誌』三三二号（昭和六年六月）に塙の書いた「豚を食う箱」では、特高に検挙された学生に対する、警察署での苛酷な取調べや拷問と、留置場での劣悪な環境と取り扱いによって、日々衰弱し喀血などする姿が浮き彫りされた。さらに三三三号（昭和六年十月）に塙の書いた「突撃隊」で塙は、秘密のビラまきやレポをする学生と、逮捕しようとする特高の刑事とのせめぎ合いを活写した。先輩高見順は刮目したという。が、この創作は各高校の校友会雑誌も検閲対象とした内務省警保局の官憲や、学校当局も問題視して、掲載誌自体の発禁にまでは至らなかったが、危険とみなされたかなりの個所の伏字が強制された。そして、突然、これまで当局と文芸部委員の間に立って、自主編集の立場をかばいつづけてきた部長の立沢教授が更迭される事態となった。

立沢教授は、自分自身一高時代和辻哲郎や大貫晶川らと文芸部委員をつとめた体験も持ち、終始委員や生徒たちの編集と執筆の自発と自由を擁護し、すでに出はじめていた非合法活動の廉で停退学の処分を受けた生徒たちにも同情と配慮を寄せていた。その立沢さんが辞任とは――。文芸部委員たちは急遽協議して、立沢教授を滝野川の自宅に訪ね、留任を懇請した。しかし、立沢はもはや辞任撤回はできない、と拒んだ。そうこうするうち、こんどは塙正自身が神田署に検挙され、翌昭和七年二月十五日に、卒業試験を待たず除名処分となり、文芸部委員も辞任という、文芸部創設以来の受難に遭遇することになった。このことは、従来前任の委員の推挙が無条件に認められていた文芸部委員の選任に、学校当局がにわかに介入するという事態にまで立ち至った。

なお、一高を追われた塙は、昭和十二年ごろまで度々検挙・拘留されて、日華事変後は満州で農村工作の組織に加わった。そして、その体験によって、不毛な凍土の耕作に苦しむ満人農夫を描いた「アルカリ地帯」が『中央公論』懸賞小説に入選し、昭和十六年一月号の同誌に掲載された。しかし、塙はその後、反戦活動を行なったとして再検挙され、敗戦を奉天の監獄内で迎える運命を辿った。釈放されてからは中国にいた数万人の邦人の引揚交渉に当り、それを実現させてから昭和二十二年によ うやく帰国した。その間の経緯を彼は『背教徒』という長編にまとめ、昭和二十八年に出版（筑摩書房）され、芥川賞候補にもなった。〝背教徒〟とは、コムニストとしてはあくまで中国に残って活動すべきだったが、愛する妻と、その妻の身籠った子のため故国に帰る道を選んだという意味である。

塙を欠いて四人となった文芸部委員たちは、倉皇のうちに『校友会雑誌』三三四号（昭和七年一月）・三三五号（昭和七年二月）を立てつづけに出さねばならなくなった。

三三四号の巻頭に載ったのは、森敦の創作「酉の日」であった。森敦（一九一二～八九）は、京城中学の中島敦の三年後輩で、一高文甲に昭和六年に入った。一年生ながら変に大人びていた、と向ケ岡の寄宿寮の東寮で隣室だった一年上級の杉浦明平がのちに述懐している。「酉の日」の作品もそういえば奇妙に題材に大人びたところと、世間に疎い感じが入りまじる。主人公の若者は、知り合った飲み屋の女に誘われて、酉の日の夜、彼女の家で茶場台《ちゃばだい》を挟んで話しこむ。女は、結婚不履行で相手から慰謝料を請求されているなどという。主人公は彼女にA・ランボーの「地獄の季節」を貸していた。彼は、酌婦ふうの女の髪型にランボーは似合わないな、と思いながら、おそくなったから帰る、と立ち上る。女も送って出た。酉の日は市電も終夜運転だった。

こんな短編を書いた森は、しかしそれきり『校友会雑誌』からも学校からも姿を消した。一年終了時の試験で、彼は丸山通一教授のドイツ語が0点だったので、規定により退学となったのである。中退後の森敦は、私淑していた横光利一の推挽で『東京日日新聞』(現『毎日』)に、昭和九年三月から五月にかけて「酩町船」という中編を連載した。主人公は無為徒食の日を過ごすニコチン中毒の高校中退者である。ランボーの『酔いどれ船』にならった、森の自画像の要素が強いが、これで次作を期待されることは無理だったかと思われる。森はその後、長い隠遁と遍歴の時を経て、昭和四十九年『月山』で芥川賞を得て、晩年に世に出た。

三三五号の巻頭には、林健太郎(当時文甲二年)が「ダンテ・ルネサンス・歴史」の一文を書いた。論旨は、クローチェの「神曲論」や林達夫の「文芸復興」などの諸説も参照しながら、ダンテもペトラルカもボッカチオもみなフローレンスの現実に生い立ったのである、決してある信条や主義によって動かされたのではない、機械的唯物論は反って観念論になり了る、というにあった。林健太郎は、当時教室でブルクハルトの「イタリア・ルネッサンスの文化」を学んでいた。いうまでもなくのちに一高・東大教授となった西洋史学者である。東大総長もつとめたが、若い日唯物史観も理解しつつ、現実を踏まえた学説にかかわって行った、その歩みが予知されるような論旨である。

さて、昭和七年度の文芸部委員は、前年度塙正の除名や立沢教授の辞任の事件があり、また学校全体としても非合法活動に関った廉で除名・放校・諭旨退学の処分を受けた生徒が十三名(この中に塙正や伊藤律が含まれていた）に上ったりして、学校当局は警戒を強め、文芸部の新部長となった国語国文学の沼沢龍雄教授は、前年度文芸部委員の推す新委員の顔ぶれを容易に承認しなかった。そのため、昭和八年五月になって、ようやく杉浦明平、三井為友、並木皓一（以上文甲三年）、渋沢亨三（文乙三年）、そして立原道造（理甲二年）の五人の委員が決まった。

学校当局が、いうなれば〝無難〟とした新委員のうち、諏訪中学出身の三井為友はそれまで短歌を多く発表し、創作もした。並木と渋沢は哲学的な思案に長じ、並木は西田哲学に、渋沢はフッサールの現象学やハイディガーの存在論に傾到していた。

杉浦明平は、学校側の思惑と少しちがっていたかもしれない。豊橋中学四年終了で一高文甲に入った杉浦は、中学時代俳句を作っていた。一高入学後は短歌会に加わり、短歌をときどき発表し、短歌会の講師に来た土屋文明を知って、斎藤茂吉に紹介され、『アララギ』に関わることになる。この辺までは沼沢部長は読んでいたかもしれない。しかし、文芸部委員となってからの杉浦は、時代の空気を鋭く感じとり、抵抗すべきは抵抗し、しかも若き立原道造の親友となって、病みがちな彼を庇護する役割をつとめた。また、大学に進んでから、東大新聞の編集員となり、全国の高校の校友会雑誌の月旦などもして、自由な論調を育てた。その素地は一高文芸部委員となって身につけたと思われる。

杉浦は、文芸部委員となってから『校友会雑誌』三三六号（昭和七年六月）に「土屋文明論」を載せた。が、そのあと三三七号（昭和七年十月）には「靄の夜」、三三八号（昭和七年十一月）には「乗合自動車株式会社」の二編の小説を書いた。いずれも郷里の三河・渥美半島の地方ならではの人間関係を掘り下げ、それによってもたらされる風土を描いたもので、前述の林健太郎はフローレンスの政治的現実を重視したが、杉浦のはそれとはちがった意味で地方風土に滲透土着して、その実情に即した泥まみれの改革を、たとえば「乗合自動車会社」の一編などではっきりと示唆したのである。

杉浦明平は、戦後『ノリソダ騒動記』に、地方政界の現実とその改革がなければ何事もよくはならないことを訴えたが、その原点は『校友会雑誌』のこれら二編の小説にあったともいえよう。いずれにせよ、そういう杉浦の創作手腕までは、学校当局は思い及ばなかったと思うのだ。

立原道造（一九一四〜三九）は、杉浦の一年後の昭和六年東京府立三中の四年修了で一高理科甲類に入学した。そのころ彼は天文学を夢みていたというが、実は作歌の体験は上級の杉浦より早かった。彼の出た東京三中（現、両国高校）は両国に学校があり、先輩に芥川龍之介、堀辰雄、ほかに久保田万太郎なども出身者だったので、独特の文学志向を懐胎させる環境であったらしい。そして、立原の場合には、とくに橋宗利という北原白秋に師事する国語教師がいたので、その影響もあって、早くに詩歌に目覚めた。また、立原が府立三中に入ったばかりの昭和二年七月に芥川が自殺したときには、立原は中学の先輩である文人の死を悼む手紙を教師たる橋に書き送ることまでしたのである。

立原は、中学二、三年時分から多くの短歌を作り、学校の雑誌にも度々掲載された。

別るれば名残のこりてさやかなる瞳と頬に吾妹《われも》しぬばゆ

などの当時の歌が残っている。「吾妹」とは、やはり中学時代の恩師の一人の娘であった、金田久子、結局は実らなかった恋の相手のことである。そのころから口語短歌に関心を持ち、一高に入ると〝自由律短歌〟を唱道していた前田夕暮主宰の『詩歌』に口語歌を送り、また入学早々出席した一高短歌会にも、

手に移った草の香　赤い茎の付根に　蟻がはうてゐる

を出して『校友会雑誌』三三二号（昭和六年六月）に載り、翌年二月発行の『校友会雑誌』三三四号には「青空」と題した口語歌六首を出した。一、二首記せば、

青空は青空だけのもの　泣いても笑ってもくれやしない。すきとおってる

どこからか来た雲がどこかへ行っちゃふ　広い青空の出来事

こういう立原の口語歌は、専門誌の『詩歌』でも年間の代表作に選ばれ、前田夕暮にもホープとして期待されたほどだ。ところが立原は突然口語短歌よりも詩や散文に熱中するようになった。それは萩原朔太郎の詩を知ったからであり、その朔太郎の詩を読むよう彼にすすめたのは、府立三中・一高理科の先輩たる堀辰雄であった。

理甲二年の五月に、立原道造は文芸部委員に任命された。それは、彼が前年秋の『校友会雑誌』三三三号に「あひみてののちの」という散文詩ふうの創作を発表したのが評価されてのことであった。「あひみてののちの」の原稿を、立原は一高入学後二カ月半経った六月末、書き上げて文芸部室に持ちこんだ。ちょうど居合わせた文芸部委員の高尾亮一に「題はつけないで下さい」と立原はいって手渡した。しかし、十月に出る三三三号に掲載が決まってから、委員たちの間で題がないのはおかしい、ということになり、高尾が文中になる「あひみてののちのこころ」の歌からとって題につけた。

たまたま先に記した塙正の「突撃隊」と同じ『校友会雑誌』の三三三号に掲載された「あひみてののちの」は、夏の林間学校が舞台である。主人公の学生沙爾は、隣り合わせた宿舎に合宿する女学校下級の少女たちと知り合い、その中に初恋の少女に似たヒヨコを見出す。しかし、ヒヨコは海で泳い

でいるうち後をつけてきた比佐馬という不良少年に抱かれて、彼を好きになってしまう。夏の終り、新聞に「避暑地に出没する不良少年」の記事が出て、彼らは少女たちに対して魅惑的に振舞い、誘惑された少女たちもまた怖るべき不良少女の振舞いをすることになる、と記されていた。沙爾はヒヨコにもしものことがあったらと、心の痛みを感じつつ「あひみての」の歌を口ずさむ。

——これを書いた立原は、むしろ常識のつまらぬモラルをそんな形で否定し、越えようというモチーフを思い描いていたのではないだろうか。それは、塙の「突撃隊」とはちがった意味で、体制的なものへの抵抗だったかもしれないのである。

また、立原は理甲三年になってから『校友会雑誌』三四二号（昭和八年六月）に「日曜日」と「五月」、三四四号（昭和八年十一月）に「手紙」の小品を書いている。「日曜日」では、映画館に入った少年が、スクリーンのかげ法師やマッチの火、テーブルなどの寸景を気にいらないと感じて「こんな景色はいらない」と叫んでとび出し、橋にもたれて川の向こうの夕焼けにメランコリックに見入る。「五月」では、高校生の主人公は寄宿舎のグラウンドの草の上に寝ころんで、さっきから海の匂いが風にまじっているのを不思議に思っている。もしかしたらそれはフランスあたりの海の香りか——

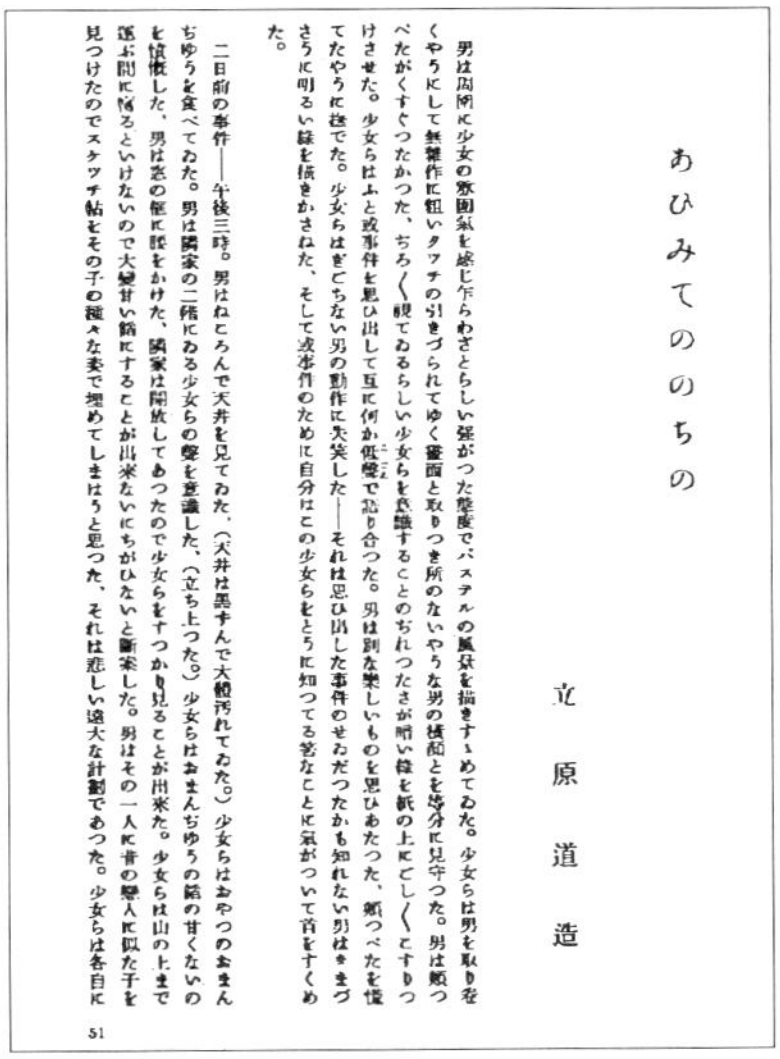
あひみてののちの

立原道造

男は固唾に少女の雰囲氣を感じ乍らわざとらしい強がつた態度でパステルの風景を描きすゝめてゐた。少女らは男を取り巻くやうにして無雑作に粗いタツチの引きづられてゆく畫面と取りつき所のないやうな男の横顔とを等分に見守つた。男は頬つぺたがくすぐつたかつた、ちろ〳〵視てゐるらしい少女らを意識することのぢれつたさが暗い線を紙の上にごし〳〵とすりつけさせた。少女らはふと或事件を思ひ出して互に何か低聲で話り合つた。男は別な樂しいものを思ひあたつた、頬つぺたを慌てたやうに撫でた。少女らはぎごちない男の動作に失笑した——それは思ひ出した事件のせゐだつたかも知れない男はきまづさうに明るい線を描きかさねた、そして或事件のために自分はこの少女らをとうに知つてる筈なことに氣がついて首をすくめた。

二日前の事件——午後三時。男はねころんで天井を見てゐた、(天井は黒ずんで大體汚れてゐた。)少女らはおやつのおまんぢゆうを食べてゐた。男は隣家の二階にゐる少女らの聲を意識した、(立ち上つた。)少女らはおまんぢゆうの餡の甘くないのを憤慨した、男は窓の框に腰をかけた、隣家は開放してあつたので少女らをすつかり見ることが出來た。少女らは山の上まで運ぶ間に腐るといけないので大變甘い餡にすることが出來ないにちがひないと斷案した。男はその一人に昔の戀人に似た子を見つけたので、スケツチ帖をその子の種々な姿で埋めてしまはうと思つた、それは悲しい遠大な計劃であつた。少女らは各自に

51

「あひみてののちの」（「校友会雑誌」333号）

「あらそんなことありませんわ」と驚いたような少女の声。その声が向こうの坂を通る人の声なのに、主人公は愚かしい想像を咎められたように顔をあからめて立ち上がる。彼の寝ころんでいたところだけ、草が身体の形に倒れている。時間は日暮れの方へいそいでいた。

これらの小品は、平易な言葉をちりばめた詩のように見えるが、容易ならぬ思想を持つ散文の輝きをも示している。次の「手紙」になると、そのことがはっきりする。「手紙」は、だれしもが「郵便です」と小使が手紙を届けにくるのを待つ寄宿寮で、来るあてのない寮生が、夜中に蝋燭の灯のもとで自分宛ての手紙を書いてポストに入れる。その手紙が来たら皆の前で読もうと彼は心待ちにしたが、来ないまま夜になった。小使ももう届けに来ないだろう。それでいいのだ。明日こそ幸せなのだから……こうした「無為」または「退屈《アンニュイ》」の表現は、言い知れぬ無限のプロテストを伴っている。やはり立原は非凡だったと思わせると同時に、これは立原ならではの時代への抵抗であったと私は思いたい。しかも彼は、よりよい明日を待っていたのである。

こうした作品の発表のほかに、立原は次第に病んでやせながら杉浦とともに評論や翻訳の目ききとして『校友会雑誌』に逸作を抜てきして載せた。たとえば鈴木力衛によるマルセル・プルーストの翻訳「プレーヴ夫人の憂鬱な別荘暮らし」(三三六号、昭和七年六月)はその一つ。鈴木力衛は愛知一中から一九三〇年トップクラスの成績で文甲に入ったあと、第三外国語に選んだフランス語を駆使して大学も仏文科に進んだ。『校友会雑誌』に載せたのは、プルーストの本邦紹介のさきがけとなった一編で、『失われし時を求めて』を理解する上で、その根原の思想を知るのに役つだろう、と鈴木は付記している。鈴木はのちにモリエールの研究家となり、戦後は学習院大学で教えた。

もう一編は、小野義彦の「動く目――ジッドの面貌」の評論（三三八号、昭和七年十一月）。小野義彦は仙台二中から昭和六年一高文甲に入り、やはり第三外国語でフランス語を習得した。ジッドについては、一高でフランス語を教えた川口篤が「田園交響楽」「狭き門」等を訳しはじめていたが、小野のジッドを主題とした評論はそれより早く、ジッドの諸作の文学的意義は人間性の深い部分にまで踏み入って、生命そのものをえぐり出すレアリテにある、と述べた。行動主義的なとらえ方をした点が光っている。小野は、この評論を発表して間もなく非合法活動に関わったとして除名処分を受けた。昭和八年五月のことで、以後小野は大阪商大（現、大阪市立大）に転じ、戦中経済学部助教授として反戦抵抗を指導して入獄した。そのような人物と作品に、立原は早くに温い目と高い評価を与えたのである。

3　新墾《にいはり》の駒場の時代
——福永武彦、小島信夫、中村真一郎、加藤周一——

『向陵誌』第二巻の「文芸部部誌」の昭和八年度について、執筆者竹村猛（昭和十一年文丙）はこう記している。「昭和六年度より七年と、凡ゆる制約を受けて来た文化団体は、八年度に至り全く沈黙の状態に陥った。随って唯一の自由主義を守るべき文芸部に於ても、既に活発な活動は見られず、唯そこには幾多のそれら障害に打勝った努力の跡が秘かに感ぜられる程であった。」

この『向陵誌』第二巻の刊行は昭和十二（一九三七）年二月のことであった。すでに前年に二・二六事件が起こり、間もなく日華事変が泥沼の戦争へ国民を引きずりこもうという時代に、「自由主義を守るべき文芸部」の言葉を記した竹村猛（昭和九年度文芸部委員）は、それだけでも勇気ある表現をしたといわねばならないであろう。

しかし、時代の閉塞・逼迫とともに、一高は昭和十年度に向ケ岡から目黒区駒場大の移転が決まって落ち着かず、とくに文化部関係の活動がそぞろ寂寥を加え、沈滞気味となったのは事実であった。昭和八年度文芸部委員だった生田勉（昭和九年理甲）や、創作面での寺田透（昭和九年文丙）や猪野健二の活動に、それを打開しようとの奮闘の跡を見、昭和九年度の文芸部委員太田克己、狩谷亨一、小林彰、中村忠雄（以上昭和十年文甲）と竹村猛による『校友会雑誌』三五〇号記念の『橄欖樹』第二輯（昭和十年二月編集刊行）の営為はありながらも、特筆すべき作品は生まれなかった。

現に、『校友会雑誌』三五〇号を記念して募集された懸賞創作も、昭和九年十二月初めまでの応募作は十四編で、川端康成と小林秀雄を選者に迎えたが、一等入選作は出なかった。小林秀雄は「づば抜けていい作品はなかった。美点は書かうと思ふ処を書いて道草をしてゐないところ、欠点は道草をしてゐないが、書かうと思ふものをはっきり見極めないうちに歩き出してゐるところ」と全体を評し、川端康成は結果に失望しつつ、「時代はいかにも諸君の上にも暗鬱にかぶさってゐやうが、そのために青春の生活力を失ってはならぬ。——文学とは結局、生活の感激であり、人間の修業である。人物が偉くなる他に、大成の道はない。青春を真面目に生きることは、百千の佳作を書くに優る」と励ました。

『校友会雑誌』の諸作が復活の兆しと勢いを示したのは、むしろ時代がもっと苦しくなった駒場移転後であった。昭和十二年紀念祭寮歌の一つ「新墾《にいはり》の此の丘の上」（作詞田中隆行）の歌詞にも歌われることになった、緑多い弥生道と名づけられた銀杏の並木道に、深く低徊しつつも、それだけに一層時代への懐疑は深まり、美への願望はさらに切実なものとなって、芸文の火は不屈に燃えはじめるのである。

駒場に移ってのちの昭和十一年度文芸部委員となった酒井章一（昭和十二年文甲、のち朝日新聞社）、星出晃（昭和十二年文丙）、遠藤湘吉（昭和十二年文甲、のち東大経済学部教授）、福永武彦（昭和十二年文丙、のち作家）は、こういう就任の辞を『校友会雑誌』三五五号（昭和十一年六月）の冒頭に記した。

夕焼は無限に遠く薄暮の現実に翳《かぎ》ろって、茫昧の苑にひとり覚めた驚きは暗い忍び足と共にある。此の寒い夜、快楽は影も象《かたち》もなく、戯けた仲間達の姿も亦見えない。虚無に沈んだ、凍ていた星宿の下に、泣きぬれて裸身は露草にまろぶ。希望のない、ひとりぼっちの夜だ……併し此所に倒れ伏すことができようか……絶望の身をふるひたせて今一度、漆黒の裡に新らしい火を自らひともさねばならない。

明治の昔はもとより、大正期にも、昭和の十年以前にも、薄暮、夕闇、星も凍る虚無と絶望の中の孤独をこれほどに訴えた就任の辞はかってなかった。それほどに、時代の苛酷さ、というより愚劣さを直観して文芸部委員たちは現実に絶望していたのである。四人の委員の一人だった福永武彦は、この「希望のない、ひとりぼっちの夜」と表現したことについて、戦後、作家となって完成した小説『草の花』の中で、間もなく戦争となった時代の主人公の告白として、もっと具体的に叙述している。

孤独な人間は、この戦争が厭だと思っても何も出来やしない。手を拱いて召集の来るのを待っているだけだ。そして召集が来たら、虐殺されるのを待っているだけだ。もし何か此所に組織のようなものがあって、戦争に反対する人間が一緒に力を合わせてこの戦争を阻止できるものなら、今の僕は悦んでそれに参加するよ。ちっぽけな孤独なんか抛りなげて、みんなの幸福のために闘うよ。しかしそんな組織が何処にあるんだろうね。僕は何にも知らない。コンミュニストの連中はとうに摑まってしまったらしく、こんな強力な憲兵政治の敷かれている国では、どんな小さな自由の芽生だって直に捥《も》ぎ取られてしまうのだ。僕なんか、たった一人孤立して、思ったまま打明けられる相手といったら、ほんとに君一人ぐらいのものだ。だからせめて、自分のちっぽけな孤独だけは何よりも大事にしたいのさ。

重ねていうが、福永がこれだけのことを書き得たのは、戦後も七、八年経ってからである。昭和十一、二年から戦中・敗戦までは、仲間の気を許せるだれかにひっそり語ることはできても、活字にして公表することは禁断とされていた。福永も初め水城哲男の名で詩に思いをこめた。

櫟《くぬぎ》の林はしじまだったし
黄茶《もみじば》は吹きつもって

をとめは空蟬　かへってこない（「その昔」『校友会雑誌』三五五号）

酒井章一はもっぱら詩を書いた。

木蓮は白い木蓮を生きてきた
釣瓶ならとうに朽ちてしまったであろうに（「ある進行」、『校友会雑誌』三五五号）

福永は、やはり水城哲男の名で『向陵時報』に映画時評も書いた。フランス映画「地の果てを行く」を観て、監督ジュリアン・デュヴィヴィエの挽歌だと評した。（『向陵時報』昭和十一年九月十七日号）。――なぜ挽歌なのか。福永はこう書いた。「地の果てを行く」には、これまでのデュヴィヴィエの作品「モンパルナスの夜」の凄みも、「商船テナシティ」の水々しい感触も失われている。しかも同じく外人部隊をモチーフにしても、ジャック・フェエデの「外人部隊」は自分自身のオリジナルによっているのに、デュヴィヴィエのこれは、借りものの小説に基き、機械的な大衆映画への妥協の所産としかなっていない。主人公のジャン・ギャバンも、悪人の土人の女役のアナ・ベラもリアリティの翳ある男女たり得なかった。要するに、福永は、現実との妥協を作品に見て、そこにデュヴィヴィエの挽歌を聞いたのである。一時代前の人々にとって懐かしい洋画も、同時代を厭った福永はこのように批判的に見たのである。

福永は『校友会雑誌』三五五号に本名福永武彦による創作の第一作「かにかくに」も載せた。この小説は、のちの『草の花』とシチュエーションが似通っており、登場する主人公の愛した寮で同室の理科生の名も同じく「藤木」なので、いわば『草の花』の原小説《ウァ・ノベル》と見なされよう。「かにかくに」の主人公の、理科生藤木への愛はプラトニックにならざるを得ない。その上、文科生と理科生の資質や志向のちがいや、美的価値判断のちがいなどによって、主人公は合致することのない愛の苦しみに憔悴し果てる。友人や、最後には相手の藤木自身の慮りによって、二人きりの旅もしたけれども、かえってまたしても藤木に自ら身をひかせる結果になってしまう。最後に主人公は、玻璃びんにかくし持っていた毒を飲んで孤独な死を遂げる。毒物は彼が前に医師の伯父のもとでこっそり盗み出したものだったが、玻璃のびんは、ほかならぬ藤木の母が主人公をいとおしんでくれた香水びんだったのである。

『草の花』では、主人公の藤木に対する愛にホモ・セクシュアルのことばも使われている。が、結核でサナトリウムに病む主人公よりも、藤木のほうが先に病死する。藤木には妹がいて、主人公はこの妹に愛を移し、肉欲の衝動にも身を委ねるが、結局、彼女は主人公とも兄とも共通の寮室の友人だった別の一人と結ばれてしまう。愛の思索への深まりや、美しい詩情にも通う愛の描写も数々あるが、主人公はその兄妹への愛のノート二冊を遺して、病院で、緒に就いたばかりの肺葉摘出の手術を志願して受け、死ぬのである。

「かにかくに」と『草の花』では筋はこのようにちがうが、かつての高校の寮生活で、避けがたく、しかも秘められた愛と孤独にふれ、その愛によってなおさら孤独が深化する宿命的な悲劇や、愛に憑かれたもののパトスへの想いは、「かにかくに」ですでに描きつくされている。

福永は、ほかに「黄昏行――或は、黒船のまちの幻象」も『校友会雑誌』三五七号（昭和十一年十一月）に書いた。下田の宿屋にひととき泊り合わせた家を出奔した画家、恋人を彼女の結婚で失った学生、新婚の夫婦等を、それぞれにちがった手法・アングルによって描き出し、画家が懐きつづけた生きている唐人お吉をモデルにしたいという幻想を、ともどもに白昼夢として描いてみせる。のちの『海市』『廃市』はこの作品の延長上にあるのか、と思わせる。

福永がこのように小説世界に入って行った一方で、ともに文芸部委員をした遠藤湘吉は、京都府立一中時代山岳部に属して、その機関誌『嶺』に中学の先輩桑原武夫、今西錦司らに伍して、下界を離れた山小舎や沢伝いの縦走の体験を記した練達のペンの持主だった。遠藤は山は征服するためにあるのではなく、自然との融合を体験するためにあると、この山岳誌に書いた。そして、一高に入ってからの遠藤は、福永とはちがって、すでに志していた経済学をふまえ、軍国化・右傾化した時代に希少となっていたマルクス経済学の知識や、学生間に人気の高かった河合栄治郎への批判も含めて、『向陵時報』（昭和十二年二月一日号）に「若き友への手紙」と題して次のような稿を寄せた。

（原文八行削除）君は日本のファシストは資本主義を憎んでゐるといひますが、それは外面にさう見せてゐる丈でせう。中には本当に暴力団の様なのも居るでせうが、苟《いや》しくも一つの社会思想として存在する為にはファッシズムは資本主義を憎む事は出来ないでせう。将に行詰った資本主義が染変へをして出て来たのがファッシズムでせう。だからファッショ丈攻撃したって何もならないんじゃありませんか。黒幕の資本主義を攻撃しなければ駄目だと思ひます。もっとも、君の好きな河合（栄治郎）さんは華々しくファッシズムを攻撃したけれども、何だか日本のファッシズムは特別だなどといってゐますね。河合さんのいふ事が本当か。僕の考へが違ってゐるかも知れませんが、その逆から言へば、ファッシストは河合さんの様なおえら方を惑はさせる位芝居が巧いともいへるでせう。（後略）

「裸木」（小島信夫）の載った「向陵時報」93号

大胆な批判である。何行かをやむを得ず削除されたあとはあるが、『向陵時報』もよくぞこれだけのファシズムと資本家批判の一文を載せたものと思う。遠藤湘吉はこの年東大経済学部に進んだのち、ともに戦後教授・経済学部部長をつとめることになった隅谷三喜男（昭和十二年文甲）らと進歩的学生のリストに入り、一、二年後検挙されることになった。

右の遠藤湘吉のファシズム批判の載った「向陵時報」の次の号（昭和十二年二月十八日号）に、のちに芥川賞を得て戦後の第三の新人の一人として活躍することになる小島信夫の「裸木」が載った。四百字詰原稿紙十枚余の小品であるが、深い存在感のこめられた名作であった。この「裸木」は、

一高の正門から旧農大の正門に向って歩いて行くと、右側に二株三株息の通った彫刻のやうな迫力を持った、光り輝く裸木が目につく、私は其の木の名を知らない。

が書き出しである。そして、作者の「私」は、日に二、三度もその道を辿るのだが、裸木の辺りまで来ると、それまで友人とどんなに騒いでいても、口を噤んで見とれてしまう。「私」は、郷里の兄と二人で住んでいた二階屋と、道を隔てて上へ上へのびていた、丘の林の中の裸木のことを回想する。兄はカンヴァスと画架を持って「私」を連れ、丘へ登った。林に入ると、不思議な裸木を探し出し、「此処だよ」といってその前に画架を据えて描き出した。何ということか、落葉の時節には早いのに、その木には一片の葉影も見当たらない。兄は毎日教えている学校の放課後にそこへ通って裸木を描いた。

「私」はある日、ふと隣家の少女が木の前にうずくまって、目を見開いて慄えているのを認めた。目が合うと少女は馳けて崖を飛び下りて逃げ去った。兄が最後のタッチを加えて絵を描き了えると、「私」ももう丘の林からは足が遠のいた。しかし裸木の印象が忘れられず、二階の窓際に机を運んで、丘の林から目を放さない。あの女の子の若い姉があの木で首を吊ったのではないだろうか、と気ちが

いじみた妄想まで浮かぶ。兄は「私」の日々の素振りに不安を覚えて、上京して高校の試験準備に没頭しろとすすめる。丘の見える家を離れる前日、「私」は崖を越えて、あの裸木への情熱をたぎらせつつ林の中に分け入った。しかし、あの冷たい石像のような裸木はもうどこにも見当らなかった。だれかがごっそり抜き去ったのか、その辺りは枯れ萎えた草々が一面に蔽いかぶさり、ところどころ斑雪が凍っているだけだった……

ここまであらすじにするのがなかなかに難しい。小品であるのに、文中に不可思議な魔物が潜んでいるように重い。裸木の存在のリアリティは、むかしサルトルの『嘔吐』の梗概を頼まれて苦心してまとめたときに似て、探ぐり当てるのに苦心する。実存のリアリティなのだろう。

後年、小島信夫の秀作『抱擁家族』を読んだ江藤淳が「私は一章を読んではしばらくわれを忘れ、次の章を読んではまたページを伏せて息をつき、というようなことを繰り返しながら、先を急ぐ気持と、自分をひきこんで行く小説世界を反芻したい気持との板ばさみになって、結局ずい分長い時間をかけてこの大作を読了した」と、三百七十枚の長編の読後を述懐しているが、「裸木」が書かれたのはそれより三十年以上も早く、私がその小品を『向陵時報』の綴込みに見つけて読んだのも、江藤が『抱擁家族』を読んだのよりはるかに昔である。そして、「裸木」の深いリアリティはひょっとすると無意識に「失われた過去」をキャンパスに塗りこめていたせいではないか、と思ったのである。

「裸木」を『向陵時報』に発表した小島は、同じとき『校友会雑誌』三五八号（昭和十二年二月）に「懐疑（主義）・独断（主義）」なる評論を書いた。これについては、先の遠藤湘吉の、小島の「懐疑・独断」の論文の任務は、同時代のデカダニズムを徹底的に解剖・批判することにあったはずだ、という厳しい批評がある。

小島はこれらの創作と評論によって、昭和十二年度の文芸部委員の一人に推挙された。その後、『校友会雑誌』三五九号（昭和十二年六月）に「凧」、三六〇号（昭和十二年十月）に「鉄道事務所」の創作二編を書いた。この「凧」と「鉄道事務」は、どちらも「裸木」の主人公である「私」の早世した父と兄との精神的葛藤を新しいリアリティの深みに描いて、読むものを引きこんで行く。

小島とともに昭和十二年度の文芸部委員となったのは、浅川淳（昭和十三年文乙）、沢木譲次（昭和十三年文甲）、そして中村真一郎（昭和十三年文丙）であった。

中村真一郎（一九一八～九七）は、開成中学から一高文丙に入り、「藤江殉治」のペンネームを使って、早くから『校友会雑誌』と『向陵時報』で、フランスの詩の翻訳、詩、エッセイ、評論、創作と、多方面の執筆に活躍した。中でも瞠目させられるのは、『校友会雑誌』三五八号（昭和十二年二月）に載せた「憧憬と虚無（竹取物語素描）」の論考である。

中村の、憧憬と虚無の間に竹取物語という古典を再考したこの一編は、福永武彦の自閉的な孤独とはまたちがった同時代への闘いの方法を考察することであった。「若い時代（世代）が自国の古典を敬遠してそれを学者・研究者に任せてしまふことは、明らかに一種の文化冒涜であって、如何なる文学も学者のみの手中に委任されてしまったとき、その文学的生命は喪失される」という義憤も手伝っていた。

中村は、まず『竹取物語』の構成の非凡を説く。この物語は、赫映《かぐや》姫の性格直写を避け、五人の求婚男性の性格描写によって雰囲気を努めてユーモラスなのんびりしたものにしておいて、最後に突然姫の性格の秘密が露呈され、虚を衝かれた読者の驚愕不安の眼前に、姫の性格の没落・崩壊が行われ、読者の混乱した印象をそのまま利用して、一挙に悲劇的な大詰めにまで盛り上げて行く。前半と後半の対照により、結末をきわめて効果的にしたところに作者の技巧の卓抜がある。

次に、ストーリーの発展に従って登場する姫に求愛する男性達の、異なった性格や心理も次々鮮明に浮彫されている。第一の石作皇子は目先の利く才子で、現実的な性格の所有者である。天竺の仏の石の鉢など取って来られないのは判りきっているので、直ちにイミテーション創作にとりかかる。その詭計が暴露されてもいささかも動じず、恋成らずと見るや、その夜から他の女性を追い求める仕末。

第二の車持皇子は戦略家である。が、吝嗇のため思わぬ不覚をとり、九仞の功を一簣《き》に欠いてしまう。しかも石作皇子のふてぶてしさがないので、失恋の痛手と屈辱のあまり行方不明となってしまう。第三の右大臣阿倍御主人は財宝豊かに恵まれ、広大な屋敷に住むブルジョアのお坊ちゃんである。唐土船の王卿なる国際山師に偽の火鼠の嚢を高価に売りつけられ、めかしこんで姫のもとへ出かけたものの、帰るときは打って変って草葉の色にしょげ返る。所詮は気まぐれの所業で、恋の痛手もその場限りである。

第四の大伴御行大納言は純情そのもの。求婚に当たってこれまでの妻たちを縁切りして追い払い、姫のために華麗な新居まで造って用意するのだが、肝心の竜の玉をとりそこねて失恋と決まるや、「赫映姫てふ大盗人の奴が、人を殺さむとするなりけり」と悲憤やるかたなく姫を罵倒しはじめる。可愛さ余って憎さ百倍の悲惨な叫びは、読むものの肺腑をえぐらんばかりだ。第五の石上麻呂は、軽率で、短気で、人のおだてにすぐに乗る性格である。そのため、おだてられて燕の子安貝を取ろうとして見事に失敗した。恋の痛手をよほど深刻に受けとめたのであろう、彼は最後まで姫に対する渇仰を口にしながら息を引き取る。これにはさすがの赫映姫も憐みを催さずにはいられない。しかし、それは単に弱者への憐れみにすぎなかった。こうして五人の男性は永遠に神秘なる女性を求めて、まるで灯火をめぐる火取虫のように次々と敗れた。

ここで中村は、改めて赫映姫なる女性の性格を考察する。彼女は、翁に結婚をすすめられても「佳くもあらぬ容姿を、深き心も知らで仇心付きなば、後悔しき事もあるべきと思ふ許りなり。世の賢き人なりとも、深き志を知らでは婚《あ》ひ難し」と言いきるほどに、理知的な頭脳と思慮を兼ね具えた女性なのである。中村は、そのように赫映姫を性格づけた上で、「封建的な義理人情に絡《から》まれて、相互の理解や愛に基礎を置かない結婚をし、わが身を一個の孵卵書として一生を無駄な苦悶と懊悩とに送る女性の群は、この古人・赫映姫の声に耳を傾けるべき」とフェミニストふうのアドヴァイスをする。

そして、そこからの赫映姫の最後の生きざまに対する中村の統括が圧巻である。これまで非情に男たちをあしらってきた姫に、地上の絶対権力者たる帝《みかど》が登場するに至る。そこで姫はどうするか、を厳しく見届けるのだ。姫は帝に対しても拒絶する。「帝の召しに宣はむ事恐惶《きょうこう》とも思はず」といって退《の》ける。帝だっておんなじですよ、という意味だ。地上的なる物への軽蔑をあらわにするこの女性の異常な心理――帝は神などではないのだ、そして帝が無理にでもと迫ると「国王の仰言と肯《き》かばはや殺し給ひてよかし」、つまり、国王のいうことを聞くぐらいなら殺されたほうがましですよ、と姫は抵抗したのだ、と中村は見た。

権力によって姫をなびかせることに失敗した帝は、狩猟にかこつけて実際に姫を見届けに行く。それまでは話に聞いていただけなのだが、現実に姫を前にするに及んで、帝は彼女に心奪われ、思いを寄せてしまう。恋をしたのだ。地上のすべてをひざまずかせていた帝が、永遠に女性なるものと化した姫の足もとにひざまずかねばならなくなる。すると恋というものは不思議なものだ、あれほどに強くかたくなであった姫も、再考の権力者の、権力によらない真情ほとばしる求愛にはほだされることになる。「裏面に不安を隠したまま永遠に神秘な女性は、現実の幸福の前に翼を失ひ、一個の虔《つつま》しい〝恋する女人〟となった」と中村は解する。だが、隠されたままの不安はさらなるカタストローフを招くことになる。

姫は日々物憂わしげになり、ある日、自分は月の世界へ帰るべき運命《さだめ》になっているのです、と翁に告白する。このことについて中村は「感情と思想との矛盾に逃げ場を失った姫は、血を流してゐる魂を暖かい恋愛によって抱擁されようとした。だが、しかし、己れの作った世界から抜け出ようとしたときに、姫は、今度はその世界からの復讐を受けねばならなかった」という。一転して涯知らぬ苦悶の中で進退極まって、月を見て悲しむ姫の姿をまざまざと見る。

そして、その姫の気持の中に、王朝文学の「もののあわれ」の大きな要素をなす「遂げられぬ恋」の一つの典形が潜む、とも中村は考えた。姫は永遠に秘めた思慕を不死の薬に托して帝に贈り、すべての過去を忘失して昇天してしまう。贈られた不死の薬は、姫なくて何の命ぞと欺く帝によって富士の山頂に燃やされ、永遠の女性を想う真情は煙とともに嫋々と立ち上る。

恋愛の理想を生活の灯火として祈り悩み訴へ憎む作者の精神は、また必然的に夢と現実との矛

盾によって空漠たる虚無の世界を放浪せねばならない。かく作者の抱く虚無感は姫自身の性格《キャラクター》の中から流失した（中略）

現代の我々がその中に漂ってゐる虚無は、もはや此の如く夢と格闘してゐる性格的なものでなく、生まれながらにして夢もなく無抵抗に漠然たる、錯乱した時代をそのまま反映したつかみどころのない、風貌が深刻でないだけに一層始末の悪い虚無である。故に此の作者〈竹取物語〉に見られるやうな、その時代の持つ厳しい性格としての強い虚無は却って我々を羨ましがらせる。

と、中村は結んだ。一九三七年初頭、日華事変の勃発の五ケ月前、『竹取物語』の作者の虚無感に自らの虚無を重ね合わせ、世紀末の黄昏のごとき暗さに悩む同時代の作家には見ることの出来ない、清醇な、若い、ひたすらなる想いと、永遠に美なるものへの愛の理想と祈りを見て、一高文丙二年、一九歳の中村真一郎はこのように論じたのであった。

中村真一郎らのあと、昭和十三年度の文芸部委員には、加藤周一（昭和十四年理乙）、菅沼潔（昭和十四年文丙）、富岡茂夫（昭和十四年文甲）の人々、さらに次の年の昭和十四年度の委員には長谷川泉（昭和十五年文乙）、白井健三郎（昭和十六年理甲）、松本彦良（昭和十五年文乙）、このうち白井健三郎は昭和十五年度の文芸部委員も重任した。

これらの人々のうち、昭和十三年度の文芸部委員をつとめた一人の加藤周一は「藤沢正」の名で「正月」「従兄弟」「秋の人々」などの戦争のせの字もない短編を『校友会雑誌』に発表した。時代はすでに昭和十二年七月の盧溝橋事件以後で日華事変が始まっていたが、弾丸が飛び交う前の日常を絶ち切らぬことを意識してのことだったろうか。その点で、日華事変直前の『校友会雑誌』三五九号（昭和十二年六月）に小島信夫の「風」と並んで載った川俣晃自（昭和十三年文丙、のち東京都立大教授）の創作「乙女の花蔭に」は一層徹底した作品であった。この短編は、年若い主人公の信と、その妹の女友だちである操の二人が、ある夏の明るい一夜、蚊帳の中の臥所で愛の営みに似たときを過ごす描写が、ほとんど平仮名だけでの文章でつづく。読点もない。

ふたつのまだすこしかたいふくらみはなほふっくらとしたかすかなたるみをみせてなかばかれのむねにむかったままでなにごともわすれさつたやうにやすらかなねいきをたてはじめた彼女をみてゐるとこのせかいにたったひとりたよりなくとりのこされたさびしさがはげしくむねをうってきてそむけたくろかみにかほをちかづけほのあたたかい（以下十九字分削除のため空白）ときおさへてゐたふかしぎなかんどうがやにはにあらあらしくわきたってきてふいに彼女の首につよくりよううでをまいてほほを髪におしつけるとかれははげしくすすりなきをはじめたのである。

伏字による空白はほかにもかなり多くあって、前後の行文で見ると、とりわけ官能的な個所で削除が行われたようである。しかし、この小説自体は官能的な表現形式をとってはいても、それだけが眼目ではない。読み進めると、主人公の心は日々逼塞して行く外界に耐え難い思いでいる。操という少女はそんな信にとってたまゆらの光、ほのかな日差し、花びらの温みでしかない。一遍の終りの章で操は、一枚の葉書だけを残してどこかへ嫁に行ってしまう。主人公には、はかない絶望感が残っただけである。すなわち、「乙女の花蔭に」は、昭和十二年という戦争への暗転の時点で記された思想を官能的な描写でくるんだものであって、数多い伏字は一つの抵抗の証しだった、と見ることもできよう。

加藤周一の本領は評論にあったようだ。彼は映画研究会にも関わり、同人としてやはり「藤沢正」の名で『向陵時報』に映画時評を書いた。そして、昭和十一年の「民族の祭典」と「美の祭典」のベルリン・オリンピックの記録映画につづいて、やはりドイツ映画の監督による日独合作の国策映画「新しき土」が十二年一月封切られたとき、ナチスの思惑濃いその作品を「一口に言えば日本名物写真集。日本の家族制度がとり上げられているが、その洞察はきわめて浅薄、断片的なカットの美しさはあっても支離滅裂、雑然たる集合、見終わって何も残らない」と酷評した。

加藤周一は、戦後、福永武彦、中村真一郎とともに戦後マチネ・ポエティクの新文学運動を起こした。

4　ミリタリズムと戦争をしりえに
——白井健三郎、古賀照一（宗左近）、清岡卓行、いいだもも——

加藤周一のあと二年度（昭和十四〜十五年）の文芸部委員をつとめた白井健三郎（昭和十六年理甲、のちフランス文学者となり学習院大学教授）は、始め加藤に誘われて映画研究会の同人となり、たとえば『向陵時報』（昭和十四年二月十三日号）にデュヴィヴィエの監督をした「望郷」について、「ペペ・ル・モコの印象」との題で、映画批評を載せている。その中で理甲二年の白井が特筆したのは、ペペ・ル・モコは前科十四犯、強盗三十三件、銀行襲撃二件の大悪漢で、フランスの植民地モロッコの隣りのアルジェの「カスバ」という、警察も手の出しようのない区画にもぐっていること、ペペはそのカスバに居て、町に出ることさえしなければ自由の身であること、ペペはギャビーというパリから来たいい女にぞっこん惚れこむが、監督デュヴィヴィエはそういうペペの反抗のありかたや男としての魅力と、ギャヴィの蠱惑を描ききっていることであった。白井は京北中学（現高校）を出て一高の理科甲類に二番で入学したが、もうこのころにはフランス語とフランス文学への関心を強めていた。一年後、白井は留年し、しかもそのころ大学、高専、中等学校で強制されていた正科の軍事教練をボイコットし、教練不合格のまま東大仏文科に進学するという離れ技をやってのけたのだった。

そういう白井健三郎は、「大井田郁也」のペンネームで（前述の福永武彦、中村真一郎、加藤周一ともどもペンネームをそろって使ったのも、他の時期には見られぬことである。官憲の検閲と弾圧の場合を顧慮したのだろうか）、「怠惰について」の一文を『向陵時報』（昭和十五年十月三十一日号）の文芸欄に書いた。「怠惰について」は、そのころ戦力増強や、戦争のための軍需科学教育が喧伝され、学生・生徒は（学徒と呼ばれ、学徒動員、学徒出陣などの用語が造られた）は、軍と文部省の強権によって精勤と勤勉を強要されたのであったが、その最中に正反対の「怠惰」こそ大切、必要不可欠だ、と述べたものであった。白井自身、一高の理科甲類二組に首席で入学して組総代もつとめた。怠惰の習慣にかまけたはずなど無論ないが、国を挙げての勤勉・精勤の風潮に敢て反対したのである。白井の論旨は次のとおりであった。

怠惰こそ人間の特性であるのに、現代ではそれが失われようとしている、憂うべきことである。今では小学校に入ると、もはや怠惰は許されない。そのようなことで、どうして未知なものとの出会いや、新しい発見の驚きや悦びがあり得ようか。怠惰をゆるされない、怠惰を知らない現代の人々は、ただ臆病になり、ただ神経質になってしまった。とくに都会では、精神の怠惰とは、反省と創意のための休憩状態であるのに――

白井はさらにいう。ギリシャ人の彷徨と憩いはまさしく怠惰であった。それは閑雅な怠惰ともいうべきもので、王者風な退屈を貴としたのだ。そこには空虚と呼ばれるものすらあった。空虚な時間があってこそ、彼ら（ギリシャの人々）はめいめいの理想の影像を想い描くこともできた。プラトン的な理念《イデー》を自分自身にしっかりと把握した。またデカルトは少年時代に病弱であったのでラ・フレーシュの学校にいたとき、午前中はベッドに潜っていた。そして、彼の友達がまちがった方法で学んで、自分自身を歪めている間に、デカルト自身はものごとをゆっくり考えた。教師たちに対する愚かな服従を避けて、もっぱら退屈の間を豊饒にする術を獲得した。成人してからもデカルトはアムステルダムの波止場で、いつまでも夢想に耽った。そうやって彼はやがて『方法叙説』を『情念論』を、『省察』を著し、偉大な精神を残したのである

白井健三郎はこのように述べて、ヴァレリーの「海辺の基地」の詩編も訳して付し、かの詩人と海との対峙している風景を思え、詩人の孤独こそはまさに怠惰にほかならなかったのだ、とも書いた。それにしても、昭和十五（一九四〇）年も十月という、国には軍とそれにおもねる官僚の手で大政翼賛会なるものもできて、いよいよ国策優先となった時代に、白井はよくぞこの怠惰尊重の論を書き、『向陵時報』もよくぞこの評論を載せて出したものと思う。この号の『向陵時報』の文芸欄編集担当委員は、二年下の文乙にいた橋川文三であった。橋川文三（昭和十七年文乙）はのちに『日本浪漫派批判序説』をまとめた。

なお、この時期一高の校長となった安倍龍成は、白井の一文を『向陵時報』の紙上に読んで、賞めてくれたとのことである。白井は『校友会雑誌』にも多くの創作・詩編・ランボオやアランやヴァレリー、プルーストに寄せる評論、エドガー・アラン・ポーの翻訳等を載せた。その中で『校友会雑誌』三六九号（昭和十五年二月）所載の「無為のときには海へ行かう」の詩を紹介しておこう。

無為のときには海へ行かう
悲しいときには海へ行かう
波のざれごと　潮の香に

ゆるゆるゆると時ながさう

無為の時には海へ行かう
悲しいときには海へ行かう
碧い穹窿ちぎれた雲に
ゆるゆるゆると眼を洗はう

登る坂路なごめつつ
駄馬　とほく　行き去れば
空と海とは青ばかり

空と海とは青ばかり
蜜柑　ほほばり石打てど
空と海とは青ばかり

詩に解釈は要らぬと思うが、白井健三郎がこの詩で歌った「無為」は、むしろその時代の「当為」だったのだと考えたい。無為こそは銃をとらぬこと、硝煙弾雨を避けること、ひいては原爆を阻止することにもつながったのではなかったか。それこそが当為であった。白井は、その胸の想いを、なにげなく、なにごとでもないかのように、詩にしたのだと。たとえ〝非国民〟とののしられようとも

――。そうだ、〝非国民〟とは当時の戦争に関わろうとしないことであり、はっきり戦争やミリタリズムを拒否することであったことを思えば、白井はこうした詩を書くことで、明らかに戦争やミリタリズムをしりえに見ていたのである。

白井とともに昭和十四年度の文芸部委員をした長谷川泉（のち、医学書院社長、鷗外記念本郷図書館長）は、谷山徹の名で詩や創作を書き、『校友会雑誌』三六八号（昭和十四年十二月）には「酩酊群像」の題の創作を載せた。「美酒すこし海へ流しぬ　虚無にする　供物のために」のヴァレリーの詩句を添えた一作であるが、実際酒を飲み、酩酊する学生も描かれる。元来一高の寄宿舎内では、飲酒は禁じられていた。しかし、現実には室内に酒のびんが転び、飲み回されてもいた。それは黙許でも、黙認でもない、自治の寮内での規律では本来禁じられ、カフェでの飲酒も、まして遊里への出入りや飲酒は、ご法度である。たまさか昔の湯島や、吉原に足をふみ入れたというだけで、寮の委員会の厳しい査問にかけられ、人知れず退寮すなわち退学の処分となって抹殺された寮生のあったことが、代々の寄宿舎委員の書き綴った寮日誌には秘められていた。紀念祭などの放歌放吟のあとのビールや酒は、どこの高校でも慣習のごとくに見られていたが、実は禁じられたことであった。それを破るどころか、戦中になお酩酊するに至るというモチーフ、またそのことを『校友会雑誌』に発表して、ヴァレリーの語句によって〝虚無〟に供えんがためだと言ってのける。この場合の〝虚無〟とは、同時代のミリタリズムや戦争を無視することにほかならなかった。

それもこれも、そのころの言葉で〝非常時〟だの〝国家総動員〟などの造語でよばれた時空を嗤い、しりえにかける意思と境地の表現であった。

こういう思潮は、やがて太平洋戦争となる昭和十六年、それまでの校友会が護国会と名を変えられ、『校友会雑誌』が『護国会雑誌』となっても変わらなかった。

『校友会雑誌』の誌名は昭和十六年二月発行の三三〇号が出たあと昭和十六年六月発行の号から『護国会雑誌』となり、改めて第一号とした。そして、太平洋戦争末期、昭和十九年六月に第七号を出して終わった。『向陵時報』も同じころ休刊となったが、このほうは戦後復刊され、昭和二十四年二月の一六六号を以て一高そのものの終焉の一年前に終刊となったのである。

『護国会雑誌』の第三号（昭和十七年七月）に、白井健三郎の二年下の文内にいた古賀照一（宗左近、昭和十七年九月卆業）は「青い塔」という詩を寄せた。その冒頭の詩句は

　青の逃げ水　光の泉
　大気の胸乳　薔薇湛ふ
　遐《はるか》に回《め》ぐる　想ひの渦み
　立つ　青氷柱　青い塔

前の白井の詩句をさらに凝らし、彫琢しながら、青い塔を新たな憧憬として見ようとしている。

古賀照一はまた、「神代哲」の名で、「高尾懺悔」の題の創作を『護国会雑誌』第二号（昭和十六年十一月）に発表している。「高尾懺悔」は、梅雨時の蒸し暑さと寮内の汚臭に悩まされている主人公輝一（恐らく古賀照一の自画像たることを示しているのだろう）に、北九州の家の屋根部屋ですごした浪人時代の支えになった従姉（彼女は九つのとき芸妓に売られた体験をもつ）から、私は駄目です、忘れて下さい、嫁に行きますと金釘流で書いた手紙が届く。やりきれぬ思いの一日、主人公は初

めて歌舞伎座へ出かけて、六代目菊五郎（音羽屋）の演じる「高尾懺悔」の舞台に接し、男たちを迷わせた遊女高尾の前世と、地獄の現世の姿を二つながら見る。その舞台姿が、次のように印象派ふうの、あるいはダダかシュールリアリズムかと見まがう文体で描かれている。

高尾が　淡い水色の上衣を枝に掛け　薄桃色の着物に紫の帯となった　三味が冴えた　突然　ピイピンピーンと　一際低まった　思はず　合つた　輝一の焦点に銀杏の濃淡が　さああ　と跳びこんだ　満堂を　吸っては　跳ね返し　高尾の　悲哀に入り切った陶酔が　疲れた果実の　豊潤な重量を放つた　高まり低まり　嫋々と哀音が流れた　夕暮の引汐であつた　と　銀杏の幹に近寄ると　蔭に　高尾は　音も立てず　すっと消えた

幕が降りたあとも「ザンゲザンゲ」と口ずさむと、障子の白い闇に桃色の光芒を落雷のように放った高尾の衣装の残映が去らぬ。その残映に、別れを告げて寄こした従姉の幻影が重なる。家庭教師の口も失った日、主人公は北九州の家へ夜汽車の旅をすることにした。一昼夜かけて着いた夜の家には、もはや従姉の姿はなく、病んで枯れ萎んだ干柿の蔕《へた》にも似た乳房をした母が、放心の体で起き上がって迎えてくれただけであった。

このような「高尾懺悔」のテーマは、次の『護国会雑誌』第三号（昭和十七年七月）の同じ作者による短編「なにぬねの」に引きつがれて深められる。そこでは、肝臓の癌を患って病み衰えて死んだ伯母をめぐって、集まって蠢めくような係累の人間たちに主人公は煩わされながら、人はなぜ生きるのかを考えあぐねた挙句、いったい人はある思想によって死ぬことができるか、という問題に突き当るのである。古賀照一（のちの宗左近、詩人）は、このような主題の創作にとり組み、ふりかかる戦争のことなど視野の外に置いていたのだった。古賀照一は昭和十一年度の文芸部委員をつとめた。
そして、もう一人の詩人で昭和十八、十九年度の文芸部委員をつとめた清岡卓行の存在を忘れることができない。清岡卓行は大連一中から一浪で昭和十六年一高文丙に入り、外地育ちの独特の斬新な感性とすぐれた詩的稟質を示して、入学早々『護国会雑誌』第一号（昭和十六年六月）に「名に寄す」の詩を発表した。

名に寄す

かつてその病弱な頭脳に　つと　走り過ぎたすがた
ああ　絹糸のやうに　細くきらめいて
名よ　それは愛のかなしい證しとして

かつてその病弱な頭脳に　恐らくは甘い香りもて
郷愁のごと　やさしくきらめいた名よ
名よ　それは憧憬のかなしい證しとして

ひたむきに縁どつたすがたが　いつの日が跫音秘や
かに去り行き　か弱い花床に　絶え入るばかり息づ

いた苗草の　いつの日か枯れ果てて……

名よ　それは記憶のかなしい證しとして

清岡は第五号（昭和十八年二月）にも「白い疾病」ほか一編の詩を載せた。「白い疾病」には、

遠くちひさな肉体よ　悲しいものと美しいものを
私に一致せしめる　ひよわい肉体よ
青白い性欲よ
私がひとりでお前を想ふのは
今宵なのか

私の胸に住み　私の瞳に住まない　いばらの魂の
美しいものの情痴の
氷れる肌に身をつつむ驕りの夜は
今宵なのか

詩句のかぎりでは、肉体の上でも病めるものを歌っているようにみえる。が、ふと、この戦争が根こそぎ若い生命をしいたげ、奪おうとしていた時代には、病むことはそういう戦争の桎梏から逃れさせ、別天地に憩わせる貴族的な特権と考えられないでもなかった。それどころか、たとえ恐れられた結核であろうと病みたいとの願望は、若い身の内の切ない部分にあったのである。そう思って読むと、性欲も情痴も傷口にしたたり、病める氷れる肌の何という美しさ——

清岡はさらに第七号（昭和十九年五月）の最終号に、三編の詩を出してしめくくったが、この中の「五月の空」という詩は圧巻であった。なんと、次のたった一行である。

私の罪は青　その翼空にかなしむ

ああ、「罪」の一言がこんなにも青く美しいものであったとは！　昭和十九年のものみな死に赴くようであった日本の戦争末期に、なお見失われなかった日常が、「罪」の言葉をそこまで高め、詩人の中に傷つかぬ翼を休ませていたのである。

清岡はそのころ一つのエピソードも残していた。昭和十八年五月十四日夜、一高の第五十四回紀念祭のイブが始まったが、その日発行された『向陵時報』一五一号に、ときの全寮委員長三重野康（昭和十九年文甲、のち日銀総裁）が載せた「第五拾四回紀念祭に寄す」の一文が当局の検閲に引っかかり、三重野が委員長辞任に立ち至る事態となった。この一文は、きびしい情勢下にもたくましく進むべしとする格調高いものであったのだが、文中に「一国家の立場はつひに世界に対するエゴイズムに他ならない」、「われわれの周囲には既成道徳を型のままに圧しつける無智者なしとしないのであつて、さうした虚しい彼等の判断を静かに軽蔑する強さを養はねばならぬと思ひます」との、国家及びそのわく組みを押しつけるものへの批判ととられかねない字句があった。その上、「かつてドストエフスキイが窮迫のどん底に呻吟した時『僕が今一杯のコーヒーを飲めたら、世界はどうなつても構はぬ』と絶叫した爽快なる響きを懐しく想ひ起すものであります」とも記されていた。

これらの個所が、従来一高をアンチ・ミリタリズムの温床と見、また特設高等科という中国その他の外国人留学生のクラスの中に反戦反日分子ありと見て、私服の憲兵が入りこむなど（実際昭和二十年には安倍能成校長が憲兵隊に呼ばれ、経済学の木村健康教授は十日間にわたって拘留される事態まで起こった）弾圧の動きを見せていた当局の怒りをかったのであろう。三重野委員長は結局辞任することで事件をおさめた。が、実はこの一文は、同じく外地育ちで親しかった文芸部委員の清岡卓行が三重野に頼まれて起草したものだったのである。なるほどそうとわかって見ると、ドストエフスキー

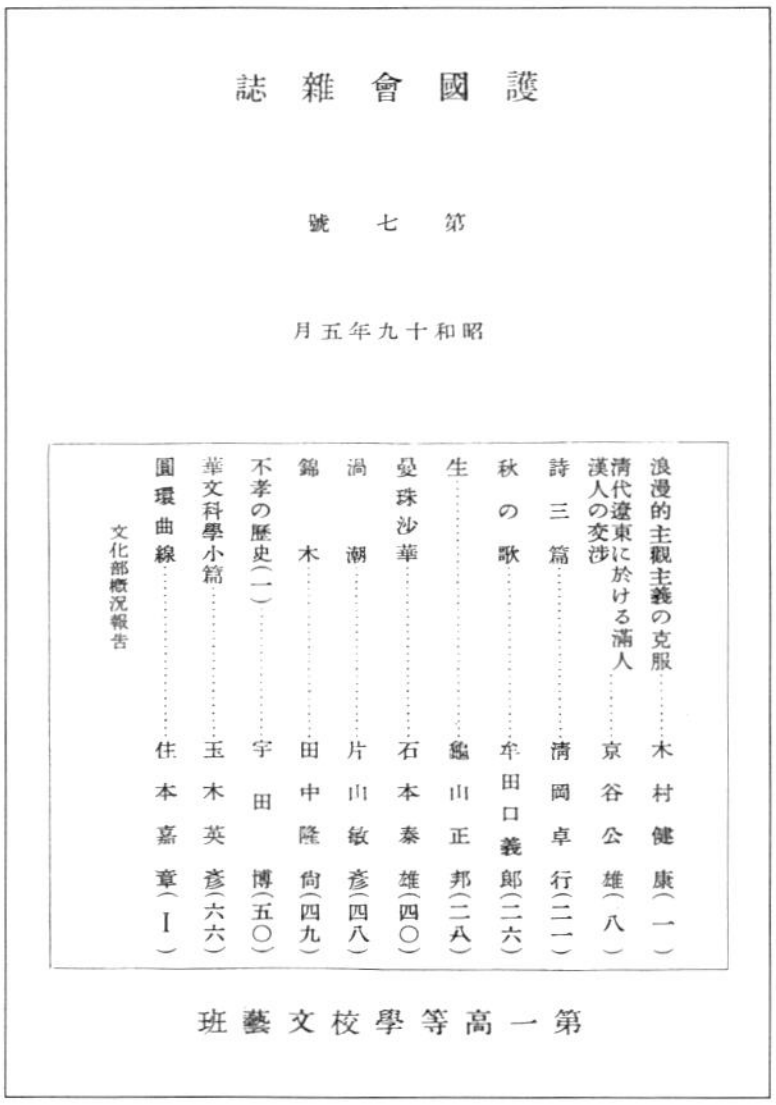
護國會雜誌

第七號

昭和十九年五月

第一高等學校文藝班

「護国会雑誌」第７号（終刊号）の表紙と目次

のコーヒーを想起した発想など、清岡ならではと思わせる。同時に、コーヒーが自由に飲めた時代への回帰は、寮生だれしもの抱いた気持であり、この一文も寮生間に広く共感を持たれたのだった。その気分を探り当てていた清岡も、一文を自らの名で『向陵時報』に載せた三重野も勇敢である。

なお、『護国会雑誌』第五号で文芸部委員の一人だった中村祐之「風信子」という短編が、印刷が仕上がったあとで切取り削除の憂目にあっている。

このように戦時下の一高生は、文芸部委員をはじめ言論表現の抑圧や弾圧に苦しまねばならなかったが、それにもまして特設高等科の中国留学生たちの抵抗は文字通り生命がけであった。日華事変以後、寮で同室の一高生との友情は深めながらも、全寮晩餐会で南京の市民虐殺の「皇軍」の暴状を訴え、一部は九光会という秘密組織をつくって反戦抗日の地下運動を進めた。一九四〇年ごろから「新知識研究会」の読書会に発展し、東大、京大などを出て中国各地で抗日を戦う指導者も出たが、一九四一〜四二年関東軍憲兵隊により一高留学生七名が逮捕され、うち一名死刑（獄死）、一名無期。さらに、一九四四年五月、東京憲兵隊は一高在学中の中国留学生九人（ほかに出身者三名）を拘引し、苛酷な拷問による取調べを行ない、年末まで収監した。

——『護国会雑誌』の第六号（昭和十八年七月）には、いいだもも（飯田桃、昭和十九年文甲）も「風景の心理学」の短編創作を書いてデビューした。登場人物は、高校の新入生と幼なじみの東京山手の女学生で、小学校以来の二人の交情を記したにすぎないが、その時々の風景を単なる背景としてでなく、動く心理的環境としてとらえており、その着想が早くも飯田の鬼才ぶりをうかがわせる。そうした風京のとらえ方、表象の仕方は、後年の司馬遼太郎の『空海のいる風景』といった手法の先

駒場の寄宿寮　手前から南・中・北・明寮（昭和11年12月、「向陵誌」より）

駆をなすものといえよう。

飯田は、『向陵時報』の第一五六号（昭和十九年五月四日号）に「訣別」という五聯の詩も寄せた。この「訣別」には、次の詩句があった。

かかる　呪ひなる　時間の洪水を誰が知らうか
哀しみの人よ——言ってくれ
暮れのこる　ささやかな幸福が一体何になるのか
悔恨の創世紀　ああ　アッシアの崩ほれ

時代は飯田によって明らかに呪詛されている。飯田桃（いいだもも）は、東京府立一中から四修で一高に入った一人であるが、このような文学性や詩的天分は、一高入学後に開花したらしい。入学前は、芝大門育ちのイキのいい少年で、一中時代もアキレタボーイズの〝地球の上に朝が来て　その裏側は夜だろう〟などをおもしろがっていた。一高に入って初め馬術部で明け暮れていたところ、明寮十六番室の国文学会の部屋の友人に誘われたのがきっかけとなって、文学開眼に結びついたという。明寮は、南から南寮・中寮・北寮と並んでいた駒場の寄宿寮の、北寮の北におくれて建った寮で、他の三寮は三階の三十一番室まであったのに、明寮は予算が途中で削られたとかで半分の長さしかなく、従って三階の十六番室でおしまいであった。その部屋が昭和九年向ケ岡時代にできた国文学会の部屋であった。同室の先輩に中村真一郎、加藤周一等もいて、彼らも加わって開かれる座談会などによって、飯田は啓発されるというより、まるでカルチュア・ショックを受けた由である。

国文学会の先輩や在室者には、文芸部委員やその経験者も少なくない。教えられて飯田も本館の時計台の塔のてっぺんのすぐ下にあった文芸部委員室に行ってのぞいてみると、人気はなく、部屋の机の上に古い『校友会雑誌』のページが風に吹かれて開いている。そこに見た小島信夫や川俣晃自や古賀照一らの創作の、類を見ない独特の斬新さ！　その中の一人古賀照一は、国文学会の部屋で出会って、その人物自体からもショックを受けた。渋谷の百軒店の女のいるバーにも連れて行かれた。そして、いよいよ東京空襲となった後には、古賀（宗左近）は、爆撃による劫火の中を母の手を引いて走るうち、自らも火傷を負って昏倒して母を見失い、見知らぬ若い女性によって自らは救われたが、その女性は気がつくとどこのだれとも知れぬまま、立ち去っていたという——その悲痛な体験を飯田はじかに聞かされ、追体験することにもなったのである。

すでに文学開眼した飯田は、『文学界』（昭和十七年九月〜十月）で企画された、河上徹太郎、亀井勝一郎、小林秀雄、中村光夫らによる「近代の超克」にもインパクトを受けた。とくに小林秀雄と中村光夫は鎌倉に住んでいたので、藤沢に家のあった飯田は、近くに住む文学上の先輩として親しみ、知遇を得ることになった。もはや戦争も末期となり、空襲などで明日をも知れぬ日々、飯田は小林秀雄から中原中也の未発表遺稿集があると聞かされ、ある夜、小林の家を訪ねた。小林は、無造作に風呂敷に包んだ遺稿集をもって玄関に現われ、飯田に貸してくれた。これ以上の感激があろうか、と飯田はその夜から寝食を忘れて中原の遺稿の筆写に没頭した。実は、このとき彼は一週間後に召集入営を控えていたのだった。一週間後、その日がきたとき、彼はヘトヘトで、衰弱のあまり、辛うじて営庭に辿り着くなり、バッタリと倒れてしまった。お蔭で彼はそのまま兵役に不適格の烙印を押され、即日帰郷となってしまう。「近代の超克」から出発した彼は、はからずも嫌悪しぬいた兵役をこのようにして超克を遂げることになったのである。現在の「いいだもも」が、反戦の立場から「米兵・自衛官人権ホットライン」の運動をつづけていることを思い合わせると、感慨一入である。

筆写された中原中也の資料は、飯田が大学に進んだのち、敗戦となって軍部が消滅し、一高も平時に戻った戦後に復刊された最初の『向陵時報』（一五八号、昭和二十一年六月）に「宮本治」のペンネームで寄稿した「中原中也の写真像」に生かされた。この一文は、前の中原の「含羞」から「銃声」までを収めた『在りし日の歌』（創元社、昭和十三年四月刊）に未出の遺稿にふれた最初の論考であった。『在りし日の歌』の扉にあった黒い帽子を被った中原の写真も掲げられた。その肖像について、飯田は「双眸は恒にあらぬ遠い彼方をみつめてゐる。座標軸によって変換される相対的空間を脱出してゆくやうに、観る者は、恒に、黙殺され、消去される」と表現している。後年『新潮』に発表した秀作「リーマンふう空間の優雅な表情」のタッチを思い浮かべさせる。

なお、その際使用した「宮本治」のペンネームについて、いいだももは、その著作である『21世紀の〈いま・ここ〉――梅本克己の生涯と思想的遺産』（こぶし書房、平成十五年六月）の中で、次のように記している。「『世代』（注、戦後一高関係などの若い学生たちを同人に創刊された文芸思想誌）初期の号にわたしの書いたものが三つもダブったことに苦慮した遠藤麟一朗（昭和十八年一高文甲卒）編集長が、〝宮本治〟〝木下三郎〟というわたしのペンネームをひねりだして植字印刷にまわしたことはまぎれもない事実ではあるものの、戦後初心の遠藤自身が、〝宮本顕治と太宰治〟のアウフヘーベン（止揚）を夢みていたものなのか、当時のわたし自身の武者震い的挙動を毎日見ながら彼がそのように見たてたものか、そのあたりが当らずといえども遠からずであったであろう」。それから六十年近く経た昨二〇〇五年十一月、いいだは『〈主体〉の世界遍歴《ユリシーズ》——八千年の人類文明はどこへ行くか』（藤原書店）の全三巻二千六百五十五ページにわたる文明批判と変革を求める大作を擱筆刊行した。

5　一高終焉まで

——原口統三、中村稔、日野啓三、大岡信——

戦中の最後の『向陵時報』（一五七号、昭和十九年五月三十一日）に、その年に限って、文科生に徴兵猶予がなくなったことなどから、定員が三分の一以下に減らされた文科のフランス語のクラスに入ったばかりの原口統三が、「海に眠る日」の詩を書いた。「海に溶け込む太陽だ　ランボオ」の副題が記されていた。

かれは真夏の海に眠る。
茫洋たる音楽のみどりに触れあふ　はるかな蜃気楼の
奥深くかれは眠る
あふれる香髪《にほひ》のみだれ巻いて溺れるあたりとほく
水平線の波間にさ青の太陽は溶けこむ。

さうして、はるばると潮の流れる耳もとちかく
かれは一つのなつかしい言葉をきく
お姉さん！　お姉さん！　お姉さん……

原口統三

ああ　こんな恍惚の夢のやうな日は　どこの
海辺で待ってゐるのか

詩の二連目の「お姉さん」のリフレインは、『向陵時報』の紙面では編集委員の慮んばかりで「お兄さん」に変えさせられたが、ここでは原詩に戻しておく。

それから敗戦を挟んで二年四カ月あまりのちの昭和二十一（一九四六）年十月二十五日の夜更け、原口はこの詩の言葉どおりに、（逗子の）海辺の海で永久に眠ってしまうことになる。そうならないために、のちに彼の死後遺稿などまとめて『二十歳《はたち》のエチュード』を出した友人たちや、寮で同室だった小柴昌俊（昭和二十三年一高理甲卒、平成十四年ノーベル物理学賞）らが自殺を思いとどまらせようとしたにもかかわらず……

原口統三の自殺への要因や、その行為をだれも止めることができなかった理由については、氷解しきれていない。これは原口の場合だけとは限るまい。前に記したはるかな先輩たち、藤村操（明治三十六年五月二十二日華厳の滝で、文科一年在学中）、島村秋人（昭和三年五月十一日山中湖畔嘯雲寮で、理科三年在学中）の二人の自殺についても、それを必然とするにはわだかまりが伴う。原口の場合も含めて、それぞれに常人の心意で推しはかろうとしてもなぜ死を急いだのかわからぬかもしれない。私は、この一書をまとめるに至った趣意にかんがみ、敢て文学のために、理想の文学への一里塚となるために、墓標となるために殉じた、と考えておきたい。そして、原口の大連一中時代からの親しい先輩であり、また彼の詩才と人間性をこよなく愛した清岡卓行が、原口統三の在りし日を回想した『海の瞳』（昭和四十六年九月、文芸春秋）によって、よすがを求めることにしよう。

昭和二十年の敗戦直前（注、ほとんどの日本人はそんなに早く戦争が終るとは思っていなかった）四月から六月にかけて、一高二年になっていた原口は、東大仏文科に進んだ清岡に誘われて、米軍空襲下の困難な時期に関釜連絡船で朝鮮に渡り、満鉄経由で故郷の大連に帰り着いた。大連ではちょうど五月、街路のポプラなどの並木が青ばみ、アカシヤの花も白く咲きはじめていた。原口にはドメスティックな多少の不幸な事情はあったけれども、旧知の女性にも会い、故郷にいる歓びを一刻持ったはずである。

原口は清岡より先に東京へ戻った。七月になって、その年入学のおくれていた昭和二十年度の新入生たちが寄宿寮の住人に加わった。その中に思いがけず前に奉天の中学にいたころ下級にいた宇田健がいて、寮室で訪問を受ける。敗戦の月となった八月初め、原口はこの宇田健に誘われ、その母の実家のある新潟へ一緒に旅に出る。食糧不足の最中に、白い米の飯にも恵まれて、いくらか満ち足りた二人は、東京への帰路軽井沢に寄って、先輩である川端康成の別荘を訪ね、中国人の留守番に頼みこんで一夜泊めてもらう。翌日が敗戦の告げられた八月十五日であった。原口も戦争の終結を知る。それまで一年半の学校や寮の生活で、彼は努めて戦争の外にいようとした。研修幹事という当時の寮務・校務にたずさわったのを理由に、動員に行くことも免れて来た。そんな彼にとって、戦争が終るのなら敗戦は解放を意味するはずであった。

が、原口には、敗戦がそのまま新しい人生への活路を開く分岐点とはならなかった。国破れて山河ありともちがう。のちの世代の寺山修司が北の海峡を渡りつつ「マッチ擦るつかのま海に霧ふかし身捨つるほどの祖国はありや」と歌った予めの祖国喪失感ともちがう。どちらかといえば、昨日再会してきたばかりの故郷大連に、二度ともう会えなくなってしまった故郷喪失感が先立ったかと思う。

そこへ〝愛〟という契機が現われると、また事情が変ってくる。「僕が育った家、父母、兄達、姉達、此処では、見慣れた家具の類が、家族の一員となって、僕を甘やかさうとする。僕にはその居心地の温さが堪らなかった」と書いた原口には、家自体帰るべきところではなかったのだ。そして、敗戦後一年ほど経ったとき、原口は、「清岡さん、橋本（一明）、都留（晃）、道ちゃん（橋本の妹道子）、玲子（姪）、これら群像を遠眼に眺めて、『愛する』と肯定しよう。『愛』がなんらかの卑劣な妥協を含むなら、棄てること」と書き、また、「悪魔が今日、かういふ名刺を作ってくれた」と前置して、名刺のワクどりをし「原口統三」の名と、その脇に「慢性孤独病のマゾヒズム患者」と記した名刺のプランを作製した。そしてもう一つ「墓碑銘」の考案だとして、「ここに悩みなき乙女等の幸ひを祈りつつ世を去りし素朴なる若者眠る」と銘記したのだった。

ここまでくると、もう遺書である。喪失した故郷への執着ももはやなく、「愛」が懐しいものと位置づけられはするが、その「愛」に妥協が含まれるなら、それも棄てるしかないという。となると、もう死者として存在するしかないであろう。具体的に乙女たちの名も記されている。その一人は、ピアノを学ぶ橋本道子。ショパンが好きだった原口は、彼女のために「一書を書いてその印税でピアノを買って贈る」（『二十歳のエチュード』、橋本一明注）ことまで友に約束していたという。その上での死への希求なのであった。だれが止められるだろう。

　原口は自殺を公言するようになり、昭和二十一年十月初め、赤城山での自殺未遂ののち、同じ月の二十五日夜、渋谷駅まで送ってきて駅の円柱のかげに佇んだ友人橋本一明と別れ、行方も告げぬまま姿を消した。原口は、その日の深夜、逗子の海岸でポケットに石など詰めて沖の方へ歩き入り、水底に没したのだった。二十歳《はたち》であった。

　原口の友人で、昭和二十二年度の文芸部委員もつとめた橋本一明（昭和二十三年文四乙）は、敗戦後成立したフランス会の中寮十八番室で原口に親しみ、原口は橋本の妹道子に好意を抱いた間柄であった。親しかっただけに、橋本には原口の死を止められずに終った悔恨が人一倍残った。橋本は、原口の死後間もなく『向陵時報』の文芸欄担当者として、一五九号（昭和二十一年十二月七日）に追悼の特集を組み、自ら彼の死を悼む「歌なき勝利」の一文を書き、ランボオの「この転身には頌歌がない」の句を引いて、「最も詩人らしき詩人であった」と友を偲んだ。そして、原口と親しかった先輩清岡卓行、共通の友人中村稔（昭和二十二年文二）、工藤幸彦（昭和二十四年文甲）、宇田健らと、原口の遺稿のみならず断片や書簡などもできるかぎり集めて『二十歳のエチュード』を刊行した。

　それほどまでしても、橋本は「原口統三の死は、破局まで進んだぼくの過去である」との思いから逃れることができなかった。彼は原口が没入したランボオに自らも近づいて仏文学者となり、同じくランボオを専攻した三高出身の年長の仏文学者H・Kとの愛を回っての不幸な確執に生命を梳りつつ、一つの純粋精神（自我）を追求するという課題をもちつづけた。橋本は昭和四十四年一月、肺癌のため早世したが、死後編まれた評論集『純粋精神の系譜』（昭和四十六年四月、河出書房新社）は、その精神の辿り着く先が、再び旧友原口統三であったことをあとづけている。

右の一書の終り近くに「日本における純粋精神の系譜」の章があるが、それは未完のままに終り、あとにつづく「一つの死から」に語られる原口の死に結びついて、初めて首尾一貫することになる。

橋本一明がいう純粋精神とは、超越的な自我ともいうべきものだったが、その発露と昂揚は、日本では絶えず妨げられてきた。中国の〈天〉の思想も日本に入ると超越性を失い、明治維新も天皇を〝王〟と見なして、中途はんぱな近代国家を形成したにすぎない。文学者・思想家の例でいうなら、そうした流れに追従した尾崎紅葉は論外としても、国木田独歩は妥協し、内村鑑三は自我内部へ沈潜して遁走し、幸徳秋水は殺され、北村透谷は自殺し、一時期の永井荷風は沈黙して文学的自殺をした。その後も、あるものは妥協し、あるものはデカダンスに沈んで行った。上田敏、木下杢太郎らの「パンの会」以後の一群の詩人たちから、大手拓次、萩原朔太郎を経て、情熱の花を咲かせた人々がようやく自我の自由を躍動させようとした。富永太郎、中原中也、小林秀雄、梶井基次郎、堀辰雄、立原道造、さらにその次の代のマラルメとヴァレリーを結束の中心とした「マチネ・ポエティク」の人々――

橋本によれば、ここに至って、その純粋精神がもっとも突きつめた形で展開されたのは、ほかならぬ『二十歳のエチュード』の原口統三においてであった。原口こそは、ランボーの強烈な反逆精神を受けつぎ、純粋自我実現の道をつき進んだ詩人だった。彼は、孤独の部屋で、自我の浄化を見守った。彼は「純潔」という言葉を標語のようにかかげた。その「純潔」とは〈最も兇暴な自我主義〉であり、〈潔癖な自我を最も忠実な使者とする、「精神の肉体」と名づけられるもの〉への形容詞であった。すなわち、あらゆる異物を排除して純粋な精神を守りぬくことであって、原口は詩人でしかなかったからこそ、その純潔を道標とし、最後に表現の停止によってただちに死に直結した。

橋本はこのように記して、死せる友原口統三を日本の純粋精神の系譜に置いたのである。

前にご紹介した飯田桃（宮本治）の「中原中也の写真像」の載った、戦後復刊第一号の『向陵時報』一五八号に、中村稔（のち詩人、弁護士、日本近代文学館理事長）の詩「ある潟の日没」も掲載された。「この衰残をきはめた地方を何としよう」の詩句に始まり、

ああこの病みほけた岸辺に立って潟をのぞめば
日没はあたかも天地の終焉のごとく
あるひは創生の混沌のごとく
あの木小屋の畔りで人間のむれは
愛のささやきもわすれてしまった……

「喬木には鳥さへもなかず」と嘆じた詩句もあるこの一編は、さながら戦後の廃墟と虚脱の様を映している。中村はさらに原口統三追悼特集の『向陵時報』一五九号に「思ひ出」、一六〇号（昭和二十二年二月一日）にも「筑波郡」の詩を寄せて、早々に文芸評論家の中村光夫に注目され、詩人としての道を歩み出した。

中村稔は、昭和十九年平時より定員激減の文科六十二人の一人として、東京府立五中から入学し

た。駒場の寮では飯田桃と同じ明寮十六番の国文学会の部屋に寄宿した。出身中学の東京五中には結構リベラルな伝統があったし、中村自身、中学時代の校友会の雑誌に詩や創作を発表した常連ではあったが、一高の間室の上級生たちにはやはりカルチュア・ショックを受けた。当時は否応なしに出席せざるを得ないと思っていた軍事教練の時間を、「人殺しの練習などしない」と言い放って公然とボイコットする今道友信（昭和二十年文二、のち東大文学部教授、美学）がいる。今道はまた、アウグスティヌスの原書を読み、『向陵時報』に『風土記』に基づく「刀水譚」（一五五号所載）、古代ペルシャの詩でも読むような「白鳥」（一五六号所載）などの創作も発表した。飯田桃にはさらに驚かされた。二年上なのに中村と一つしかちがわない飯田は、すでに文芸評論家の小林秀雄や中村光夫を知り、詩や小説も書き、論理は迫力に満ち、行動力も次々溢れる。中村はとくに飯田から、文学はもとより、思想・社会・人生万般にわたる思弁をも教わった。また、同年で机を並べた中にも、中野徹雄（昭和二十二年文一、早大総長中野登美雄の息）は、学外の弁護大会で優勝し、『向陵時報』の一面に透徹した時代批判の論説を載せ、有無をいわせなかった。国文学会で開かれる『万葉集』や『花伝書』の輪講には、大野晋、小山弘志ら国文学専攻の若手の俊秀が出席し、中村真一郎もまじえて、それぞれの学識と犀利な持論を闘わせ、談論風発する。中村は目を瞠りつつ、古典と言葉の蘊蓄に自然ふれることになった。

そんな中で中村稔は飯田と親しくなり、誘われるままに昭和十九年八月、大津・福井・山中・金沢・下呂等をめぐる旅をした。その間、大津に滞在して大阪四ツ橋の戦災前の文楽座に通い、古靭太夫や吉田文五郎や吉田栄三、鶴沢清六そろっての文楽最後の栄光も見た。

この旅の途中、中村は「海女」の詩を書いて飯田に贈った。

りんりんと銭投ぐを止めよ／さうさうと／かなしみわたる／ゆふぐれの／岩うつ波に　瞳をうつせ……／見よ／海は海女くぐるそこ／うつばりの　白きはいかに

この詩を贈られた飯田は大切に筆写して納った。

中村は、戦後水戸に移った父のもとから一高に通ったが、その汽車の道すがら、窓からの風景に触発されて記した「筑波郷」の詩を『向陵時報』一六〇号（昭和二十二年二月）に載せた。

筑波の曇り空／その空の下／蛭の吸盤のごと／音も消す水田よ／この窪をさけ／たかみを吹けば／風は鬣《たてがみ》のやう／尾根を揺さぶる……／筑波の曇り空／その空の下／丘の一本松／わだかまる叢／星々は消え／夜はまだ明けぬ

この詩の終りから二つ目の「星々は消え」は、初め中村は「星々は消えたが」としていたが、飯田が「星々は消え」と直せと言い、中村もその方がいいと思って直した。

戦災、敗戦直後の混乱期に『向陵時報』の復刊は容易なことではなかった。紙不足に加え、紙の価格も高騰した。その中でどうしたら時報を刷る用紙と印刷所を探し出すか。足を棒の苦労と、聞きこみ、ワラをもつかむ思いの手づる探がし――この蔭の功績者に、中村稔は当時の時報委員の一人大西守彦（昭和二十三年文一）と、同僚の時報委員で文芸欄担当だった網代毅（昭和二十二年文一）の名を挙げる。とくに大西は一高入学前、役所の給仕をしながら東京五中の夜間部に学んだ苦学少年だった。一高入学後は国文学会にも属したが、昭和十九年軍部にニラまれて危機に瀕していた一高で有名な逸話を残した。戦後の『向陵時報』一六〇号（昭和二十二年二月）にドイツ語の竹山道雄教授が

「昭和十九年の一高」の中にも書いている。戦争末期の一高を査察にYという少将が軍靴穿きのまま（土足厳禁の）寮の廊下を歩き、並んでいた生徒たちをにらみつけるようにして立ちどまると、一人の生徒に向かって「この戦い、勝つと思うか、負けると思うか」と尋ねた。するとその生徒は「勝たねばならぬと思います」と答えた。勝つといわず、負けるといわず、当意即妙のあざやかさだった。Y少将は「ウム」といったなり、退散せざるを得ない羽目となったが、その寮生が大西守彦であった。

そういう人物だったから、紙不足、印刷屋探しが困難を極めても、印刷・発刊の隘路を探し当てることができたのだろう。大西自身は「断層」「かにばば」など巷の匂いのするリアリズムの創作を発表した。大西を助け、力を合わせて復刊の骨を折った網代毅は、没落家族の人々を描いた創作「流刑になった魂」や「ぼろ人形」などの創作を『向陵時報』に書き、遠藤麟一郎を編集長とし、飯田桃の活躍した『世代』にも創刊当初から参加して苦労をともにした。

日野啓三（昭和二十四年文甲、『読売』に入り、のち作家）は、中村稔や橋本一明等のあとの時代に、一高文芸部の委員となり、『向陵時報』の文芸欄を主宰した。敗戦後、ソウル近郊の龍山中学の四年だった日野は、家族とともに家畜輸送用の貨車に詰めこまれて郷里の広島県に引き揚げ、翌昭和二十一年一高に入学した。戦中の京城の中学で逼塞の思いをしていたころ、古本屋で受験雑誌のバックナンバーを手にすると一高の紹介記事が出ていて、戦争中は学校でも世間でも侮辱されつづけていた「自由」「自己」「真理」などの言葉がそこではもっとも大切なものとして扱われているのを知り、この高校へ行きたい、とひそかに願ったそうである。立身出世やエリート願望とはちがう。

日野が一高の寮生活を送った昭和二十一年から二十四年にかけては、食糧は乏しく、停電は一日のうちしばしばで、生徒たちの多くはアルバイトに追われ、そのため授業も午前中だけだったりした。休寮・休校も一年の半ばにも及んだ。それでも寮生たちはよく生き、学び、議論した。日野はそのまっ只中にいた一人。彼は入寮早々にストームを受け、そのとき人生の意味や、自己の正体など、上級生に突きつけられた厳しい説問をのちのちまで忘れず、自分に問いつづけたという。目立たぬ形ではあったが、党活動にも関わり、やがて文芸部委員となった。そして、『向陵時報』一六五号（昭和二十三年十一月三十日）に「同志」という創作を書いた。

日野の「同志」は、まさに党活動にも関わった体験に裏打ちされている。主人公は、学生の共産党員大会の席上、思わぬ旧知の姿を見出して息をのむ。その友は、かつて陸士に進んだ軍国主義の固りのようないかつい男だったのだ。それがいまや実践力に富む優秀な党員となっている。主人公はわりきれぬ思いにとらわれるが、やがて共にデモの列に加わり、ウンカのような武装警官隊を前にして、二人はしっかりとスクラムを組んでいた。

日野は、大学卒業後『読売』に入り、ソウル特派員時代に知り合った彼の地の大地主の娘と再婚し、その妻との家庭体険をもとにした小説「ある夕陽」で昭和四十九年下半期の芥川賞を受けた。それは都市や廃墟を幻想的に描くなどして、類のない表象世界を実現していた。その後、日野は腎臓病・膀胱癌・鼻の癌、その再発に次々冒され、その病名を公表して病気と闘いつつ、その体験を「断崖の年」「台風の眼」「光」などの諸作に刻みつけた。そして、平成十二年一月には、蜘蛛膜下出血にも襲われて危篤となったが、本能ともいおうか、本原的な生命力によって回復を遂げ、短編の連載をつづけた。そして、平成十四年二月、最後の小説「ユーラシアの風景」の終章を編集者に渡し、これが絶筆となった。

日野啓三は一高を卒業して東大文学部社会学科に進んだのち、適当な下宿が見つからぬため、通常読書室とも呼ばれていた明寮三階の階段を昇りつめた脇の定員一名の部屋に、しばらく仮住まいした。この部屋は、日野が卒業するまでつとめた文芸部委員（文芸欄担当時報委員）室でもあった。そこへ、四月以降正規に割り当てられた一年下級の三年生が入居して、狭い部屋だったが日野が出るまで同居することになった。

その新入りの三年生は、日野が自ら抜擢して次期文芸部委員とした大岡信《まこと》（昭和二十五年文丙）、のちに日野と同じ『読売』に入り、詩人となり、『朝日』の「折々の歌」で広く知られ、平成十五年文化勲章も受けた。

大岡は、沼津中学の四修で昭和二十二年一高文丙に入った。窪田空穂系の歌人大岡博を父とし、中学三年ごろから同人誌を出して詩や短歌を書き、伊良子清白などの近代詩に親しんだ。一高の寮では、初め「耕す会」という農耕にいそしむ会にいたが、間もなく一般部屋に移った。そして、二年になって手にした『向陵時報』を見ると、詩と小説を募集している、投稿歓迎とある。大岡は同人誌には書いたが、投稿はしたことがない、ぜひ詩を出そうと思ったが「様子がわからず、時報委員室と表示のある明寮三階の部屋の前に行き、そっとドアの下の隙間に原稿を押しこんで逃げ帰った」（『向陵』百二十五周年記念号、「『向陵時報』終刊号のころ」より）。それから半年以上も経って、大岡がもはやその投稿のことすら忘れかけていた翌昭和二十三年一月末、『向陵時報』一六五号が配布されたのを何げなく開くと、四ページの下全四段のスペースに、「ある夜更けの歌」大岡信の字も大きく、四十行あまりのその詩が掲載されているのが目に入った。詩の活字も大きい。すごい扱いである。
　この号の文芸欄の編集担当は日野であった。彼の創作「同志」も次のページに出たが、これは字が小さい。大岡の詩のほうが優遇であった。日野は実のところ詩はよくわからなかったので、選をやはりこの号に「背広と二組の夫婦」という小説を書いた中山（浜田）泰三（昭和二十四年文丙、のち早大教授）に一任した。中山は大岡の詩を一目見て「この詩はいいよ」と推したのであった。大岡の「ある夜更の歌」の二聯目の章は歌っていた。

都会が僕をこのやうに呆けさせる
その浅薄な表情が奇妙に心を惹くために
僕は疲れてしまった
埃っぽい窓にむかって一日中僕は何やら叫んでゐた
爪さきだって喚いてゐる群のひとりでありながら
愚かや　僕の夢みた夢は華かな舞台のうへの主役であつた！
けれども夜霧に身振ひして不意に僕は気づいたのだ
誰もが主役のつもりらしい、だから誰もが脇役なんだと
ああ　都会の驕慢！　張子細工の都会の顔！
ある人は他のある人のあるひとときの
挿話の中の人物にすぎないのだ

そしてそこで同情は巧みに切売されるので
都会の顔は救ひがたく歪んでゐる

「街路樹に堕ちてゐる灯は消えいりさうだ／僕の体はまた暗い翳に溶けいるだらう」に始まり、「都会が僕をこのやうに呆けさせる」の詩句のつづく七聯の「ある夜更けの歌」は、都会の状《ありさま》を厭っているように見える。しかし、主調は決してニヒルではなく、また都会の夾雑に敗北してもいない。むしろその翳を吸って心をふくらませている。なによりも初々しく、嫩く萌え出るものを感じさせる。新しくもあるのだ。その点が、かつての古賀照一や、罪を空の絶句とした清岡卓行の詩とはちがっていた。

日野啓三は、この大岡信の詩を『時報』に載せただけでなく、次期のただ一人の文芸部委員に指名することにした。早春のある日の真昼どき、まだ十代の若い大岡が食堂でありつけた皿の冷たくなった蒸かし芋を実に旨そうにパクついていたとき、日野は突然その前に現れて、文芸部委員の後任を引き受けるよういったという。大岡は受けたが、この任命は『向陵時報』の発行困難の危機を乗り切らせることにもつながった。

やがて『向陵時報』の終刊号（一六六号、昭和二十四年二月五日）の編集を一人で担当することになった大岡信は、たとえば一旦は執筆を固辞した渡辺一夫（フランス文学、東大教授、一高文丙大正十一年卒）をねばりづよく説得して、「一高的精神に悩まされた旧一高生の弁」という貴重な寄稿をかちとったばかりではない。用紙の払足と印刷費の高騰はますます深刻化していたので、もはや従来の予算内では発行不能なのを知った大岡は、父の主宰する短歌雑誌の印刷を引き受けていた郷里沼津に近い三島の印刷所に頼むことを思いついた。説得の末、ついに「やりましょう」と承諾を得て、最後の『向陵時報』は無事この三島の印刷所で刷り上がった。大岡はその間校正にも三島へ通ったが、いよいよでき上がった一千部を越える時報の運搬がまた大変だった。大岡は行李にそれを詰めて東京の一高に近い渋谷駅止めのチッキにして送った。ここまではいいが、さて渋谷の駅で重い行李を受けとって、駒場の寮までどうやって運んだのか、現在の文化勲章受賞者大岡自身に聞いても、「もはや全く思い出せない」とのことであった。

この『向陵時報』終刊号には、大岡の熱心な有能な執筆依頼に応えて、前記渡辺一夫のほか、村山知義が「オペラの創作」、白井健三郎が「Coup de Grace（止めの一撃）＝或る学生への手紙」、フランス語の教授の一人だった寺田透が佐沼兵助のペンネームで「二相系」なる詩を、それぞれ寄稿してくれた。また、前号にヴェルレーヌの「マンドリン」の訳詩を載せた稲葉三千男（昭和二十五年文丙、のち東大新聞研教授、東久留米・西東京市長）が、この終刊号では森透の名でモリエールの『孤客』の第一幕第二場小曲之場の押韻訳を載せて、並々ならぬフランス語詩への傾倒ぶりを示した。

ホイジンガーの『ホモ・ルーデンス』の訳業（昭和三十八年十一月、中央公論社）を成し遂げて評論家としての素地を築き、さらに後年、旧一高でドイツ語と哲学を教えた岩元禎を描いた『偉大なる暗闇』（昭和五十九年四月、新潮社。のち講談社文芸文庫）をまとめた高橋英夫も、大岡信と同年の一高入学である。

高橋英夫（昭和二十五年文乙、のち文芸評論家）は、東京都立五中の四修で昭和二十二年一高文乙に入り、寮は国文学会の明寮十五番室に入った。彼は、入学時配布された『向陵時報』一六〇号（昭和二十二年二月一日）の一面トップに載った中野徹雄の評論「汝は地に」のレベルの高さに驚いたという。また同じ号にあった竹山道雄教授の「昭和十九年の一高」も心深く読んで、そのドイツ文学講義に傾倒しつつ、誠実で犀利、緻密な、汲めども尽きぬものを探ぐり当てる読書家、批評家としての出発をしたように見える。入学後しばらく経ったある朝、北寮入口の購買部で岩波書店の在庫本売出しの貼紙を見た高橋は、早朝寝室から起き出して並んだが、すでに七、八人の行列ができていて、いざ売出しで手中に収めることができたのは、文庫のO・シュペングラーの哲学史上・下巻（谷川徹三・松村一人訳）と高木貞二（数学者）の著作など数冊にすぎなかった。そのようにして本を漁る習慣も始まった。

高橋も国文学会の部屋でさまざまに啓発された。一度だけであったが、戦後、台北帝大から引揚げ、のち比較文学の研究をつづけた島田謹二教授の特別講義を聞く機会があり、明治の書生調ともいうべき独特の抑揚をつけた節回しで上田敏の『海潮音』が朗読されたのに、不思議な感銘も受けた。倫理講堂で開かれる講演会では、河上徹太郎、中村光夫、福田恒存の組合せによる話など寿司詰め満員となった聴衆の一人として聞いた。東大仏文の辰野隆教授のフランス革命の話も大人気であった。日ごろの著作の印象から、おもしろい話が聞けるという期待からであったろうが、案外に生真面目な話ぶりであった。ドイツ文学の手塚富雄のゲオルゲの話についての話は、沈鬱につづけられた。また高橋は、入学の前年秋、否定と肯定の立場に分かれての弁論大会で、国文学会にいた中野徹雄らを擁した一高チームが優勝したことも『向陵時報』紙上の報告記事で知った。一高・三高連合の弁論大会も開かれ、「自己批判の試み」「開かれた社会」「第四次元の世界へ」「スピノザの因果と人間」などの論題で両校の弁士が交々立って競ったが、三高教授の審査員の土井虎賀寿が三高側の西田哲学の影響による弊を指摘したため、一高側の勝に帰したこともあった。

同室にいた上級生が、連日熱心に寮歌も教えてくれた。ときに寮歌演練は深更に始まることがあり、そんなとき他室から苦情の怒鳴り声も聞こえたが、低く口ずさむ歌に好きなのがあり、みな唱和してやまなかった。のちのち高橋の専攻となるドイツ語・ドイツ文学の分野では、竹山教授が二年次からゲーテの『ファウスト』を教えた。講読の授業だったので、みなドイツ語の原書のテキストを持っていたが、竹山さんは生徒には当てず、ほんど自分一人で読み、訳述して行った。ほかに佐藤晃一、原田義人にも教わった。このあたりのことは、高橋英夫の近著『果樹園の蜜蜂』（平成十七年六月、岩波書店）の「一高でのファウスト講義」と「ドイツ語入門の日々から」に精しい。

これらのすべてに啓発されつつ、高橋英夫はその後の学校世代では日に日に稀薄となっていった「教養」を内に蓄積し、それを高度に結晶させる営為をつづけた。東大独文科を出て大学院にもいたが、その後教職につかず、ひたすら文学・思想の研鑽に努めるのみであった。そういう高橋に嘱目してホイジンガーの訳業を頼んだのは、東京五中時代からの級友粕谷一希（昭和二十四年文乙入学、当時中央公論社）であった。この訳読の仕事を通じて高橋は、はしなくも林達夫に親炙することになった。一高の先輩で文芸部委員もした百科全書学者《エンサイクロペディスト》的な批評家林から、どれほどのものを亨けたかは、これも高橋自身が『わが林達夫』（平成十年八月、小沢書店）に詳述している。高橋英夫はこの訳業を通じ、また林達夫に接したことによって、造詣を一層深く比類ないものとした。こうした過程があったからこそ、明治・大正・昭和初期を通じて一高教授の中でもっとも難物とされた、ケーベルゆかりの岩元禎をもわれわれ後代のものに近しい存在として、先の『偉大なる暗闇』の書でとらえ直すことができたのであろう。

おわりに

岩元禎の名が出たが、学校というところは師の影がさす。すぐれて慕われる教師がいてこそ学校なのである。ここでは、とくに一高文芸部とその周辺にいた人々に限り、文学にも関わり深かった教授たちの中から、この人こそ敬慕されていたという一人の文人を挙げておこう。阿藤伯海《あとうはっかい》、戦中の昭和十六年（一九四一）から十九年まで漢文の教授をつとめた。

阿藤伯海については、入学直後から教え子の一人であった清岡卓行が『詩禮傳家』（昭和五十年十月、文芸春秋）の一書を出し、全編にわたってその人となりや師としてのありようを回想している。まず以てどのような教授ぶりだったのか、清岡は教室での情景にこめて印象的に記す。

　阿藤先生はどういうわけか、教室でふしぎに人気があった。私たち生徒の年齢は十六歳から十九歳までであった。自分の学問の知識が貧弱であっても、そうした年頃の少年は、ある本能的な鋭さをもって、教師の学力、学問への情熱、あるいは人間としての資質などを、かなりの程度において直観するものではないだろうか？　私たち生徒が阿藤先生に感じていたものは、たぶん一人の高雅で詩的な人物である。漢文の授業に用いられた教科書は「論語」であったが、まるで詩の講読を聞いているような感じであった。

　「子、川ノ上《ホトリ》ニ在《イ》マシテ曰《ノタマ》ワク、逝《ユ》ク者ハ斯《カ》クノ如キカ、昼夜ヲ舎《ス》テズ」とか、「子曰《ノタマ》ワク、朝《アシタ》ニ道ヲ聞カバ、夕《ユウベ》ニ死ストモ可ナリ」とかいった箇所を読みくだす、先生の微妙な調子の声を耳にしていると、字義の説明は聞かなくても、それでなんとなく肝心のところはわかったという感じを、かなりの生徒がもったのではなかっただろうか。

気に入った章の読みくだしを終えると、しばらく間をおいて、頭をまっすぐにすると同時に、額にかぶさっていた髪を右手で掻きあげ、「いいですなあ」と呟くことがあった。そんなとき、先生は沈黙を通じてこそ、生徒に語りかけようとしている感じであった。

阿藤伯海（一八九四～一九六五）は、岡山県の鴨方町六条院村の旧家中の旧家の長子に生れ、自分自身大正六年（一九一七）一高文科に入り、初め川端康成と同級であったが、病気で一年おくれて大正十年に出た。この後のクラスには村山知義、フランス哲学者となった高山峻、同年の独法科には一高教授時代同僚で生徒主事をつとめ、『仏教の日本的展開』をまとめ、戦後昭和三十八年に小説『女のいくさ』で直木賞を得た佐藤得二がいた。阿藤は東大哲学科で西洋哲学を専攻し、カントやヘーゲルなどでなく、『青い花』を書いたドイツロマン派のノヴァーリスについての論文をまとめて卒業したのち、改めて京大文学部の漢学の狩野直喜教授の学徳を慕って入り直し、詩経・春秋などの五経を専攻した。師に随分と愛された弟子であったようである。阿藤はその間、東大にいたころ桑木厳翼教授（一高時代文芸部委員をつとめた）の推薦で上田敏全集の編纂に関わり、その訳詩の収集と編集の任に当った。また新進の詩人の一人とされ、漢詩でも有識の士に認められた。高踏的、サンボリックな詩風だった。しかし、阿藤はそれで世に出ようとはしなかった。

大正十五年東京に戻った阿藤は、一高の教授となる前、しばらく法政大学で教え、そのとき同僚だった同郷岡山出身の内田百閒と親しくなった。また、一人の法政の学生が学年試験のとき、阿藤の設問には答えず答案紙に大きく「先生は、中国婦人の瞳には、中国三千年の文化の光が宿っている、とおっしゃいました」とだけ書いていたのを、百点満点と採点したエピソードがある。

一高の教授になったのは、ちょうど清岡の入学した昭和十六年四月であった。戦時態勢でカーキー一色の国民服が強制された時期だったが、阿藤は新調の羽織・袴を着して紫紺の袱紗《ふくさ》の如き風呂敷に論語の原典や生徒の作文を包んで教室に静かに姿を見せ、また、その姿で鎌倉六法井の書院造りの家から通った。途中、渋谷の駅頭で憲兵にその非戦の服装を厳しく咎《とが》められたこともあったが、昭和十九年退任まで変えなかった。

そして、阿藤の教える中身は、論語の中でも仕事や利害を離れて生きることの楽しさや美しく夢を語る章句に限られ、政治や軍事・祭礼・儀式のことにはふれなかった。

阿藤の戦争下の現実否定のはっきりした姿勢と、詩風ともいうべきものを感じとった文丙の教室の清岡ら何人かの生徒が集って、課外に阿藤から『唐詩選』の講読の講義をしてもらうことにした。その課外授業は、同窓会館という木立に包まれた建物の和室で人知れず行われた。阿藤は一つ一つの詩を「中国文化へのしみとおるような愛着をもって」雑談をまじえつつ懇切に解釈した。その課外の特講に対する謝礼は受け取らなかった。清岡ら生徒たちもそのことに気づかなかった。集まったのは清岡のほか、高木友之助、三重野康、牟田口義郎ら八人であった。

このうち、高木友之助は大学で中国文学を専攻して阿藤の漢学・経学の遺鉢を継ぐことになる。高木は両国の生れで、ほかならぬ大相撲の双葉山、羽黒山の両横綱や大関名寄岩《なよろ》らを育てた立浪親方の

一高の土俵開き　立浪親方親方が双葉山・羽黒山を連れて駒場の土俵に登場。中央が安倍能成校長（昭和18年ごろ）

子であった。そのころ一高で土俵開きが行われたとき、父立浪親方と双葉山、羽黒山を招んだ手引をしたのも高木であった。後年、中央大学で教え、学長もつとめた。三重野康は前にも記したように一高時代全寮委員長の重責を担い、のちに日銀総裁となった。牟田口義郎は東大仏文を出て朝日新聞に入り、カイロ・パリなどの支局長を経て、東京本社の学芸部次長となったとき、阿藤伯海の死の報に接して、師の旧友佐藤得二に追悼の一文を依頼し紙面に載せた。牟田口は一高時代、学徒出陣で入隊する前、『護国会雑誌』第五号に「朽船」、第七号に「秋の歌」の心深い詩を残している。

清岡卓行は詩人となり、『アカシヤの大連』で芥川賞も受けて作家ともなったが、阿藤は彼らそれぞれの才華を愛して、課外の『唐詩選』講義の合間、昼休みなどに校内で会うと、連れ立って一高前の井頭線の踏切りを渡り、喫茶店やおでん屋に誘って楽しい談話の一刻をすごした。また、学年末などには八人全員を鎌倉の自邸に招き、あるかぎりの御馳走もして、酒を汲みかわし、深更まで語りあってやまなかった。

そして、この弟子たちが大学に進み、あるいは戦陣に赴いたあとの昭和十九年、阿藤伯海は一高の教職を辞し、長らく住んだ鎌倉を去って、郷里岡山六条院村に陰棲し、昭和四十年に逝去するまで、ついに再び世に出ることはなかった。生涯独身であった。

実は、私がこれらの話を直接清岡卓行を訪ねて聞いたのは、阿藤伯海の死の翌昭和四十一年のことであった。清岡はそのころ詩では知られていたが、まだ小説は書かぬ前であった。私が清岡を訪ねたのは、戦中昭和十七年二月の一高紀念祭の新しい寮歌に、当時文丙二年にいた清水健二郎の「運《めぐ》るもの星とは呼びて」の歌詞の歌が選ばれた。その後〝非戦の歌〟として校内で愛唱されたその歌を一位に選んだのが、阿藤伯海教授その人だったと聞いて、その選考の事情などを知りたかったからであった。

清岡は懇切に以上の阿藤教授の思い出も含め、清水健二郎の詩の一編のみを教授がとり上げて称賛して止まず、その上で当局の指弾を受けぬよう一、二の字句を修正して一位に選んだことを語った。

運るもの星とは呼びて／罌粟《けし》のごと砂子の如く／人の住む星は転《まろ》びつ
運命《さだめ》ある星の転べば／青き月赤き大星《おほし》も／人の子の血潮浴びけん
紫に血潮流れて／ふたすじの劔と劔／運命《さだめ》とはかくもいたまし

この歌は十二聯までつづき、「矜《ほこり》かに運命を秘めて／星転び民等謳はん／天地《あめつち》は朱に映ゆると」で終る。阿藤による修正がどの詩句であったかははっきりしない。曲は清水と同年の理科乙類にいた大山哲雄（のち電気通信大教授）が付けた。大山は楽友会（音楽班）の一高オーケストラでオーボエを吹いていた。

「運るもの星とは呼びて」の清水は、学年短縮の戦時措置を被って昭和十七年九月卒業して東大仏文科に進み、フランスの高踏派の詩人と詩、とくにルコント・ド・リールに傾倒した。この高踏派に打ち込んだ資質を阿藤は直観していたかもしれない。大学の仏文科で同期となった平井啓之（三高出身、のちランボオを専攻し、東大教授）も、清水の詩心を知って親しくなった。学徒出陣が強制される時も近づいた昭和十八年五月ごろ、清水が書き送った葉書の詩を、平井は平成四（一九九二）年の死期も近づいた晩年まで大切にしまっていて、私に見せてくれたことがある。

クリーム色の穹窿のもと
うごめいている黒い頭に
ある唄が流れるとき
隅っこの泣きさうな少年の瞳からも
星がみえるよ

これはそのころ、清水が大学に通う途次、湯島から飛鳥山行の市（都）電に乗って大学の正門前まで行く、その車中の情景に触発された作であるらしかった。清水は、『向陵時報』一四九号（昭和十八年四月十三日）の文芸欄にも「瑞雲」という郷里四国観音寺の琴弾神社由来の海の風土を歌った詩を載せている。やがて清水は海軍予備学生となり、昭和二十年全予備学生の首席で海軍少尉となり、連合艦隊の前旗艦長門の乗組となったが、同年七月、横須賀に修理のため非戦闘状態で碇泊していたとき、突然米軍の空襲を受け、艦橋で応戦中直撃弾を受け、戦死した。

清水健二郎は、一高時代は端艇部に属して大学高専対抗の一高の代表選手の一人となり、寄宿寮も北寮のボートの部室に住んで、文芸部には直接関わらなかった。このような文芸部委員外の人の作品も含めて、『向陵時報』や『校友会雑誌』の探索・渉猟を私が始めたのは、清岡卓行を初めて訪ねた昭和四十一年前後からであった。いまで足掛け四十年前になる。

しかし、駒場に私自身学んだのは一高終焉前後の戦後の時期で、音楽部に籍を置いたりして、実物を手にした『向陵時報』は、戦中昭和十八年の数号のみであった。それ以前の『校友会雑誌』とその表題を変えた『護国会雑誌』は一冊も見ることはできなかった。

京都の中学時代から学校の「校友会雑誌」にいくつかの小品を書き、英語教師（のち仙台の旧制二高の教授となった）に「文学をやるなら川口篤教授等がいる一高の文内へ行くのがいい」といわれ、またたまたま小・中学の先輩に福永武彦らの一高文芸部委員をした遠藤湘吉氏がいて、一高文芸部の存在を示唆されたこともあった。残念なことに、私は時機を失したのだったが、平成十年ごろ、一高同窓会誌『向陵』の編集委員会から『一高校友会雑誌』の作品をもととして、一高文芸部とその周辺についてのまとめを連載するよう依頼を受けた。

そのことがきっかけとなって、私はいつか読みたいと思っていた『一高校友会雑誌』の明治二十三（一八九〇）年十一月の創刊号から、『護国会雑誌』の終刊に至る三七八号（関東大震災時の二号のみ欠号）全冊を、東大教養学部図書館内の一高関係書架からとり出して読み、大切と思われる論説・創作・詩歌・雑録等を学生諸君にまじってコピーした。コピーは数万枚に及んだ。『校友会雑誌』のコピーに埋もれながら、私は、上田敏から、谷崎、川端、池谷、福永、清岡らを経て（高終焉にまで辿る文学の流れと、個人主義の主張に始まり、谷川、林らの思索を通じ、戦中のアンチ・ミリタリズムに至る思潮を考え合わせて、「一高文芸部とその周辺」の稿をまとめ、平成十一年から平成十六年まで九回にわたって『向陵』に連載した。また、とくに島村秋人の死と中島敦の登場に関わる章は『新潮』（二〇〇〇年三月）に精しく書いたのだった。

そして、このような形で一冊にまとめることになり、私は改めて資料を読み返して補筆しつつ書き下ろした。その仕事を進めながらつくづく思ったのは、のちに名だたる作家・評論家・詩人たり得た人々の中には、川端康成のように日本最初のノーベル文学賞となった人もいるが、そのかげには不幸病を得て夭折したり、自らの意志で肉体の生命を絶ったりした人々もいる。しかし、すべて、作品から汲みとれるのは、常に同時代から抜きん出て、新たなるよりよき世界への窓を開こう、古い美意識の打破や社会の革新にまで向かおうという気概と意思と、それを実現するための表象であり、一口でいえば、そのような文学の理想を求めての営為の積み重ねではなかったか、ということであった。

不思議なことに、その文学の理想は、時々の困難や抑圧があったにもかかわらず、時を追って新しく羽ばたきながら、ついに昭和二十五年の終焉に至っているように思える。もとより、たとえば戦中の中国からの留学生の苦難との闘いなどに比べれば、禁断の実を拾うに似たひ弱なものであったかもしれない。だが、その文学の理想と新たなる表徴を求めての営為と努力は、かつての一高終焉にも遡って、改めて引き継がれねばならないと強く思う。

また、ここに一冊の書として公刊するのは、同じことを広く多くの人々にも知ってもらい、それぞれに新しい文学について考えて頂ければと願うからである。さいわい、この書の公刊に先だって、私も編集委員に加わったＤＶＤ版の一高『校友会雑誌』（日本近代文学館編、八木書店発行）の全復刻版が刊行された。これによって『校友会雑誌』そのものの全ページを自らごらんになることもできる。私自身もそのすべてを読了した時点から新たな文学的出発を期していることを記して置く。

終りに、本書の刊行のお世話を頂いた国書刊行会社長の佐藤今朝夫氏、編集の力丸英豪氏に深謝したい。

（二〇〇六年二月）

一高文芸部と『校友会雑誌』関連年譜

年代	一高校史関係	『校友会雑誌』等の作品、人名	日本文学、社会	世界文学史関連
一八六八（明治元）	開成学校開設		明治維新	ドストエフスキー「白痴」
一八六九（明2）	大学南校と改称		スマイルズ、中村（正直）訳「西国立志編」	フロベール「感情教育」 ボードレール「パリの憂愁」
一八七〇（明3）				
一八七一（明4）			仮名垣魯文「安愚楽鍋」	ドストエフスキー「悪霊」
一八七二（明5）			福沢諭吉「学問のすすめ」	ニーチェ「悲劇の誕生」
一八七三（明6）				
一八七四（明7）	東京英語学校神田一ツ橋に設立		成島柳北「柳橋新誌」 読売新聞創刊	ランボー「地獄の季節」 トルストイ「アンナ・カレーニナ」 アラルコン「三角帽子」
一八七六（明9）				マラルメ「半獣神の午後」 トウェイン「トム・ソーヤーの冒険」
一八七七（明10）	大学南校、工部大学など合わせ東京大学とし、東京英語学校を大学予備門と改称。法科、文科、理科を置く		田口卯吉「明治開化小史」団々珍聞創刊 西南の役	フロベール「三つの物語」 ゾラ「居酒屋」
一八七八（明11）		大学予備門第一回卒業生、文科から市島謙吉（春城）、高田早苗、坪内雄蔵（逍遥）、理科から田中館愛橘、藤沢利喜太郎ら。		
一八七九（明12）		三宅雄二郎（雪嶺）（文科卒）	植木枝盛「民権自由論」	ドストエフスキー「カラマーゾフの兄弟」 イプセン「人形の家」 ストリンドベルク「赤い部屋」

一八八〇（明13）				モーパッサン「脂肪の塊」
一八八一（明14）			板垣退助自由党を結成	
一八八二（明15）	大学予備門に医科を加える	長岡半太郎（理科卒）	外山正一・矢田部良吉、井上哲次郎「新体詩抄」	アミエルの「日記」→一九二二
一八八三（明16）		清澤満之（文科卒）	矢野龍渓「経国美談」	モーパッサン「女の一生」
一八八四（明17）		上田萬年（文科卒） 狩野亨吉（理科卒）		トウエイン「ハックルベリ・フィンの冒険」
一八八五（明18）		大西祝（文科卒）	坪内逍遙「当世書生気質」 坪内逍遙「小説神髄」 東海散士「佳人之奇遇」	ニーチェ「ツァラツストラはかく語りき」
一八八六（明19）	第一高等中学校と改称（予科二年、本科三年）	呉秀三（医科卒）		トルストイ「闇の力」 デ・アミーチス「クオレ」 ランボー「イリュミナシヨン」
一八八七（明20）		石橋友吉（忍月）（独法科卒） この年英語予科生の間で回覧雑誌「文のその」誕生	二葉亭四迷「浮雲」 山田美妙「武蔵野」 反省会雑誌（のち「中央公論」創刊）鹿鳴館建つ	ロチ「お菊さん」
一八八八（明21）		尾崎徳太郎（紅葉）（政治科卒） 川上亮（眉山）（政治科卒） 大塚保治（文科卒）、菅虎雄（文科卒） この年四月、雑誌「文のその」が英語予科生の間で官許1号を出し、「文園」と改題。	ツルゲーネフ・二葉亭四迷訳「あひびき」「めぐりあい」 「日本人」、朝日新聞創刊	モーパッサン「ピエールとジアン」
一八八九（明22）	本郷向ヶ丘の新校舎に移る	「文園」を「筆華」と改題。 芳賀矢一（文科卒） 若槻礼次郎（仏法科卒）	北村透谷「楚囚之詩」 幸田露伴「露団々」「風流仏」。 斎藤緑雨「小説八宗」 「新小説」「しがらみ草紙」創刊。 帝国憲法発布	ベルグソン「意識の直接賦与についての試論」 ブールジェ「弟子」 ハウプトマン「日の出前」

一八九〇（明23）	三月、寄宿寮（東西二寮）完成 さらに南、北寮を加え、記念祭始まる	夏目金之助（漱石）（文科卒）正岡常規（子規）（文科卒） 十一月、『校友会雑誌』創刊。文芸部委員に高橋作衛、大森金五郎ら。部長教授小中村義象。二号に大町桂月「剣舞を論ず」、上田敏「文学について」。	森鷗外「舞姫」 バーネット・若松賤子訳「小公子」 尾崎紅葉「新色懺悔」	フレイザー「金枝編」 クローデル「黄金の頭」
一八九一（明24）	内村鑑三、教育勅語に対する不敬事件で講師を辞任	文芸部委員に大町文衛（桂月）、幸田成友、島文次郎ら就任。論説に校風論興る。武島又次郎（羽衣）の校内八景の短歌入賞。	幸田露伴「五重塔」 北村透谷「蓬莱曲」 三宅雪嶺「真善美日本人」	ワイルド「ドリアン・グレイの肖像」 ウイリアム・モリス「無何有郷だより」 ピアス「いのちの半ばに」
一八九二（明25）		岩元禎（文科卒）、塩井正男（雨江）（文科卒）。上田敏十八号に「美術論」、本多光太郎十九号に「幾何学二種ニ就テ」、二二号に「虚量ノ吟味」。	森鷗外訳「即興詩人」 正岡子規「獺祭書屋俳諧」	
一八九三（明26）		大町桂月二六、二七、二八号に「冒険事業」、上田敏二六、二七、二八号に「春の夕に基督を憶ふ」。上田敏文芸部委員となる。落合直文を師に歌学会興る。	内村鑑三「基督信徒の慰め」 落合直文「浅香社」を創立	ルナール「にんじん」 シュニッツラー「アナトール」
一八九四（明27）	高等学校令により第一高等学校となる	一高在学中の平田喜一郎（禿木）「文学界」に「草堂書影」を書いて中退。	坪内逍遙「桐一葉」 内田魯庵「文学者となる法」 高山樗牛「瀧口入道」	アナトールフランス「エピキュールの園」 ルナール「博物誌」 キップリング「ジャングルブック」 ダヌンチオ「死の勝利」
一八九五（明28）		落合直文教授文芸部部長となる。東大に「帝国文学」創刊（高山樗牛、大町桂月、塩井雨江ら編集委員）。尾上八郎『校友会雑誌』に短歌を発表。	樋口一葉「たけくらべ」 泉鏡花「外科室」 内村鑑三「余は如何にして基督信徒となりし乎」	
一八九六（明29）		尾上とともに八杉貞利、小日向定次郎、沼波武夫（瓊音）歌学会で活躍。	与謝野鉄幹「東西南北」	ヴァレリー「テスト氏との一夜」 第一回オリンピック、アテネで開催
一八九七（明30）	東、西、南、北寮のほか中寮を加う	尾上八郎（柴舟）文芸部委員。歌学会詩歌の主流となる。	尾崎紅葉「金色夜叉」 島崎藤村「若菜集」 「ホトトギス」創刊 足利鉱毒事件起る	ロスタン「シラノ・ド・ベルジュラック」 マラルメ「骰子一擲」

一八九八（明31）	狩野亨吉一高校長となる	塩谷温文芸部委員に。部長松本文三郎教授。	徳富蘆花「不如帰」 正岡子規「歌よみに与うる書」	ドレフュス事件起こり、ゾラが「オロール」紙で裁判を弾劾。 トルストイ「復活」
一八九九（明32）		狩野校長、八五号と八九号に「徳育について」を寄稿。塩谷温八八号に「校風の衰退を論じて其振興策に及ぶ」を執筆。山井幹六教授文芸部部長。川田順「しのめめ会」で短歌を発表。	土井晩翠「天地有情」 菊地幽芳「己が罪」	中国に義和団事件
一九〇〇（明33）		吉田熊次「自治寮に対する余が見解の過去及び現在」を九五号に載す。	泉鏡花「高野聖」 新渡戸稲造「武士道」	シュニッツラー「輪舞」 フロイト「夢判断」
一九〇一（明34）		椎尾弁匡文芸部委員に。	与謝野晶子「みだれ髪」 国木田独歩「武蔵野」「牛肉と馬鈴薯」 正岡子規「墨汁一滴」	トーマス・マン「ブッデンブローグ一家」 チェーホフ「三人姉妹」 シェストフ「悲劇の哲学」 ノーベル賞設定
一九〇二（明35）	矢野勘治作詩「嗚呼玉杯に花うけて」が寮歌に選ばれる	このころから俳句の投稿がふえる。	永井荷風「地獄の花」 国木田独歩「運命論者」 岡倉天心「東洋の理想」	ジッド「背徳者」 ゴーリキー「どん底」
一九〇三（明36）	二月、柴碩文作詞の「緑もぞ濃き柏葉の」が寮歌に選ばれる 五月、文科二年の藤村操日光華厳の瀧に自殺	二月、夏目漱石が小泉八雲の後任英語講師に。一高俳句会第一回句会を開く。漱石、虚子らも出席、幹事荻原井泉水。 六月、藤村操の死を特集した「校友会雑誌」一二八号出る。安倍能成、阿部次郎、藤原正ら執筆。 石原謙「現代の思潮を論じて精神的校風に及ぶ」を一三一号、一三二号に書き個人主義を位置づける。 文芸部委員に石原謙、阿部次郎、穂積重遠、吹田順就任。	蒲原有明「独絃哀歌」 小杉天外「魔風恋風」 幸徳秋水「社会主義真髄」	バーナード・ショー「人と超人」 トーマスマン「トニオ・クレーガー」 チェホフ「桜の園」
一九〇四（明37）	一月、初めて清国留学生を受け入れる	石原謙「大和民族の〈つみ〉の観念に就きて」を一三六号（四月）に。魚住影雄「自殺論」を一三七号（五月）に書く。魚住影雄「個人主義について」を一四一号（十一月）に書く。茅野儀太郎（蕭々）「詩的空想の価値」を一四一号（十一月）に書く。魚住影雄「個人主義に就て」を一四二号に書く。文芸部委員に、魚住影雄、安倍能成、茅野儀太郎ら。	四月、日露戦争勃発 与謝野晶子「君死に給ふことなかれ」 木下尚江「火の柱」「良人の自白」 幸徳秋水・堺利彦訳「共産党宣言」	ロマン・ローラン「ジャン・クリストフ」―一九一二 バリー「ピーター・パン」 シング「海へ駈りゆく人々」 ヘッセ「ペーターカーメンツイント」 ハーン「日本――一つの解明」

一九〇五（明38）	朶寮新築なる	安倍能成「個人主義を論ず」を一四五号（三月）に発表。野上豊一郎「吾輩も猫である」を一四六号（四月）に書く。魚住影雄文芸部委員に再任、ほかに福井利吉郎ら。	夏目漱石「吾輩は猫である」 一月、旅順陥落 五月、日本海海戦 上田敏「海潮音」 石川啄木「あこがれ」	リルケ「奇譚詩集」
一九〇六（明39）	十月、新渡戸稲造校長となる	文芸部委員に藤井武ら。 一高短歌会発足。 大貫雪之助（晶川）新詩会を起す。	伊良子清白「孔雀船」 伊藤左千夫「野菊の墓」 島崎藤村「破戒」 夏目漱石「坊っちゃん」 「草枕」	ヘッセ「車輪の下」
一九〇七（明40）		新渡戸校長の「籠城主義とソシアリティ」の演説筆記が一六三号（一月）に出た。 和辻哲郎の短編「災の桂」一六四号（二月）に発表。 谷崎潤一郎「狆の葬式」を一六五号（三月）に書く。 谷崎潤一郎「うろおぼえ」を一六八号（六月）に発表。 谷崎潤一郎「死火山」一七一号（十一月）に発表。 文芸部委員に谷崎潤一郎、岸巌ら、部長に杉敏介教授。	八月、木下杢太郎、平野万里、吉井勇、北原白秋ら与謝野寛と平戸、長崎、天草、島原へ「五足の靴」の旅。 泉鏡花「婦系図」 田山花袋「蒲団」 二葉亭四迷「平凡」	シング「西の国の人気者」 リルケ「新詩集」 ゴーリキー「母」 アルツィバーシェフ「サーニン」 ストリンドベリ「純霊曲」
一九〇八（明41）		和辻哲郎「精神を失ひたる校風」一七四号（二月） 大貫晶川「花散る夕」（一幕物）一七六号（五月） その他詩歌欄に大貫晶川、後藤末雄、吉植庄亮ら活躍。俳句に先輩荻原井泉水、尾崎放哉ら。 文芸部委員、和辻哲郎、立沢剛、大貫雪之助ら。	島崎藤村「春」 永井荷風「あめりか物語」 夏目漱石「三四郎」 島村抱月「文芸上の自然主義」 「アララギ」創刊	バルビュス「地獄」 メーテルリンク「青い鳥」 フラスコ・イバーニェス「血と砂」 レーニン「ロシア革命の鏡としてのレフ・トルストイ」
一九〇九（明42）	二月、記念祭の夜、東大学生末弘嚴太郎の弾劾に新渡戸校長惻々と諭す	後藤末雄「死滅の点」一八五号（三月）。 野明儀右衛門「更によりよく生きんが為に」一九二号（十一月）。 吉植庄亮、柳沢健ら詩歌に活躍（短歌会と新詩会） 文芸部委員に後藤末雄、野明儀右衛門ら。	北原白秋「邪宗門」 三木露風「廃園」 森田草平「煤煙」 岩野泡鳴「耽溺」 永井荷風「ふらんす物語」 夏目漱石「それから」 田山花袋「田舎教師」 「スバル」創刊 「屋上庭園」創刊	ジッド「狭き門」 タゴール「ギータンジャリ」 フランスでN・R・F誌創刊 マリネッティ「未来派宣言」

一九一〇（明43）		吉植庄亮「寂しき人の手紙」一九五号（三月）。 サロメ梗概（柳沢健）一九八号（六月）。 二百号記念講演会（小山内薫、上田敏、桑木厳翼、三宅雪嶺、生田長江）二〇〇号（十二月） 文芸部委員、柳沢健、高瀬俊郎ら。	若山牧水「別離」 吉井勇「酒ほがひ」 石川啄木「一握の砂」 泉鏡花「歌行燈」 夏目漱石「門」 長塚節「土」 谷崎潤一郎「刺青」	リルケ「マルテの手記」 ドイツに表現主義運動起る
一九一一（明44）	二月一日、弁論部主催で徳富蘆花の「謀叛論」の講演会を開く。問題となったが、新渡戸校長辞任に至らず	文芸部委員、山宮允、高瀬俊郎、豊島与志雄ら。 魚住影雄氏の憶出（宮本利吉、安倍能成ほか）二〇二号（一月）。 柳沢健「大川端情調」（やなぎの小鳥の筆名）二〇三号（二月） ドストエフスキー、山宮允訳「正直な賊」二〇四号（三月） 井川恭「詩七編」二〇六号（六月） 豊島与志雄「昼の噴水」（詩）二〇七号（六月） 佐野文夫「感覚と宇宙」（論説）二〇八号（十月） 久米正雄「青いフィルム」（戯曲）二〇八号	年初め大逆事件で幸徳秋水、菅野スガら十二名死刑。 有島武郎「或る女」 武者小路実篤「お目出たき人」 徳田秋声「黴」 西田幾多郎「善の研究」 平塚雷鳥「元始女性は太陽であった」	ホフマンスタール「薔薇の騎士」
一九一二（明45）	六月、校内に朱舜水終焉の地の碑を立つ	文芸部委員、佐野文夫、久米正雄、秦豊吉ら 豊島与志雄「故郷」（小説）二一二号（二月） 菊池寛「屠殺場への道」（短歌）二一四号（四月） 井川恭「矛盾」（詩）二一四号 菊池寛「バーナアド・ショー論」二一五号（五月）	夏目漱石「行人」「彼岸過迄」 石川啄木「悲しき玩具」 志賀直哉「大津順吉」 葛西善蔵「哀しき父」 厨川白村「近代文学十講」 七月三十日、明治天皇逝去	アナトール・フランス「神々は渇く」
一九一二（大1）		倉田百三「生命の認識的努力—西田幾多郎論」を二二〇号（大正元年十一月）に載す。	元号大正と変る	
一九一三（大2）	四月、新渡戸校長辞任	文芸部委員、倉田百三、久保謙、久保正夫、世良田進ら。 倉田百三「他人の内に自己を見出さんとする心」を二二三号（三月）に書く。文中に問題となる表現があるとされ、二二四号（四月）で文芸部部長杉敏介教授が陳謝。 久保正夫「ストリンドベルヒの青書」（二二三号）	永井荷風「珊瑚集」 北原白秋「桐の花」 斎藤茂吉「赤光」 鈴木三重吉「桑の実」 中勘助「銀の匙」 中里介山「大菩薩峠」→昭和十	プルースト「失われた時を求めて」→一七 アポリネール「アルコール」 D・H・ローレンス「息子と恋人」 パリに「ヴィーユコロンビエ劇場」

		久保謙「うれひとまぼろし」(歌)二二四号(四月) 倉田百三「蘇へる春」(歌)二二四号(四月) 世良田進「嗚呼新渡戸先生と別れんとす」二二五号(五月) 久保正夫「虱さがし」(ランボー訳詩) 藤森成吉「五月の歌」(詩)二二六号(六月) 久保謙「短編作品アントン・チェホフ氏」二二八号(九月) 久保正夫「みち潮」(小説)二二九号(十月)		
一九一四(大3)		倉田百三「愛と認識との出発」二三一号(一月) 橘孝三郎「真面目に生き様とする心」二三三号 橘孝三郎「愛と誠」二三三号(二月) 橘孝三郎「同類意識的精神性」二三九号(九月) 谷川徹三「ひとりの男のうたへる」(詩)二四〇号(十二月) 文芸部委員、橘孝三郎、関口二郎ら。	高村光太郎「道程」 夏目漱石「こころ」 阿部次郎「三太郎の日記」 芥川龍之介「鼻」	ゲオルク・カイザー「カレーの市民」 クローチェ「新イタリアの文学」 七月、第一次世界大戦始まる
一九一五(大4)		橘孝三郎「精神的個人主義」二四二号(二月) 谷川徹三「秋より冬に」(短歌六十首)二四三号(三月) 谷川徹三「憂愁のびおろん」二四六号(六月) 文芸部委員、矢崎美盛ほか。部長森巻吉教授。	芥川龍之介「羅生門」 有島武郎「宣言」 夏目漱石「道草」 永井荷風「日和下駄」 山村暮鳥「聖三稜玻璃」	D・Hローレンス「虹」 モーム「人間の絆」 アインシュタイン「一般相対性原理」を発表
一九一六(大5)	中学四年修了での入学許される(正式には大正八年度から)。	村松正俊「敗北のあと」二五二号(二月) 相良徳三「妙な下宿」二五二号(二月) 谷川徹三「草野牛郎」のペンネームで短歌を『校友会雑誌』に投稿。 草野牛郎「Mariage of Hearven & Hell」(上田敏追悼)を二五八号(四月)に載せる。 文芸部委員、相良徳三ほか。	森鷗外「高瀬舟」 夏目漱石「明暗」 永井荷風「腕くらべ」 宮本百合子「貧しき人々の群」 倉田百三「出家とその弟子」	ジョイス「若い芸術家の肖像」 カフカ「変身」 ダダの運動チューリヒに起る
一九一七(大6)		谷川徹三「舌」(短編)を二六四号(四月)に載す。 三木清文科を首席で卒業して京大哲学科へ進学。 箕作秋吉「無韻詩光」二六六号(六月) 谷川徹三「否定・肯定」を二六八号(十月)に書く。	菊池寛「父帰る」 萩原朔太郎「月に吠える」 志賀直哉「城の崎にて」 広津和郎「神経病時代」 有島武郎「惜しみなく愛は奪う」 河上肇「貧乏物語」	ヴァレリー「若きパルク」 ロシアに三月革命 レーニン政権を掌握

一九一八（大7）	三月、有島武郎「芸術上の感興」を講演	文芸部委員、林達夫、芹沢光治良ら。 林達夫「歌舞伎劇に関するある考察」二七〇号（二月） 芹沢光治良「失恋者の手紙」二七〇号（二月） 平野義太郎「善に就いての偏見」二七〇号（二月） 詩歌に橋爪健、氷室吉平ら活躍	室生犀星「愛の詩集」 室生犀星「抒情小曲集」 有島武郎「小さき者へ」 菊池寛「無名作家の手記」 芥川龍之介「奉教人の死」 佐藤春夫「田園の憂鬱」 「赤い鳥」創刊	魯迅「狂人の日記」
一九一九（大8）	一月、和寮落成 十一月、一高社会思想研究会発足	文芸部委員に氷室吉平、橋爪健ら。 川端康成「ちよ」を二七七号（六月）に書く。 橋爪健「おだやかな愛の韻律もて」（詩）二七七号（五月） 酒井真人「あけぼの」（詩）二七七号（六月） 森（羽仁）五郎「狸を殺す話」二七八号（九月）	木下杢太郎「食後の唄」 堀口大学「月とピエロ」 菊池寛「藤十郎の恋」 菊池寛「恩讐の彼方に」 宇野浩二「苦の世界」 武者小路実篤「友情」	モーム「月と六ペンス」 ヘッセ「デーミアン」
一九二〇（大9）	西寮跡に新西寮と明寮の二寮新築	文芸部委員に村山知義、小松清、森（羽仁）五郎ら。 森（羽仁）五郎「叛逆者」二七九号（四月） 村山知義「ある夜の話」二八〇号（六月） 小松清「五月の詩」 池谷信三郎「にきび」二八一号（十二月） 村山知義「罪」二八一号（十二月）	ロマン・ローラン、豊島与志雄訳「ジャンクリストフ」 上田敏「牧羊神」 村山槐多「槐多の歌へる」	マルタン・デュ・ガール「チボー家の人々」 アラン「芸術論集」
一九二一（大10）		村山知義「おいし」二八二号（二月） 池谷信三郎「氷柱」二八二号（二月） 池谷信三郎「櫛」二八三号（六月） 高橋健二「懊悩」二八三号（六月） 吉野源三郎「ストリンドベルクの悲劇」二八四号（六月） 手塚富雄「友」二八五号（十月） 池谷信三郎「転石」二八六号（十二月）	佐藤春夫「殉情詩集」 志賀直哉「暗夜行路」 吉植庄亮「寂光」 太田水穂「短歌立言」 滝井孝作「無限抱擁」 「種蒔く人」創刊	魯迅「阿Q正伝」 ピランデルロ「作者を探す六人の登場人物」 ハシェク「兵士シュヴェイクの冒険」 ワシントン会議
一九二二（大11）	一高社会思想研究会再建	文芸部委員に手塚富雄ら、部長に三浦吉兵衛教授。 手塚富雄「次男と祖父の死」二八八号（六月） 手塚富雄「霖雨」二八九号（七月） 神西清「橡の林」（詩）二八九号（七月） 手塚富雄「四年目のこと」二九〇号（十月） 神西清「椎移の秋」二九一号（十二月）	野上弥生子「海神丸」 有島武郎「宣言一つ」 里見弴「多情仏心」 厨川白村「近代の恋愛観」	ロマン・ローラン「魅せられたる魂」→二四 ポール・モーラン「夜開く」 J・ジョイス「ユリシーズ」 T・S・エリオット「荒地」 カロッサ「幼年時代」

一九二三（大12）		文芸部委員に長野昌千代、石田英一郎ら 長野昌千代「脚下の泉」二九三号（五月） 堀辰雄「青っぽい詩稿」二九三号 長野昌千代「一つの動向」二九五号（十月） 石田英一郎「プロレタリア革命と学生」（「向陵時報」）「ツルゲエネフの描いた露西亜の青年と女性」二九六号（十二月） 神西清「秋の数章」二九六号	萩原朔太郎「青猫」 横光利一「日輪」 井伏鱒二「山椒魚」 「文芸春秋」「赤旗」創刊 九月一日、関東大震災	バーナード・ショウ「聖女ジョウン」 リルケ「ドイツ悲歌」
一九二四（大13）		文芸部委員、神西清、堀辰雄、竹内敏雄、大江精三。 神西清「郷土行路」他（詩二編）二九七号（五月） 堀辰雄「帆前船」他（詩二編）二九七号（五月） 竹内敏雄「蘿窻歌篇」（短歌五十首）二九七号堀辰雄「快適生活」二九八号（七月） 竹内敏雄「詩歌雑感」二九九号（十一月）	宮沢賢治「春と修羅」 谷崎潤一郎「痴人の愛」 近松秋江「黒髪」 川端、横光ら『文芸時代』創刊。	ヴァレリー「ヴァリエテ」 ラディゲ「ドルジェル伯の舞踏会」 オニール「楡の木陰の欲情」 トーマス・マン「魔の山」 ブルトン「シュール・レアリズム第一宣言」
一九二五（大14）	九月、社会思想研究会解散、以後読書会などの秘密サークル活動に移行	文芸部委員に深田久弥、柴生田稔ら。 柴生田稔「主観的俳句について」三〇一号（四月） 柴生田稔「死刑」（小説）三〇三号（七月） 島村秋人「青葉」「ざくろと枇杷」「羽音」（詩）三〇三号（七月） 笠原健次郎「三日間の夜の出来事」三〇四号（十月） 深田久弥「秋閨怨」三〇四号（十月） 大島長三郎「表現派戯曲に対する一偏見」三〇四号（十月） 三百号記念『橄欖樹』を刊行。	池谷信三郎「望郷」 萩原朔太郎「抒情小曲集」 梶井基次郎「檸檬」 堀口大学「月下の一群」 「辻馬車」創刊 村山知義、河原崎長十郎らと心座を起こす。	バージニア・ウルフ「ダロウエイ夫人」 ドライサー「アメリカの悲劇」 カフカ「審判」 ヒトラー「わが闘争」↓二七
一九二六（大15）		文芸部委員に高間芳雄（高見順）、安永不二男ら、部長に立沢剛教授。 高間芳雄「華やかな劇場」三〇七号 安永不二男「実に馬鹿げて居る」（戯曲）三〇七号 内野壮児「田舎町之図」（詩）三〇八号（十月） 高間芳雄「白い塀」「しらむ」「青銅」三〇八号	川端康成「伊豆の踊子」 葉山嘉樹「セメント樽の中の手紙」「海に生くる人々」 和辻哲郎「日本精神史研究」 「驢馬」創刊 夏、川端康成、横光利一、石浜金作、片岡鉄平と池谷信三郎が共同生活 十二月二十五日大正天皇逝去　元号昭和	ジッド「贋金つくり」 ヘミングウェイ「日はまた昇る」 カフカ「城」

一九二七(昭和2)	山中湖畔に嘯雲寮完成	高間芳雄「生きて居るめるへん」三一〇号 内野壮児「海戦」「椅子の上で」(詩)三一〇号 文芸部委員に内野壮児、橋爪克己、安永不二男ら。 内野壮児「歌」三一一号(六月) 島村秋人「奇蹟の魚」三一二号(十月) 中島敦「下田の女」三一三号(十一月)	川端康成「伊豆の踊子」 芥川龍之介「河童」「歯車」「或阿呆の一生」 藤森成吉「何が彼女をさうさせたか」 芥川龍之介自殺。 徳富蘆花病死。	モーリヤック「テレーズ・デケイルウ」 ウルフ「灯台へ」
一九二八(昭3)	理科三年、島村秋人(文芸部委員)嘯雲寮で自殺(五月十一日)	橋爪克己「歴史的制約過程に於けるプロレタリア文学」三一四号(一月) 文芸部委員に島村秋人、宇佐美盛長、山田肇ら。内野壮児「新しき芸術形態について」三一五号(三月) 島村秋人「三三が九人」三一六号(五月) 島村秋人「高山の嶺に」「ルンペン」(詩)三一六号 氷上英廣「エルンスト・トルレルについて」三一六号 「追悼島村秋人君」(特集)三一七号 中島敦「ある生活」三一九号(十一月)	北川三郎、H・G・ウェルズの「世界文化史大系」全訳 嘉村磯多「業苦」 佐多稲子「キャラメル工場」 野上弥生子「真知子」 林芙美子「放浪記」 谷崎潤一郎「蓼喰ふ虫」 井伏鱒二「鯉」	D・Hロレンス「チャタレイ夫人の恋人」 A・ハックスリー『体位法」 ブレヒト「三文オペラ」 ショーロフ「静かなるドン」
一九二九(昭4)		文芸部委員に氷上英広、中島敦ら。 中島敦「蕨・竹・老人」「巡査の居る風景」三二二号(五月) 氷上英広「撃ち残された小島」(随想)三二二号 氷上英広「孤独」(詩)三二三号(六月) 中島敦「D市七月叙景」三二五号(十一月) 北川省一「自分」(詩)三二五号	小林多喜二「蟹工船」 徳永直「太陽のない街」 小林秀雄「様々なる意匠」 島崎藤村「夜明け前」執筆 四月末、親中派の佐分利貞男中国公使(一高明治三十二年卒)が自・他殺不明の死。 山本宣治刺殺。	コクトー「恐るべき子供たち」 ヘミングウエイ「武器よさらば」 フォークナー「響きと怒り」 レマルク「西部戦線異状なし」 ニューヨーク株式大暴落 世界経済恐慌
一九三〇(昭5)		北川省一「安神するまでの過程」三二六号 文芸部委員に北川省一、秋元寿恵夫、湯浅隆宗ら。 北川省一「生蟄」三二七号(五月) 北川省一「蜘蛛の巣」「肉欲」「憂愁の石」(詩)三二八号(七月) 秋元寿恵夫「南洋雑記」(『向陵時報』)三二八号 北川省一「自由聯盟の歌」三二九号が印刷後掲載さ	横光利一「機械」 芹沢光治良「ブルジョップ」 堀辰雄「聖家族」 三好達治「測量船」	フォークナー「死の床に横たわりて」 ドス・パソス『U・S・A」 ヘッセ「知と愛」 ムジール「特性のない男」

年	一般事項	文芸部	日本文学	海外文学
		れずに了る。 北川省一「共同制作論」三二九号（十月） 木庭一郎（中村光夫）「V・トウリン」（映画制作論）三二九号 湯浅隆宗「透明な皮膚」（創作）三二九号 北川省一「痛ましき詩魂の遍路」（アルフレッド・ドウ・ヴィニィ研究）三三〇号（十一月） 塙正「水で描いた素描」（創作）三三〇号		
一九三一（昭6）	この年左翼の非合法学生運動に参加して検挙される放校退学者がピークに達した	文芸部委員に秋元寿恵夫、湯浅隆宗、塙正、高尾亮一ら 塙正「敗亡」（創作）三三一号（三月） 塙正「肺を喰ふ箱」三三二号（六月） 高尾亮一「死骸」三三二号 立原道造「あひみてののちの」三三三号（十月） 塙正「突撃隊」三三三号（十月） その他、杉浦明平、立原道造、三井為友ら短歌会で活躍。 十一月末、立沢文芸部部長更迭	川端康成「水晶幻想」 谷崎潤一郎「盲目物語」 永井荷風「つゆのあとさき」 九月、満州事変起る	サン・テグジュペリ「夜間飛行」 パール・バック「大地」 オニール「喪服の似合うエレクトラ」
一九三二（昭7）		二月、文芸部委員塙正検挙され、伊藤律らと除名放校となる。 森敦「酉の日」三三四号（一月） 林健太郎「ダンテ・ルネサンス・歴史」三三五号（一月） 五月、新文芸部委員に杉浦明平、立原道造、三井為友ら就任。文芸部部長に沼沢龍雄教授。 杉浦明平「土屋文明論」三三六号（六月） 鈴木力衛「ブレーヴ夫人の憂鬱な別荘暮らし」（プルーストの訳）三三六号 杉浦明平「靄の夜」三三七号（十月） 杉浦明平「乗合自動車会社」三三八号（十一月） 小野義彦「動く目―ジッドの面貌」三三八号 なお三三七号は「アンデパンダン・短編小説特輯号」。 ほかに国友則房が詩に活躍した。	丹羽文雄「鮎」 武田麟太郎「日本三文オペラ」 小林秀雄「X氏への手紙」 五・一五事件起る	モーリヤック「蝮のからみあい」 コールドウエル「鋼鉄はいかに鍛えられたか」 クローチェ「十九世紀ヨーロッパ史」
一九三三（昭8）		文芸部委員に生田勉、国友則房、稲田大、太田克己ら。 太田克己「好きな人嫌いな人」三四一号（四月） 猪野謙二「春宵」三四一号 壇一雄「趙翼の史学に就きて」三四一号 立原道造「日曜日」「五月」三四二号（六月）	二月、小林多喜二、築地署で虐殺される 石坂洋次郎「若い人」 谷崎潤一郎「春琴抄」 川端康成「禽獣」「末期の眼」	マルロー「人間の条件」 トーマス・マン「ヨゼフとその兄弟たち」 カロッサ「指導と信徒」 ドイツにヒットラーのナチス政権

一九三四（昭9）		国友則房「四行詩」三四二号 「アンデパンダン・短編小説特輯号」三四三号（十月） 生田勉「限界に於ける言葉の性格」三四四号（十一月） 立原道造「手紙」三四四号 稲田大「詩編」三四四号 寺田透「初夏」三四五号 文芸部委員に太田克己、狩谷亭一、小林彰、中村忠雄、竹村猛ら就任。 太田克己「森敦作・酩酊船」三四七号（五月） 竹村猛「夕ぐれどき」三四八号（七月） 酒井章一「詩編」三四八号 ほかに短歌で小林彰、狩谷亭一らが活躍 なお三五〇記念号で懸賞小説を募集したが、川端康成、小林秀雄両選者選考の結果一等なし。論文に中村忠雄「愛と闘争」、丸田實「ヘーゲルの認識論に就て」。	「文学界」創刊「行動」創刊 萩原朔太郎「氷島」 中原中也「山羊の歌」 室生犀星「あにいもうと」 永井荷風「ひかげの花」 武田麟太郎「銀座八丁」 森敦「酩酊船」を東京日日に連載（三月～五月）	ヘンリー・ミラー「北回帰線」
一九三五（昭10）	九月、全校駒場（目黒区）農科大学跡地に移る	二月、三百五十号記念『橄欖樹』第一輯を刊行。 文芸部委員に竹村猛、渡辺五郎、小松武彦、下平賢司。 渡辺五郎「表現の世界　西田哲学への序」三五一号（六月） 小松武彦『獄』島木健作」三五一号 酒井章一「乙種基地六側面端の詩」三五一号 下平賢司「少年たち」（小説）三五一号 水城哲男（福永武彦）「火のまち」三五三号（十二月）	川端康成「雪国」分載始まる 高見順「故旧忘れ得べき」 横光利一「純粋小説論」 徳田秋声「仮装人物」 小林秀雄「私小説論」 美濃部達吉「天皇機関説」が貴族院で一部デマゴーグにより問題化。 芥川賞、直木賞設定	イタリア・エチオピア戦争起る
一九三六（昭11）	特設高等科の中国留学生間に愛国抗日の九光会組織	千葉哲郎の小説、部長検閲により載らず（三五四号） 文芸部委員に遠藤湘吉、酒井章一、星出晃、福永武彦、奥幸雄就任。 福永武彦「かにかくに」三五五号（六月） 酒井章一「ある進行」（詩）三五五号 水城哲男（福永）「湖上愁心」（詩）三五六号（十月）	二・二六事件起る 阿部知二「冬の宿」 北条民雄「いのちの初夜」 坪田譲治「風の中の子供」 野上弥生子「迷路」 石坂洋次郎「麦死なず」 堀辰雄「風立ちぬ」	スペインに内乱 ミッチェル「風と共に去りぬ」 モンテルラン「若き娘たち」 老舎「駱駝祥子」

一九三七（昭12）	記念祭で田中隆行作詞の「新墾の此の丘の上」新寮歌に選ばれる 四月、森巻吉校長退任、橋田邦彦校長となる 日華事変後中国留学生が九十四名から三十七名に減少	浅川淳「ひとの女」（小説）三五六号 三五七号（十一月）は「短編小説」特輯。浅川淳の「あだばな」、藤江殖治（中村真一郎）「我が少年の歌」、人見鉄三郎「書簡体小説」、福永武彦「黄昏行」等を載す。	七月、日華事変起る 永井荷風「墨東綺譚」 山本有三「路傍の石」 島木健作「生活の探求」 火野葦平「糞尿譚」 久保栄「火山灰地」 岡本かの子「母子叙情」 東大経済学部教授矢内原忠雄筆禍で辞職	スタインベック「二十日鼠と人間」
一九三八（昭13）		遠藤湘吉反ファッショ論「若き友への手紙」を『向陵時報』の昭和十二年初頭の号に載せる。同じ号に小島信夫の小品「裸木」も載る。 小島信夫「懐疑（主義）・独断（主義）」三五八号（二月） 藤江喰治（中村真一郎）「憧憬と虚無」三五八号 新文芸部委員に小島信夫、浅川淳、中村真一郎ら。 川俣晃自「乙女の花蔭に」（創作、伏字アリ）三五九号（六月） 小島信夫「鉄道事務所」三六〇号（十月） 藤沢正（加藤周一）日独合作映画「新しき土」を酷評（『向陵時報』で） 藤沢正「正月」三六二号（二月） 藤江殖治「無垢な魂」三六二号 新文芸部委員に加藤周一、菅沼潔、富岡茂雄ら。 富岡茂雄「冬ごもり」三六三号（六月） 藤沢正「従兄弟たち」三六三号 菅沼潔「道徳的行為と自由　カントの実践哲学」三六四号（十一月） 谷山徹（長谷川泉）「なづさひ」三六四号	中原中也「在りし日の歌」 石川達三「生きている兵隊」 火野葦平「麦と兵隊」 本庄睦男「石狩川」 岡本かの子「老姉妹」 岸田国士「暖流」	サルトル「嘔吐」 ワイルダー「わが町」
一九三九（昭14）		岡本英夫「歌人としての源実朝」三六五号（二月） 白井健三郎「ぺぺ・ル・モコの印象」（向陵時報二月） 文芸部委員に長谷川泉、白井健三郎、松本彦良。 谷山徹「ひとりたび」三六六号（六月） 相沢英之「生活の喜び」三六六号 ハンス・カロッサ、大井田郁也（白井健三郎）訳「訳詩篇」三六六号 大井田郁也「昇天」（小説）三六七号（十月） 相沢英之「港の風」三六七号 谷山徹「酩酊群像」（小説）三六八号（十二月）	五月、ノモンハン事件 三好達治「春の岬」 高見順「如何なる星の下に」 太宰治「富嶽百景」 中野重吉「歌のわかれ」 岡本かの子「生々流転」 東大経済学部教授河合栄治郎休職 日中戦争泥沼化	スタインベック「怒りの葡萄」 ジロドー「オンディーヌ」 第二次世界大戦勃発

一九四〇（昭15）	七月、橋田校長第二次近衛内閣文相となる 九月、安倍能成新校長となる 十二月、校友会解散。護国会と変る	大井田郁也（白井健三郎）「無為のときには海へ行かう」（詩）三六九号（二月） 桐原道哉（窪田開造）「幼い日に」（詩）三六九号 松本彦良「カント先験的感性論に於ける空間及び時間に就いて」三六九号 文芸部委員に白井健三郎、窪田開造（啓作）、岩崎茂雄、原知茂、田中昌哉 槙村道也（窪田開造）「夜の歌」（ソネット）三七〇号（七月） 森田端哉（田中昌哉）「前科」（短編）三七〇号 白井、岩崎訳「空想と想像」（ポオ）三七〇号 畠中成吉（中西哲吉）「夢と知りせばあらざらましを」（短編）三七一号（十一月） 『校友会雑誌』三七一号で終刊。	織田作之助「夫婦善哉」 太宰治「走れメロス」 田中英光「オリンポスの果実」 大政翼賛会結成	ケストラー「真昼の暗黒」 ヘミングウエイ「誰がために鐘は鳴る」
一九四一（昭16）	学年二年半に短縮 十二月、関東軍憲兵隊一高中国留学生を検挙、一名獄死	護国会雑誌編集の昭和十六年度文芸班委員は橋川又三、赤坂長義、山下浩、柿田潔が就任。班長五味智英教授。 安倍能成「知識の反省」一号（六月） 神島二郎「古代研究」一号 清岡卓行「名に寄す」（詩）一号 橋川又三「ウエルテル」（評論）第二号（十一月） 神代哲（古賀照一）「高尾懺悔」二号 山下浩「一族」（詩）二号 水上冽（宮崎龍夫）「みづうみ」（小説）二号 赤坂長義「裸の海のぼくのからだ」（詩）二号 田中隆尚「妻の穂」（短歌）二号	高村光太郎「智恵子抄」 堀辰雄「菜穂子」 徳田秋声「縮図」 三木清「人生論ノート」 保田与重郎「近代の終焉」 十月ゾルゲ事件 十二月八日太平洋戦争	モラヴィア「仮装舞踏会」
一九四二（昭17）	記念祭に清水健二郎作詞の「運るもの星とは呼びて」入選。非戦の寮歌となる 寮内にアンチ・ミリタリズムの落書	昭和一七年度文芸班委員に斎藤吉郎、古賀照一、園地大樹、宮崎龍夫。 水上冽「追憶・期待・離別」（随想）三号（七月） 神代哲「なにぬねの」（小説）三号 斎藤吉郎「ゆふぐれびと」（詩）三号 柴崎敏郎「雛」（詩）三号 園地大樹「光への回帰」（随想）三号 水上冽「花船」（小説）四号（十二月） 中村祐三「しまかげの岸のやなぎに舟よせて」四号 古賀照一「青い塔」（詩）四号 ブルノ・ペツォルト講師「日本に未開の宝庫あり」四号	中島敦「光と風と夢」 小林秀雄「無常といふ事」	カミュ「異邦人」「シジフォスの神話」 レーモノフ「ロシアの人々」 郭沫若「屈原」

一九四三（昭18）	学年二年に短縮 文科系徴兵猶予廃止 学徒出陣動員へ	昭和十八年度文芸班委員、柴崎敏郎、清岡卓行、中村祐三 柴崎敏郎「海へゆく子供たち」（小説）五号（二月） 宇田博「妄執」（小説）五号 清岡卓行「白い疾病」（詩、他一編）五号 牟田口義郎「朽船」（詩）五号 生天目三好「互会村」（短歌）五号 青山行雄「芸術と生活の間」（評論）五号 （中村祐三の小説「風信子」が印刷後削除） 宇田博「忘却の波」（小説）六号（十一月） 飯田桃「風景の心理学」（小説）六号 中村祐三「貝殻細工」（小説）六号 柴崎敏郎「浅草の子どもたち」（戯曲）六号 ほかに化学、歴史関係論文も掲載	武田泰淳「司馬遷」 中島敦「李陵」 谷崎潤一郎「細雪」 →二三 ソロモン沖海戦 四月、東京初空襲	サルトル「存在と無」 ヘッセ「ガラス玉演戯」 ブレヒト「ガリレイの生涯」
一九四四（昭19）	日立等へ学徒動員。また学徒出陣で入隊、出征者相次ぐ 五月、憲兵が特設高等部の中国留学生九名を反戦容疑で連行。年末まで収監	文芸班委員に清岡卓行、亀山正邦、宇田博。 京谷公雄「清代遼東に於ける満人漢人の交渉」七号（五月） 清岡卓行「詩三編」七号 牟田口義郎「秋の歌」七号 亀山正邦「生」（小説）七号 石本泰雄「曼殊沙華」（小説）七号 田中隆尚「細木」（短歌）七号 原口統三「海に眠る日」（詩）（『向陵時報』一五七号、五月） （『護国会雑誌』終刊、『向陵時報』戦後まで休刊） 「柏葉」の刊行が企画されたが出ずに終る	島木健作「礎」 竹内好「魯迅」 会津八一「山光集」 『中央公論』『改造』弾圧により廃刊	ジャン・アヌイユ「アンチゴーヌ」 T・ウイリアムズ「ガラスの動物園」 ボルヘス「フィクション」
一九四五（昭20）	四月、木村健康教授と寮生一名憲兵隊に拘引 五月、空襲で学校内に被害 八月末、授業再開 十二月十二日、食料不足と交通難のため二月まで休暇	飯田桃、小林秀雄から中原中也の遺稿を借りて書写。	太宰治「お伽草子」 森本薫「女の一生」 三月～五月東京大空襲 広島・長崎に原爆 ポツダム宣言受諾 八月十五日敗戦	サルトル「自由への道」 カミュ「ペスト」 ヒットラー自殺 ムッソリーニ殺害

一九四六（昭21）	一月、安倍能成校長幣原内閣の文相となり退任 二月、天野貞祐校長となる 十月、原口統三逗子の海で自殺 学年三年制復活	六月『向陵時報』復活再刊（一五八号）前年度からの研修委員大西守彦が復刊に尽力、編集委員は文芸欄網代毅、論説欄中野徹雄。 宮本治（飯田桃）「中原中也の写真像」一五八号 エミール・フルんナア・中野徹雄訳「信仰について」一五八号 網代毅「流刑になった魂」（小説）一五八号 中村稔「或る潟の日没」（詩）一五八号 上田耕一郎「唯物弁証法に就て」一五九号（十一月） 宇田健「近代人―原口統三に捧ぐ」一五九号 橋本一明「歌なき勝利―原口統三兄の死を悼んで」一五九号 中村稔「思ひ出」（詩）一五九号（一五九号文芸欄担当・橋本一明）	島木健作「赤蛙」 永井荷風「踊子」 志賀直哉「灰色の月」 織田作之助「世相」 石川淳「黄金伝説」 坂口安吾「白痴」 加藤道夫「なよたけ」 宮本百合子「播州平野」 「世界」「人間」創刊 日本国憲法公布	ヴァレリー「わがファウスト」 サン・ジョン・ペルス「流謫」 プリーストリー「夜の来訪者」 極東軍事裁判開く
一九四七（昭22）	新学制（六・三・三制）決まる	二月『向陵時報』一六〇号を出す。編集委員は中村稔、大西守彦。 中野徹雄「汝は地に」（評論）一六〇号（二月） 竹山道雄教授「昭和十九年の一高」一六〇号 網代毅「ぼろ人形」（創作）一六〇号 大西守彦「断層」（創作）一六〇号 故原口統三『エチュード』より」（詩）一六〇号 橋本一明「十二月に」（詩）一六〇号 工藤幸雄「檻」（詩）一六〇号 中村稔「筑波郡」（詩）一六〇号 中村稔「龕灯更紗」一六〇号 十一月、『向陵時報』一六一号を刊行。編集後記堀越（橋爪）孝之。 古田一也「シベリアのこども」一六一号 橋本一明「海辺のエレーヌ」（創作）一六一号 大谷一夫「追悼は……」（詩）一六一号 宮原透（橋爪孝之）「秋夜」「旅の楽人」（詩）一六一号	椎名麟三「深夜の酒宴」「重き流れの中に」 野間宏「顔の中の赤い月」 原民喜「夏の花」 太宰治「斜陽」 加藤周一・中村真一郎・福永武彦「一九四六文学的考察」	T・ウイリアムズ「欲望という名の電車」 トーマス・マン「フォラスタス博士」 ルカーチ「実存主義かマルクス主義か」
一九四八（昭23）	二月、天野校長退任 麻生磯次教授校長に就任。 四月、最後の一高生入学	二月『向陵時報』一六二号を出す。編集委員橋本一明。 柾木保雄（橋本一明）「プルウスト断想」一六二号 宇田健「ゐひもせず」（創作）一六二号 杉山邦衛「陽子」（創作）一六二号 大西守彦「かにばば」（創作）一六二号 笹野勝（水口照一）「いちれんの快楽」（詩）一六二号 岸久（工藤幸雄）「レエルモントフ訳詩稿より」一六二	福永武彦、加藤周一、中村真一郎ら「マチネ・ポエティク詩集」 野間宏「崩壊感覚」 大岡昇平「俘虜記」 中山義秀「テニアンの末日」 大田洋子「屍の町」	N・メイラー「裸者と死者」 G・グリーン「事件の核心」 カポーティ「遠い声、遠い部屋」

年	一高・寮	向陵時報	日本文学	外国文学
		号	尾崎一雄「虫のいろいろ」	
		六月『向陵時報』一六三号を出す。編集後記杉山邦衛。 宇田健「梅」（創作）、工藤幸雄「不良少年」（詩）一六二号 野村修「午睡」（詩）、橋本一明「表現に就いて、その行方に関する一考察」等を収録。 八月二月『向陵時報』一六四号を出す。編集委員杉山邦衛。 日野啓三「永却の国」（創作）一六四号 杉山邦衛「卑怯な心」一六四号 片山毅「模倣の心理」一六四号 時報委員日野啓三。十一月『向陵時報』一六五号を出す。 上野（津島）雄二「可能性への道」一六五号 村松剛「方法の誤謬―ポオル・ヴァレリーをめぐって」一六五号 日野啓三「同志」（創作）一六五号 中山（浜田）泰三「背広と二組の夫婦」（創作）一六五号 工藤幸雄「ひとりに―」（詩）一六五号 大岡信「ある夜更の歌」（詩）一六五号 ヴェルレエヌ、稲葉三千男訳「マンドリン」一六五号		
一九四九（昭24）	七月、新制東大教養学部新入生入る 一高は東京大学一高となる。矢内原忠雄教養学部長校長を兼任。のち麻生磯次校長に	二月時報委員に大岡信。 『向陵時報』一六六号（終刊号）出る。 渡辺一夫「一高的精神に悩まされた旧一高生の弁」 麻生磯次「記念祭の思出」、桜井修「季節も知らず」（創作）、佐沼兵助（寺田透）「二相系」（詩）、大岡信「冬のすけっち」（詩）等収録。	三島由紀夫「仮面の告白」 川端康成「山の音」 田宮虎彦「足摺岬」 木下順二「夕鶴」	ジュネ「泥棒日記」 ボーヴォワール「第二の性」 A・ミラー「セールスマンの死」
一九五〇（昭25）	三月、一高終焉、最後の寮歌祭			

著者紹介

稲垣眞美（いながき・まさみ）

1926年京都生まれ。

東大文学部美学科卒、同大学院修了。

作家、評論家。

主著に「兵役を拒否した日本人」「仏陀を背負い街頭へ」（以上岩波新書）、「内村鑑三の末裔たち」「きみもまた死んだ兵士」（以上朝日新聞社）、「定本尾崎翠全集」（上下巻、筑摩書房）等。

「一高校友会雑誌」ＤＶＤ版（日本近代文学館編）編集委員。

旧制一高の文学

2006年２月20日　印刷
2006年３月３日　発行

著　者　稲垣眞美
発行者　佐藤今朝夫

発行所　株式会社　国書刊行会
〒174-0056東京都板橋区志村１-13-15
TEL 03(5970)7421　FAX 03(5970)7427
http://www.kokusho.co.jp

組版　㈱キャップス
印刷　㈱エーヴィスシステムズ
製本　㈲青木製本

ISBN4-336-04759-6